KB036772

고
GO

GO

 Kazuki Kaneshiro 2007

First published in Japan in 2007 by KADOKAWA CORPORATION, Tokyo.

Korean translation rights arranged with KADOKAWA CORPORATION, Tokyo.

고

주먹으로 돌파하는 하드보일드 연애 소설

가네시로 가즈키 지음 ― 양윤옥 옮김

하빌리스

이름이라는 게 뭐지?

장미라고 부르는 꽃을

다른 이름으로 부르더라도 아름다운 향기는 그대로.

—『로미오와 줄리엣』, 셰익스피어

1

"하와이라……."

아버지가 처음 내 앞에서 '하와이'라는 말을 입에 올린 것은 내가 열네 살 되던 해 설날의 일이었다. 그때 텔레비전 화면에서는 미녀 배우 세 명이 하와이에서 한결같이 "예쁘다! 맛있다! 너무 좋아!"를 연발하는 설 특집 프로그램이 흐르고 있었다. 참고로, 그때까지 우리 집에서는 하와이라고 하면 '타락한 자본주의의 상징'으로 통했다.

당시 아버지는 쉰네 살, 북조선 국적을 가진 이른바 '재일조선인'으로 마르크스를 신봉하는 공산주의자였다…….

여기서 일단 양해를 청하는데, 이건 나의 연애에 관한 이야기다. 그 연애는 공산주의든 민주주의든 자본주의든 평화주의든 일점호화주의든 채식주의든, 아무튼 어떠한 '주의'와도 일절 관련이 없다. 혹시나 해서 미리 말씀드린다.

어쨌든 아버지가 '하와이'를 입에 올렸을 때, 뒤에서 슬쩍 환희의 V포즈를 취한 어머니(북조선 국적)는 나중에 내게 이렇게 말했다.

"네 아버지도 나이에는 못 당하는 거야."

그해 설날은 엄청난 한파의 습격으로 나이 쉰을 넘어선 아버지의 몸에 꽤 사무쳤는지 유난히 "관절이……"라고 한탄하듯이 중얼거리며 여기저기 주물러댔다. 아버지는 온난한 기후의 한국 제주도에서 태어나 어린 시절을 그곳에서 보냈다. 참고로, 제주도는 자칭 '동양의 하와이'라고 일컬어지는 곳이다.

한편, 일본에서 태어나 일본에서 자랐으며 열아홉 살 때 오카치마치의 아메요코 상가에서 아버지에게 점찍혀 스무 살에 나를 낳은 어머니는 아버지가 전향할까 말까 망설이는 순간을 놓치지 않고 잽싸게 뒤로 돌아가 얼렁뚱땅 그 등을 떠밀었다.

"베를린 장벽도 무너졌고 소련도 이제 없어졌잖아. 지난번에 텔레비전에 나오던데 소련이 붕괴한 것은 추위가 원인이라네? 추위라는 게 사람 마음을 얼어붙게 하는 거야. 사상이고 뭐고 꽁꽁 얼려버린다니까."

애절한 여운의 말투였다. 가만두면 〈도나도나〉 노래라도 부르고 나설 기세였다.

고개를 떨군 채 어머니 얘기를 듣고 있던 아버지가 텔레비전 화면으로 시선을 돌렸을 때, 어느 새 수영복으로 갈아입은 미녀 배우들이 아버지를 향해 녹아내릴 듯한 웃음을 던지며 "알로하!"라고 말을 건넸다.

"······알로하!"

단말마의 중얼거림이었다. 아버지는 길고 진한 한숨을 내쉬고, 그리고 전향했다.

전향하고 다시 일어난 아버지의 행동은 기민하고도 신속했다. 설 연휴가 끝나자마자 하와이에 가기 위해 조선 국적에서 한국 국적으로 바꾸는 수속에 뛰어들었다.

설명이 필요할 것이다. 어째서 한국 제주도에서 태어난 아버지가 조선 국적이고, 어째서 하와이에 가기 위해 국적을 한국으로 바꿔야만 하는가. 재미없는 얘기라서 최대한 길어지지 않도록 간략히 설명하고자 한다. 가능하면 재미있는 유머도 넣고 싶으나 그건 좀 어려울지도 모른다.

어린 시절─전쟁 중이었다─에 아버지는 '일본인'이었다. 이유는 간단하다. 옛날에 조선(한국)이 일본의 식민지였기 때문이다. 일본 국적과 일본 이름과 일본어를 강제로 써야 했던 아버지는 성인이 되면 '천황폐하'를 위해 싸우는 병사가 될 터였다. 부모님이 일본 군수공장에 징용되었기 때문에 아주 어린 시절에 가족과 함께 일본으로 건너왔다. 전쟁이 끝나고 일본이 패망하자마자 아버지는 '일본인'이 아니게 되었다. 그 참에 일본

정부로부터 "이제 별 볼일 없으니 나가라"라는, 자기들 좋을 대로 명령하는 말을 듣고 허둥거리는 사이에 어느 새 조선반도는 소련과 미국의 의도에 따라 북조선과 한국이라는 두 개의 나라로 쪼개졌다. 일본에 있어도 무방하지만 어느 쪽인가의 국적을 선택하라, 라는 재촉을 받고 아버지는 조선 국적을 택하기로 했다. 이유는 북조선이 가난한 사람들에게 잘해주는(잘해줄 터인) 마르크스주의를 표방한다는 것, 그리고 일본에 거주하는 '조선인(한국인)'에게 한국 정부보다 더 배려해준다고 생각했기 때문이다. 그런 연유로, 아버지는 조선 국적을 가진 이른바 '재일조선인'이 되었다.

어린 나이에 두 번째 국적을 갖게 된 아버지는 이제 나이 들어 하와이에 가보겠다고 세 번째 국적 취득에 나섰다. 이유는 간단하다. 북조선은 미국과 국교가 없어 비자가 나오지 않기 때문이다. 참고로, 북조선이 국교를 맺은 나라는 극단적으로 적기 때문에 '재일조선인'이 여행 가능한 곳은 매우 좁은 지역으로 한정되고 만다. 최근에는 상당한 시간과 노력을 투입하면 국교를 맺지 않은 나라의 비자도 못 받는 건 아닌 모양이지만, 시간이 얼마나 걸릴지 예측할 수도 없고 수속이 엄청 복잡하고 번거롭다.

아버지는 국적 취득을 위해 우선 '민단' 간부에게 손을 뻗쳤다. 여기서 다시 따분한 설명을 해야 한다. 이것도 재미있게 얘기할 수 있을지 어떨지 애매하다.

일본에는 '조총련'과 '민단'이라는 사실상 북조선과 한국의 파견기관이 있고, 원칙적으로 조선 국적의 '재일조선인'은 조총련으로, 한국 국적의 '재일한국인'은 민단으로 모여들게 된다. 두 기관은 북조선과 한국의 관계를 좋든 싫든 반영하게 마련이고, 그래서 조총련과 민단은 마치 〈로미오와 줄리엣〉의 몬테규와 캐풀렛 가문처럼 이따금 소소한 다툼을 벌여가며 멀어지지도 가까워지지도 않고 서로 반목하고 있었다. 〈로미오와 줄리엣〉의 결말을 알기나 하는지 모르겠다.

예전에 아버지는 조총련의 열성적인 활동가였다. '재일조선인' 동지들의 권리 획득을 위해 생업을 하는 틈틈이 그야말로 열심히 활동했다. 건전한 조직운영을 뒷받침하는 것이라면서 많은, 정말로 많은 돈도 기부했다. 하지만 그 보답을 받은 일은 없었다. 시시콜콜 늘어놓지는 않겠으나, 간단히 말하자면 조총련의 시선은 항상 북조선으로 향할 뿐 '재일조선인'은 제대로 돌아보지 않는다는 것을 오랜 활동을 통해 아버지는 깨달았다. 그리고 북조선과 조총련에 실망감을 느끼고 있을 때, 아버지는 하와이의 인력에 빨려든 것이었다.

아버지는 한국 국적 취득을 위해 가장 먼저 얼굴 아는 민단 간부를 찾아가 상담했다. 그 민단 간부는 아버지가 아직 열성적으로 조총련 활동을 하던 시절에 "우리 쪽 스파이가 되어주지 않겠느냐"라는 꽤 스릴 넘치는 제안을 했던 사람이었다. 물론 아버지는 거절했다(고 한다).

한국 국적을 취득하기 위해서는 한국대사관에 정규 수속을 한 뒤에 신청이 통과되기를 기다리면 되는데, 신청이 통과될 때까지 걸리는 시간은 사람에 따라 제각각이었다. 열성적으로 조총련 활동을 했던 '적성(敵性)'을 가진 사람, 더구나 마르크스주의자라면 신청이 통과되기까지 얼마나 시간이 걸릴지, 애초에 통과가 될지 말지, 아버지로서는 불안했을 게 틀림없다.

민단 간부가 손을 써준 덕분에 신청은 아무 문제도 없이 단두 달 만에 통과되었다. 열성적으로 조총련 활동을 했던 사람(게다가 마르크스주의자)의 신청이 통과된 케이스 중에서는 최단기록이 아니었나 싶다. 아버지는 무슨 수를 썼던 것인가. 간단하다. 민단 간부에게 뇌물을 먹인 것이다. 많은, 정말로 많은 돈을.

그런 연유로, 아버지는 기막힌 수완으로 세 번째 국적을 손에 넣었다. 하지만 요만큼도 기뻐하지 않았다. 이따금 농담처럼 내게 말했다.

"국적은 돈으로 살 수 있어. 너는 어느 나라를 사고 싶냐?"

그리하여 이제는 꿈의 하와이로 날아갈 일만 남은 아버지였지만, 마지막으로 꼭 하지 않으면 안 될 일이 있었다. 북조선에 있는 친동생에게 트럭을 보내는 것이었다.

여기서 마지막 따분한 설명. 이건 재미있게 얘기할 도리가 없다, 도저히.

아버지에게는 어린 시절에 함께 일본에 건너온 두 살 어린 남동생이 있다. 즉 나의 작은아버지인 셈인데, 그 작은아버지는 1950년대 말부터 시작된 북조선에의 '귀국운동'으로 일본에서 북조선으로 건너갔다. 그 '귀국운동'이라는 것은, 북조선이 '지상낙원'의 훌륭한 곳이니 일본에서 학대받는 '재일조선인'들이여, 모두 함께 이쪽으로 건너와 열심히 살아봅시다, 어서어서 오시오, 라는 운동이었다. 대체로 '운동'이라는 단어가 붙은 것 중에 제대로 된 것은 없다. 당시 '재일조선인'들도 대략 짐작은 했던 모양이지만, 일본에서의 차별과 가난에 찌든 삶보다는 나을 거라면서 많은 사람들이 북조선으로 건너갔다. 그 속에 나의 작은아버지도 끼어 있었다, 라는 얘기다.

언젠가 도착한, 작은아버지가 처음으로 내게 보낸 편지에는 깨끗한 필체의 일본어로 이런 내용이 적혀 있었다.

'페니실린과 카시오 디지털시계를 최대한 많이 보내다오. 부디, 부디, 잘 부탁한다.'

느닷없이 국적을 한국으로 바꾸면서 결과적으로 조총련을 배신한 꼴이 된 아버지는 북조선에서 사는 작은아버지가 걱정스러워서 견딜 수 없었을 것이다. 아버지는 한 번도 북조선에 가본 적이 없었고, 국적이 바뀌면서 앞으로도 갈 가망은 거의 없었다. 즉 작은아버지를 만날 기회가 없다는 얘기였다. 그리고 둘 다 더 이상 젊지 않은 나이였다.

아버지는 많은, 정말로 많은 돈을 들여 3톤 트럭을 구입하고 작은아버지에게 보냈다. 언젠가 작은아버지의 편지에 트럭만 있으면 마을회장 같은 자리에 오를 수 있다, 라는 내용이 있었기 때문이다. 트럭과 함께 편지도 넣었다. 한국 국적으로 바꾸었다, 라고 쓴 편지를. 그 뒤로 작은아버지에게서는 편지가 오지 않았다.

내가 중3에 올라갔을 때, 아버지는 어머니(한국 국적)와 함께 하와이로 날아갔다.

알로하!

지금 우리 집 현관에는 히비스커스 꽃목걸이를 걸고 갈색 피부에 허리 도롱이를 두른 귀여운 소녀에게 볼키스를 받으며 주르륵 흐를 듯한 웃음을 짓고 V자를 그린 아버지의 큼직한 사진이 장식되어 있다. 참고로, V는 양쪽 손의 더블 V였다.

웃기는 꼰대 아버지.

나?

드디어 내 얘기를 할 수 있겠다. 이건 아버지도 어머니도 아니고 내 이야기다.

나는 하와이에 가지 않았다.

왜냐고?

조선 국적을 가진 부모의 아이로 태어난 나는 문득 깨닫고 보니 조선 국적을 가진 '재일조선인'이었고, 철들 무렵부터 하와이를 '타락한 자본주의의 상징'이라고 배웠다. 등표지에 마르크스, 레닌, 트로츠키, 체 게바라 등등이 적힌 책에 둘러싸여 자랐고, 문득 깨닫고 보니 학교는 조총련이 운영하는 민족학교, 이른바 '조선학교'에 다니면서 미국은 순 적국이라고 배우고 있었다.

그렇다고 내가 공산주의 사상에 물든 것은 아니다. 북조선도 마르크스도 조총련도 조선학교도 미국도, 내 알 바 아니었다. 나 스스로 선택할 도리가 없는 환경에 따라 그저 살아왔을 뿐이다. 하지만 영문을 알 수 없는 환경이었기 때문에 당연한 듯이 삐딱한 불량학생이 되었다. 그렇게 되지 않는 게 오히려 이상한 거 아닌가?

번듯한 불량학생으로 자란 나는 국적을 한국으로 바꿀 때도 아버지에게 반항했다. 딱히 국적을 바꾸는 것에 그리 큰 미련은 없었지만 그런 자질구레한 일로 전향할 마음은 없었다.

중2 봄방학이 끝나가던 어느 날, 아버지에게 붙잡혀 반강제로 차에 탔다. 행선지를 물어봐도 대답도 없이 그저 묵묵히 차를 도쿄에서 가나가와 쪽으로 몰았다.

'서, 설마 죽는 건가……'

그렇게 생각했다. 아버지는 일본 랭킹에도 오른 적이 있는 라이트급 전직 프로복서로, 기본적으로 말보다 주먹이 먼저 나오는 타입의 인간이다. 불량학생이었던 나는 몇 차례 경찰에 불려가는 장난질을 쳐서 세 번쯤 반죽음이 될 만큼 얻어맞았다.

어떻게 차 밖으로 뛰어내려 도망칠까, 작전을 짜는 사이에 차는 목적지에 도착했다. 쇼난의 츠지도 해안이었다.

"따라와."

해안가 도로에 차를 세운 뒤, 아버지는 그렇게 바닷가 쪽으로 내려갔다. 내 머릿속에 바닷물에 얼굴이 처박혀 고통 속에 익사하는 나 자신의 영상이 떠올랐지만, 아버지의 등짝에서 살기가 느껴지지는 않았기 때문에 일단 상황을 살펴보며 따라가기로 했다.

아버지는 나 따위는 아랑곳하지 않고 성큼성큼 모래사장으로 내려가 거의 한가운데 털썩 앉아 바다를 바라보기 시작했다. 나는 아버지의 리치가 닿지 않을 거리를 정확히 목측한 자리에 앉았다. 빈틈없이 오른편 옆을 택했다. 아버지는 사우스포였다.

해 저무는 초봄의 바다를 아버지는 말도 없이 그저 멍하니 바라보았다. 나는 골든 리트리버를 데리고 산책 나온 여학생을 보았다. 꽤 예쁘장한 여학생으로, 나와 시선이 마주쳤을 때 우훗 하는 느낌으로 웃었다. 나도 우훗 하는 느낌으로 웃어줄까 하고 있을 때, 얼굴 왼편쪽에서 살기가 느껴졌다. 순간 방심한 나 자신을 저주했다. 아버지의 손이 어느 새 내 머리까지 와있었다. '주, 죽는다!'라고 생각한 순간, 아버지가 쿡 하고 내 머리를 쥐어박았다.

"똑똑히 잘 봐."

죽다 살아난 나는 우선 아버지가 하라는 대로 바다로 시선을 돌렸다. 그러고는 몇 분쯤 지나서 아버지는 "좀 더 깨끗한 바다로 갈 걸 그랬나"라고 혼잣말처럼 중얼거린 뒤, 시선을 내게로 향하고 지그시 응시했다. 무서웠다. 엄청나게 진지한 눈빛이었다. 복서 시절에 생긴 5센티미터 정도의 오른쪽 눈가의 상처가

불그레해져 있었다. 내가 우훗 하는 느낌으로 웃으면서 어떻게
든 분위기를 누그러뜨려볼까 하고 생각했을 때, 아버지가 분명
한 목소리로 말했다.

"넓은 세계를 봐……. 그다음은 네가 스스로 결정해."

단지 그것뿐이었다. 아버지는 그렇게 말하고 냉큼 일어나 모
래사장을 떠나버렸다.

저 꼰대, 뭔 구린 소리를 하는 거야, 라고는 생각하지 않았다.
나는 삐딱한 놈이지만 동시에 로맨티스트이기도 하다. '넓은
세계'라는 말을 듣고는 감정이 북받치고 말았다.

한참동안을 모래사장에 앉아 내내 바다를 바라보았다. 바다
는 넓고 거대한 곳이었다. 달도 뜨고 해도 잠겨들지 않는가. 바
다에 배 띄우고 가보고 싶은 저 먼 나라…….

그런 연유로, 나는 전향했다. 아버지의 구린 수법에 감쪽같
이 넘어간 것도 있지만, 꼭 그 이유만은 아니었다. 여태껏 선택
할 도리가 없는 환경에 붙잡혀 있던 내게 그건 처음으로 주어
진 선택지였다. 북조선이냐 한국이냐. 지독히 좁은 범위의 선
택이지만 그래도 나에게는 선택할 권리가 있었다. 비로소 제대
로 인간 대접을 받은 듯한 마음이 들었던 것이다.

한국 국적으로 바꾸는 건 승낙했지만 하와이에 가는 건 거부

했다. 그 대신 하와이 여행에 소요되는 비용을 다른 곳에 쓰게 해달라고 부탁했다.

"어디에 쓸 건데?"

아버지가 물었다. 나는 딱 잘라 대답했다.

"일본 고등학교 시험을 봐야겠어. 그러기 위해서 쓸 거야."

일단 조선학교에 입학한 학생은 대부분 같은 계열의 고등학교와 대학교로 자동 진급하는 게 보통이었다.

"왜 그러냐, 갑자기?"

나는 어느 날 하루아침에 '재일조선인'에서 '재일한국인'으로 바뀌었다. 하지만 나 자신은 아무것도 바뀌지 않았다. 바뀌지 못했다. 한심했다. 이제 내 눈 앞에는 무수한 선택지가 있다. 그걸 새삼 깨달았다.

나는 다시 딱 잘라 대답했다.

"넓은 세계를 봐야겠어."

아버지는 난처한 듯 흐뭇한 듯 복잡한 웃음을 띠며 말했다.

"네 마음대로 해."

그리하여 나는 '재일조선인'은 관두고, 그 참에 민족학교라는 작은 영역에서도 탈출해 '넓은 세계'로 뛰어드는 선택을 했다. 하지만 그건 상당히 힘든 선택이기도 했다.

위대한 록 스타 브루스 스프링스틴은 〈Born In The U.S.A.〉로 미국에서 살아가는 노동자 계급의 현실을 노래했다. 나는 일개 고등학생일 뿐이지만 지금부터 '재일'을 둘러싼 현실을 소리 높여 노래해볼까 한다. 노래 첫 부분은 이렇다.

괜찮은 나라에서 태어난 줄 알았는데
꼬맹이 때부터 얻어맞고 쥐어패고
잠깐 방심하면 날마다 얻어터지는 개처럼
움찔움찔 눈치보며 살아가게 된다네
나는 일본에서 태어났다
나는 일본에서 태어났다

그렇다,
나는, 일본에서, 태어났다.

2

교실 앞문이 위세 좋게 열렸다.

어떻게 보건 1학년 신입생인 새파란 놈이 문 밖에서 핏발선 눈으로 교실 안을 둘러보았다. 시업식에서 일주일이 지난 때였다.

신입생과 나의 시선이 마주쳤다. 나는 놈의 칼 같은 시선을 무시하고 아무 일도 없었던 것처럼 책상 위에 펼쳐둔 분자인류학● 입문서를 다시 들여다보았다. 신입생이 교실 안으로 들어섰다.

방금 전에 점심시간 차임벨이 울린 참이라서 교실 안에는 학생들 대부분이 남아 있었다. 그들은 일제히 호주머니에서 동전을 꺼내 자기들끼리 내기를 시작했다.

신입생은 교단을 지나 맨 뒷줄에 앉은 나를 향해 쓰윽쓰윽 걸

● 고고학과 유전학을 융합하여 고대인의 뼈에서 DNA를 추출해 각 인종의 근원과 이동경로 등을 연구하는 학문.

어왔다. 나는 입문서를 덮어 책상 서랍에 넣었다. 하지만 손은 서랍 안에 그대로 넣어두었다.

신입생이 내 책상의 대각선 앞에 섰다. 나는 여전히 자리에 앉은 채여서 놈이 위에서 내려다보고 있었다. 시선을 들어 그의 얼굴을 보았다. 코로 거칠게 숨을 몰아쉰다. 몹시 긴장한 것이리라. 달리기시합 스타트 전의 초등학생처럼 얼굴이 창백했다. 악다문 입도 바짝 말랐다.

지금 잽싸게 한 방 날리면 끝인데.

나는 그렇게 생각했다. 실제로 이런 태세에서 놈이 먼저 주먹을 날려버리면 승산은 거의 없다. 하지만 여태까지 어떤 경우에도 먼저 주먹을 날린 놈은 없었다. 단 한 놈도. 덕분에 현재까지 나는 '23전 무패의 사나이'로 교내에 군림하고 있었다.

신입생이 입을 열려고 해서 내가 먼저 말했다. 똑같은 패턴의 차별적 혐오발언은 이제 듣기도 지겨웠다.

"너를 유명하게 만들어주지."

빌리 더 키드*가 총을 뽑을 때의 대사다.

신입생의 입이 반쯤 벌어졌지만 미처 말을 내뱉지 못하고 밭

● 1859~1881. 미국 서부개척시대의 전설적인 총잡이

은 숨만 새어나왔다. 머리 위에 '?' 마크가 떠있었다.

서랍 속에 들어있는 손바닥 사이즈의 재떨이를 움켜쥐고 잽싸게 손을 빼는 것과 동시에 자리에서 일어섰다. 재떨이를 포착한 신입생의 눈에 순식간에 강한 두려움이 떠올랐다. 그는 제법 빠른 동작으로 팔을 들어 방어자세를 취했지만 내 쪽이 더 빨랐다. 어쨌든 먼저 내려치고 볼 일인 것이다.

재떨이를 놈의 왼쪽 눈썹 볼록한 부분, 정확히 말하면 '안와상융기' 부분에 문지르듯이 내리쳤다. 그 부분은 피부가 얇아 찢어지기 쉽다. 퍼억 하는 소리가 났다. 스위트스폿을 때리는 소리였다.

신입생은 뒤로 휘청거리며 반사적으로 왼손을 안와상융기에 댔다. 눈의 초점이 거의 맞지 않았다. 패닉 상태였다. 거기서 최후의 일격을 날려도 좋았지만, 잠시 기다렸다. 갤러리들이 똑똑히 볼 수 있도록.

몇 초 뒤, 신입생의 왼쪽 손가락 틈새에서 피가 주르륵 흘렀다. 피를 본 인간의 반응에는 두 가지 패턴이 있다. 전의를 상실하거나 거꾸로 흥분해서 전의를 불태우거나. 신입생이 어느 쪽 타입의 인간인지 아직 모르는데다 불확실한 도박을 할 생각은 없었기 때문에 냉큼 최후의 일격을 날리기로 했다.

체중을 실어 놈의 오른쪽 무릎 관절부분에 앞차기를 날렸다.

놈은 주위의 책상을 쓰러뜨리며 옆으로 넘어져 바닥에 나뒹굴었다. 나는 내 책상을 옆으로 슬쩍 밀어 공간을 만든 뒤에 발밑에 쓰러진 놈의 배에 연속으로 발차기를 넣었다. 단 발끝이 아니라 발등으로. 발끝차기는 힘 조절이 어려워서 자칫하면 내장이 파열될 위험도 있고, 게다가 그리 큰 소리도 나지 않는다. 발등이라면 힘 조절이 간단하고 잘 맞으면 퍼억 이라든가 철퍽 하는 소리가 크게 울려서 갤러리에 대한 위협 효과도 만점이다.

발차기를 멈췄다. 신입생은 갓난아기처럼 몸을 둥글게 말고 부들부들 떨었다. 왠지 몹시 서글퍼졌다. 이 녀석도 오래 전에 축복을 받으며 태어난 누군가의 아기였던 것이다.

심호흡을 하고 내 책상을 원래 자리로 돌려놓았다. 재떨이는 서랍 속에 챙겨넣고, 가방 안에서 작은 아드레날린 연고를 꺼내 신입생의 몸에 휙 던져주었다. 그걸 바르면 피는 금세 멎는다. 실은 이런 온정을 베푸는 건 나중을 위해 별로 좋지는 않다. 갤러리들이 스기하라 새끼가 마음이 약해졌다느니 뭐니 떠들고 다닐 게 틀림없고, 때는 왔다는 듯이 이 신입생 같은 놈들이 줄줄이 '도전장'을 내밀 터였다. 하지만 뭐, 괜찮다. 이번에는 '재떨이, 피, 발차기 소리'가 상당히 요란했기 때문에 방과 후에는 '벽돌, 머리에서 피, 절규' 정도로 얘기가 커질 것이다. 그 정도만 해둬도 여름방학 때까지는 다들 바짝 쫄아서 아무도 '도전장'을 내밀지 못한다.

흑인 해방운동의 지도자 말콤 엑스는 이런 말을 했다.

"나는 나를 지키기 위한 폭력을 폭력이라고 말하지 않는다. 지성이라고 말한다."

말콤 엑스가 그랬던 것처럼 나도 폭력은 싫다. 하지만 어쩔 수 없는 경우도 역시 있었다. 왼쪽 뺨을 때리면 오른쪽 뺨을 내밀라고? 싫다. 뺨이 아니라 급소를 치고 들어오는 놈들이 있는 것이다. 애초에 맞을 짓이라고는 아무것도 한 적이 없는데도.

여전히 떨고 있는 신입생 옆을 지나 교실 출구로 향했다. 갤러리의 시선이 따가울 만큼 느껴졌다. 출구 옆 책상에 백 엔짜리 동전 세 개가 놓여 있었다. 책상 주위를 세 명이 에워싸고 있었다. 나는 멈춰 서서 누구에게랄 것도 없이 말을 건넸다.

"어느 쪽에 걸었냐?"

세 명이 일제히 시선을 숙였다. 나는 백 엔짜리 동전을 싹 쓸어서 교실을 나왔다. 문을 나서자마자 저 세 명에게 말을 건넨 게 처음이라는 것을 깨달았다. 3년째 한 교실에 있었는데.

학생식당에 도착해 방금 쓸어온 백 엔 동전으로 우유를 샀다. 짜증이 날 때는 칼슘 보급이 최고다. 학생식당은 몹시 붐벼서

8인용 긴 테이블에서 딱 하나 빈자리를 발견하고 그곳에 가서 앉았다. 내가 앉는 것과 동시에 다른 일곱 명의 대화가 끊겼다. 항상 있는 일이라서 딱히 신경쓸 것도 없이 팩에 빨대를 꽂아 우유를 마셨다.

자리에 앉은 지 3분 만에 테이블에는 아무도 남지 않았다. 나는 빈 우유팩을 넘어뜨렸다가 다시 세웠다가 하면서 시간을 때웠다.

우유팩이 스무 번쯤 다시 세워졌을 때, 맞은편 자리에 가토가 와서 앉았다. 빙글거리는 웃음이 얼굴이 달라붙어 있었다.

"렌치로 머리를 깨부쉈다면서?"

아무래도 현 시점에는 벽돌이 아니라 렌치로 얘기가 퍼진 모양이다. 나는 머리를 가로저었다.

"너 때하고 똑같이 재떨이야."

가토는 그때가 그립다는 듯이 가늘게 실눈을 뜬 뒤에 지나치게 뾰족한 코를 사랑스러운 듯 몇 번이나 쓰다듬었다.

내가 입학한 고등학교는 도쿄에 있는 사립 남고로, 편차치가 달걀흰자의 칼로리 숫자쯤밖에 안 되는 학교였다. 하지만 초등학교와 중학교 모두 민족교육을 받았고, 게다가 채 1년이 안 되는 입시 대비밖에 못한 내 입장에서는 도쿄대에 입학한 것과 똑같은 정도의 의미가 있었다.

시험에 합격하고 입학식을 2주일쯤 앞둔 어느 날, 학교에서 호출이 왔다. 응접실로 안내를 받아 들어갔더니 교감과 1학년 학년주임이 이런 부탁을 했다.

"아무래도 문제가 발생할 우려가 있으니 본명이 아니라 통칭 명으로 학교에 다니는 게 좋지 않겠나?"

한마디로 한국 이름으로 이 학교에 다니면 심한 따돌림을 당할 가능성이 있으니 일본 이름을 써서 정체를 숨겨주었으면 한다는 얘기였다.

"저는 선조 대대로 이어온 민족 이름에 자긍심을 갖고 있습니다. 그 이름을 숨기는 것은 자긍심을 버리는 것과 같습니다. 따라서 그 말씀은 받아들일 수 없습니다."

그런 성가신 말은 하지 않았다. 고분고분 그 제안을 받아들였다. 왜냐고? 일본 고교에 진학한다는 의사를 표명한 뒤에 나는 민족학교에서 교사들에게 심한 따돌림을 당했다. 어떤 교사에 게서는 '민족반역자'라는 말을 듣기도 했다. 한마디로 '배신자'라는 것이다. 좀 더 심한 말도 들었지만 그건 차차로 얘기할 생각이다.

그런 연유로 '민족반역자'로 몰린 나는 철저히 내가 속한 '민족'을 반역해줄 작정이었다. 하지만 일본 이름으로 학교에 다니더라도 내가 '재일한국인'이라는 것을 감출 생각은 없었다. 물론 굳이 자랑할 마음도 없었다.

그렇다, 굳이 자랑할 마음은 없었다. 하지만 역시나 편차치 낮은 학교인 만큼 교사의 편차치도 낮았는지 학생 명부에 내 통칭 명인 '스기하라'와 나란히 '조선'이라는 단어가 들어간 내 출신 중학교 이름을 그대로 적어둔 것이었다.

입학식 사흘 뒤, 첫 번째 '도전자'가 내 앞에 나타났다. 오래 전부터 조선학교라고 하면 '용자가 우글거리는 무시무시하게 배타적인 가라테 도장'이라는 식으로 다들 생각했을 것이다. 도법은 물론 '풀컨택트'다. 당연한 일이지만 그건 이미지일 뿐이고 조선학교에도 초원에서 온종일 개양귀비 목걸이를 짜고 있을 듯한 순한 놈도 있다. 거꾸로 격류에서 큰곰과 연어를 놓고 경쟁적으로 사냥하는 것을 무상의 기쁨으로 삼는 흉포한 놈도 있다. 양쪽의 비율은 일본 학교와 대략 비슷할 거라고 생각하는 바이지만, 유감스럽게도 조선학교의 후자에는 '차별'이라는 처지 때문에 연어가 풍부하게 주어진다. 그들은 계속 연어를 잡아먹으며 점점 더 몸집을 키우고 더욱더 흉포해져간다. 그리고 그런 자들의 무시무시한 이미지가 일본인들 속에 심어져 '조선인'의 평균 상으로 자리잡아버렸다.

뭐, 어찌됐든 일본 학교의 불량학생 입장에서 나는 '조선인'

이라고 적힌 가라테 도장의 간판인 것이다. 도장 깨기를 하듯이 나를 쓰러뜨리고 그 간판을 손에 넣으면 동지들 사이에서 이름을 날릴 수 있다. 끔찍하게 수준 낮은 얘기지만 내가 수준 낮은 고교에 다니게 됐으니 어쩔 수 없었다. 하지만 나는 그 수준 낮음이 싫지 않았다. 이기느냐 지느냐. 아주 간결하다. 복잡한 이론 따위는 없다.

첫 번째 '도전자'는 가토였다. 가토는 어느 광역 지정폭력단[●]의 간부 아버지를 가진 순혈 불량학생이었다. 첫 싸움이었던 만큼 나도 기합이 들어가 재떨이로 가토의 코를 부러뜨려줬다. 승부는 어이없이 금세 결판이 났지만, 부친의 백그라운드가 있었기 때문에 두고두고 일이 시끄러워질까봐 걱정이었다. 하지만 지레짐작이었다. 가토는 치료하는 김에 지금까지 영 마음에 들지 않았던 코를 성형수술로 바짝 높이기로 결단했다.

오랜만에 내 앞에 나타난 가토는 그야말로 잘생긴 코를 슥슥 문지르며 겸연쩍은 미소를 지었다.

"너한테 고맙다."

아들놈 인물이 훤해졌다고 아버님도 매우 기뻐하셨다, 라고

● 각 지역의 공안위원회에서 폭력 불법행위를 조장할 우려가 있는 폭력단으로 지정한 조직으로 여타의 조직보다 강한 규제를 받게 된다.

하더니만 긴자 고급레스토랑의 저녁식사에 초대해주었다. 가토 아버님의 왼손에는 새끼손가락이 없었다.

가토는 고교에서 생긴 첫 친구였다. 그리고 현재로서는 내가 친구라고 부를 수 있는 유일한 존재였다.

코를 문지르던 손을 멈추고 가토가 퍼뜩 생각난 듯이 말했다.

"오늘 내 생일이다."

"선물, 없다."

"애초에 기대도 안 했어."

가토는 교복 주머니에서 길쭉한 종이를 꺼내 내게 건넸다.

"내 생일파티 티켓이야."

"파티는 무슨, 어울리지도 않게."

"아버지가 돈을 대준다고 해서."

"그래서 이걸 얼마에 팔고 다니는데?"

가토는 에헤헤헤 웃으면서 기업 비밀, 이라고 말했다. 나는 마음 내키면 가겠다고 말하고 티켓을 주머니에 챙겨넣었다.

"예쁜 여학생들도 많이 오니까 아주 재밌을 거야."

가토는 그렇게 말하고 자리에서 일어섰지만, 아차 하고 혀를 차며 덧붙였다.

"깜빡했네. 아버지가 집에 한 번 놀러오라고 하시더라."

"싫다." 나는 말했다. "야쿠자는 싫어. 약한 사람 괴롭히잖아."

가토는 금세라도 울어버릴 듯한 표정을 지으며 말했다.

"제발 차별하지 말아줘. 아버지도 필사적으로 살아왔다고. 게다가 우리 아버지는 네가 엄청 마음에 든다네? 그 녀석은 엄청난 사내가 될 게야, 라고 노상 얘기하잖냐."

"알았어, 생각해볼게."

나는 대답했다. 가토는 안도한 얼굴로 그럼 이만, 이라고 말하고 테이블 곁을 떠났다. 나는 그 등짝을 향해 말을 건넸다.

"아버님께 인사 전해드려."

가토는 고개를 돌려 매우 흐뭇한 미소를 날리며 응응 하는 느낌으로 손을 번쩍 들었다.

방과 후.

어울려 놀 친구도 없고, 작년까지 펄펄 뛰었던 농구부는 한 가지 사건을 계기로 강제 퇴부 처분을 받았기 때문에 그냥 집에 돌아가는 수밖에 없었다. 곧장 들어가는 것도 신경질이 나서 책방에 들러 인류학과 고고학 책들을 선 채로 읽었다. 그중 한 권을 사들고 집으로 향했다.

집에 도착해 우유를 마시려고 주방으로 가자 아버지가 심각한 얼굴로 팔짱을 낀 채 식탁에 앉아 있었다. 집 안에 어머니의 기척은 없었다.

"또야?"

나는 냉장고 문을 열면서 말했다.

"네 엄마가 친구하고 푸켓에 가겠다잖아."

아버지가 단단히 비위가 틀어진 목소리로 말했다.

"가라고 하면 되지."

"요즘 우리 집 경제사정이 별로라는 거, 너도 알지?"

아버지가 툭 내뱉듯이 말했다.

몇 년 전까지 아버지는 파친코 경품교환소 네 군데를 운영했다. 하지만 이제는 두 군데로 줄어들었다. 줄어든 이유는 대략 이런 것이었다.

어느 날, 경찰이 아버지와 거래 중인 파친코점에 찾아가 점주에게 아버지에 대해 "야쿠자와 깊은 관계를 맺어서 그자가 벌어들인 돈이 야쿠자의 지갑으로 들어가 중대한 자금원이 되고 있다"라고 말했다. 그 참에 "그런 자와 계속 거래한다면 당신 쪽도 엄격하게 눈을 번뜩이며 지켜볼 수밖에 없다"라고도 말했다. 점주는 아버지가 야쿠자와 깊은 관계 따위 맺지 않은 것을 잘 알고 있었지만 국가권력에 대들었다가는 어떤 꼴을 당할지 뻔했기 때문에 그의 말대로 따를 수밖에 없었다. 그렇게 아버지는 20여 년에 걸친 거래를 눈 깜짝할 사이에 놓치고 말았다.

새 경품교환소는 경찰의 OB가 운영을 맡았다. 경품교환소는 상당히 수익성이 좋은 사업이다. 역시나 '개'라는 별명답게 경찰은 후각이 발달해서 돈 냄새를 아주 잘 맡는다.

연달아 두 군데의 경품교환소를 빼앗겼을 때, 어머니가 비열하다느니 더럽다느니 용서 못한다느니 차별이라느니, 아무튼 억울한 심정을 줄줄이 표현하자 아버지는 벌쭉 웃으면서 말했다.

"그래도 아직 두 군데가 남았잖아. 처음에는 제로였어. 제로에서 시작했다고. 내가 산수는 젬병이지만 어느 쪽이 더 많은지 정도는 알아."

프로복서 시절에 아버지는 총 26전의 전적 중에 단 한 번도 다운을 당한 적이 없었다. 단 한 번도 매트에 무릎을 꿇지 않았다. 터프하다고 해서 붙여진 별명은 '철근콘크리트'였다. 참고로, 링네임은 '스기하라 히데요시'였다. 도요토미 히데요시의 '히데요시'다. 체육관 회장이 멋대로 지어준 것이라고 한다. 당연히 '재일조선인' 동료들 사이에서는 평판이 좋지 않았다.

아버지의 웃는 얼굴에 덩달아 어머니도 씨익 웃었다. 잠시 뒤에는 가늘어진 눈가에서 눈물이 떨어졌다.

"그래도 억울하다, 그치?"

그 어머니는 지금 아버지와 다투고 올 들어 세 번째 가출을 감행했다. 경품교환소를 빼앗긴 것과 하와이에 다녀온 경험을 통해 어머니는 강해졌다. 조선(한국)은 옛날부터 유교적 색채가 강한 특성이 있어서 그 전통은 '재일' 사회에도 이어졌다. 유교는, 거칠게 말하자면 '윗사람을 공경하라'는 사상이다. 그게 가정에서는 '여자들은 남편(아버지)을 결코 거슬러서는 안 된다'라는 게 된다.

그런 연유로, 하와이에 가기 전까지 우리 집에서 아버지의 반찬은 나와 어머니보다 항상 두 가지가 더 많았다. 그런데 하와이에서 돌아온 뒤부터는 네 가지로 불어났다. 어느 날, 저녁을 먹은 아버지가 불룩 나오기 시작한 배를 쓰다듬으며 어머니에게 물었다.

"요즘 왜 반찬이 많아졌어?"

부엌에서 설거지를 하던 어머니는 생글생글 웃으며 상냥하게 대답했다.

"당뇨병에라도 걸려주었으면 해서."

갑작스러운 카운터펀치에 아버지가 간이 떨어질 만큼 놀란 참에 부엌에서 식탁으로 돌아온 어머니는 어영차, 라고 중얼거려가며 의자에 앉아 식탁 가장자리에 놓인 여성 주간지를 곤추세우듯이 쫙 펼쳐들었다. 아버지와 내 눈에 그 표지에 실린 큼직한 글씨가 또렷하게 보였다.

'무서운 아내! 폭력 남편의 저녁밥에 지속적으로 비소를 넣다!'

여성 주간지 뒤로 보이는 어머니의 얼굴에 잭 니콜슨이 지었던 듯한 웃음이 붙어 있었다.

그리하여 유교는 패배했다. 반찬 수는 평등해지고, 그때까지 거의 밖에 놀러가는 게 허락되지 않았던 어머니는 친구들과 영화도 보고 노래방이며 피부관리실에도 가게 되었다. 어머니는 아직 삼십대였다.

나는 우유팩에 입을 대고 꿀꺽꿀꺽 우유를 마신 뒤에 아버지에게 말했다.

"우리 집 경제사정이 힘들다고 해봤자 아버지는 날마다 골프 치러 다니잖아. 회원권까지 구입했지? 뭔가 설득력이 떨어지는데?"

아버지는 하와이에서 돌아와 곧바로 골프를 시작했다.

"골프는 내 인생의 비타민이야."

아버지가 변명처럼 말했다.

"가정주부에게는 비타민이 필요하지 않나?"

"원래 여자란……."

나는 아버지의 말을 가로막았다.

"북조선도 한국도 중국도, 유교에 절어든 나라는 죄다 한계에 이르렀어. 남자라고, 단지 나이가 많다고 공연히 위세를 부리는 시대는 끝났어, 이제."

아버지가 살기를 뿜기 시작했다.

"학교에서 먹물 좀 먹더니 나한테 설교를 해?"

아버지는 전쟁 전후의 혼란 속에서 초등학교밖에 다니지 못했다. 급히 우유를 냉장고에 넣고 주방을 빠져나왔다. 아버지의 목소리가 뒤를 쫓아왔다.

"밥, 어쩌냐고!"

2층으로 계단을 올라가면서 대답했다.

"레토르트 카레!"

내 방으로 돌아오자마자 무선전화기로 어머니가 가출한 곳에 전화했다. 어머니의 가출지는 항상 정해져 있었다. 야키니쿠점을 경영하는 친구네. 친구 집 쪽에 전화해도 받지 않아서 가게 쪽으로 걸었더니 마침 어머니가 받았다. 어머니는 "지금 식재료 받는 시간이라 바쁘네"라면서 뒤를 이었다.

"네 아버지는 어때?"

"이번에는 2주일쯤이면 항복할 거 같은데."

"2주일……."

"괜찮아. 우리 쪽은 뭐, 어떻게든 할 테니까."

"미안해. 저녁, 이쪽으로 먹으러 올래? 다들 너 보고 싶어 하는데."

"알았어. 며칠 내로 한 번 갈게."

전화를 끊은 뒤, 교복을 벗고 속옷 차림 그대로 침대에 벌렁 누웠다. 아래층에서 톡, 톡, 하는 소리가 들려왔다. 아버지가 퍼팅 연습을 시작한 것이다. 우울한 일이 생기면 마치 수행이라도 하듯이 오래오래 퍼팅 연습을 했다.

톡, 톡, 톡, 톡, 톡……

우울한 낙숫물 소리를 듣고 있는 것 같았다. 배가 고팠지만 레토르트 카레를 먹고 싶은 기분이 아니었다. 침대에서 벌떡 일어나 행거에 걸린 교복의 주머니에서 가토가 준 생일파티 티켓을 꺼냈다. 뒷면을 보니 파티 장소는 롯폰기였다. 좋아하는 동네가 아니었다. 하지만 집에 있는 것보다는 나을 것 같아 일단 나가보기로 했다.

검은 터틀넥 스웨터에 청바지를 입었다. 거실에 얼굴을 내밀고 아버지에게 밤에 좀 늦을 거야, 라고 알렸다. 아버지는 퍼팅을 계속하면서 "못된 짓은 하지 마"라고 힘없는 목소리로 응했다.

톡, 톡, 톡, 톡, 톡……

1주일쯤이면 항복할지도.

집을 나섰다.

야마노테선의 에비스역에서 내려 에비스선으로 갈아타고 롯폰기로 갔다. 롯폰기 큰길의 〈아몬드〉 과자점에서 꺾어져 가이엔히가시 거리를 타고 쭉쭉 내려가 도라노몬 바로 전까지 걸어갔다.

가토의 생일파티 장소 〈Z〉는 큰길에서 한참 더 들어간 위치에 있었다. 두툼하고 묵직한 목제 문을 열자 어슴푸레한 실내에서 전자음의 비트와 담배 연기와 술 냄새와 사람들의 입김이 한데 뭉쳐진 덩어리가 홍수처럼 왈칵 쏟아졌다. 어떻게든 그중 하나라도 피해보려고 했지만 소용없었다. 심호흡으로 길거리 공기를 몸속에 가득채운 뒤에 안으로 들어갔다.

〈Z〉는 복층 형식의 클럽이었다. 1층이 로프트, 그리고 지하층에 꽤 넓은 플로어가 있었다. 문 옆에 같은 학교의 다케시타가 서있는 게 보였다. 가토와 항상 같이 다니는 놈이다. 다케시타는 손에 티켓 다발을 들고 있었다. 반강제로 티켓 담당을 떠맡은 모양이다. 다케시타는 내 얼굴을 보자마자 과장스럽게 놀란 표정을 지었다.

"웬일로 네가 이런 데를?"

다케시타가 물었다. 나는 애매하게 고개를 끄덕여주고 티켓을 건넸다. 플로어 쪽에서는 수많은 남녀가 비트에 맞춰 격렬하게 춤을 추고 있었다. 로프트를 둘러보니 테이블 대부분이 차있었다. 내 시선을 따라가던 다케시타가 "자리, 만들어줄까?"라고 물었다. 내가 "가능해?"라고 되묻자 다케시타는 웃으면서 어깨를 으쓱하더니 로프트 안쪽으로 향했다. 3인용 둥근 테이블까지 더듬어간 다케시타가 그곳에 앉아 있는 커플에게 뭔가 귀엣말을 했다. 곧바로 커플은 떨떠름한 표정으로 자리에서 일어나 플로어로 내려갔다.

다케시타가 돌아와 손가락으로 OK 표시를 내보였다. 미안하다, 라고 인사를 건네자 다케시타는 진지하게 놀란 표정을 지었다. 아무래도 학교에서의 내 평판이 상당한 무법자로 정착이 된 모양이다.

벽 쪽의 둥근 테이블로 다가가 다리 긴 스툴에 자리를 잡았다. 옆 테이블에서는 마주 앉은 커플이 엄청 진한 키스를 3D 감각으로 되풀이하고 있었다. 보고 있자니 나까지 괜히 창피해져서 몸을 내밀어 손잡이 너머 아래쪽 플로어를 내려다보았다. 다들 높은 열기를 내뿜으며 춤추고 있었다. 하지만 이따금 옆 사람의 움직임을 흘끔흘끔 확인했다. 하나같이 동작이 어딘가 획일적이었다.

플로어에서 로프트로 이어진 계단을 획일적이 아닌 분위기의 남자가 올라왔다. 손에 두 개의 잔을 들고.

"어서 와."

가토는 잔을 테이블에 내려놓고 스툴에 자리를 잡았다.

"우롱차, 괜찮지?"

"고맙다."

나는 감사인사를 했다. 우리는 잔을 들고 챙강 가장자리를 마주쳤다.

"태어나기를 잘했네."

나는 우롱차 잔에 가볍게 입을 댄 뒤에 말했다. 가토는 수줍은 듯 에헤헤 웃으며 슬쩍 눈을 숙였다. 그리고 일부러, 라는 티가 나게 "아참, 그렇지"라고 말하더니 호주머니에 손을 넣어 작은 성냥갑을 테이블 위에 꺼내 놓았다.

"뭐냐?"

내가 물었다.

"안에 L이 있어. 뭐, 괜찮으면 해보든지."

가토는 아직도 살짝 수줍은 듯 미소를 지으며 그렇게 말했다.

나는 눈앞에 있는 놈이 사랑스러웠다. 표현이 서툴러 호의를 세련되게 드러내는 방법을 알지 못하고 애초에 그런 걸 배우지도 못했지만 순순히 진짜로 수줍은 미소를 지을 줄 아는 내 눈앞의 남자 놈이.

테이블 위에 놓인 가토의 손등을 가볍게 쥔 주먹으로 부드럽게 툭 쳤다.

"고맙다만, 나는 뿅 가버릴 여유가 없어. 생각할 게 아주 많거든. 그게 끝나면 그때는 함께 죽을 만큼 뿅 가자."

가토는 내 눈을 지그시 들여다보며 뭔가를 확인하고는 씨익 웃었다. 그리고 새끼손가락을 치켜들며 물었다.

"너는 이쪽이 더 좋구나?"

나는 웃으면서 고개를 가로저었다.

"가능하면 샌드위치라든가 과일 같은 게 좋은데."

가토는 고개를 끄덕이고 스툴에서 일어났다. 테이블에서 멀어져가는 그 등짝에 "어이!"하고 말을 건넸다. 그리고 뒤돌아보는 가토에게 성냥갑을 휘익 던졌다. 멋지게 받아내더니 가토는 내게 양쪽 눈이 다 감기는 윙크를 날렸다.

가토가 플로어로 이어지는 계단을 내려가는 바로 그때, 입구 문이 스르륵 열렸다. 가토의 움직임을 따라가던 내 시선은 당연한 일처럼 그 문 쪽으로 빨려들었다.

한 여학생이 안으로 들어왔다. 각도 탓에 내 쪽에서는 그녀의 상반신밖에 보이지 않았다. 영화 〈네 멋대로 해라〉의 진 세버그처럼 머리가 짧았다. 나는 〈네 멋대로 해라〉의 진 세버그가 좋다. 눈동자는 멀리서도 확실히 알아볼 만큼 동그랗고, 그곳에 〈순수의 시대〉의 위노나 라이더의 눈동자와 동일한 종류의 지성이 넘실거렸다. 나는 〈에이지 오브 이노센스〉의 위노나 라이더도 좋아한다.

　내 시선이 그대로 코와 입으로 내려가려는 것을 그녀가 거부했다. 마음이 전혀 딴 데 가있는 기색으로 다케시타에게 티켓을 건네고 플로어를 둘레둘레 둘러보았다. 나는 잘게 흔들리는 그녀의 얼굴 움직임을 지켜보았다. 한 남자가 그녀에게 다가갔다. 장발에 갈색으로 태운 피부, 귀에는 피어스, 시부야에서 돌을 던지면 90퍼센트 확률로 맞을 만한 클론적인 남자였다. 그녀가 찾는 상대가 그자인 모양이라고 생각한 나는 가벼운 실망감을 느끼며 우롱차 잔을 입으로 가져갔다.

　남자가 그녀에게 말을 걸었다. 그녀는 남자의 의지를 깡그리 거둬 꽉꽉 뭉쳐서 홱 내던지는 차갑고 힘차고 날카로운 시선을 그자에게 던졌다. 남자는 할 말을 잃고 창피한 듯 어깨를 으쓱하더니 그녀에게서 멀어져갔다. 명백히 그녀 주위에 어떤 특수한 자력이 발생해 주위 남학생들의 시선이 그 자력에 빨려들고 있었다. 나도 그중 한 명이었다. 우롱차 잔을 들고 그녀에게 강렬한 시선을 쏟아부었다.

　플로어를 살펴보다가 포기한 그녀는 로프트로 시선을 옮겼다. ㄷ자 형태로 설치된 로프트 부분의 한쪽 끝에서부터 살펴보기 시작했다. 나는 다른 쪽 끝에 앉아 있었다. 그녀의 진지한 눈빛이 차례차례 테이블을 훑다가 포기하고 다시 다른 테이블로 옮겨갔다.

로프트에는 테이블이 아주 많았다. 그녀는 내 쪽에서 두 개 앞 테이블쯤에서 가벼운 한숨을 내쉬었다. 시선이 조금 숙여지는 것 같았다. 하지만 일부러 여기까지 왔는데, 라는 느낌으로 다시 남은 테이블을 훑어보았다. 그리고 마침내 내가 앉은 테이블.

그녀의 눈빛이 다시 강렬해졌다. 그 강한 시선이 내게 쏟아졌다. 그 참에 그녀의 시선을 함께 따라잡던 갤러리의 시선도 일제히 내게 쏟아졌다. 적잖이 당황스러웠지만 평소 버릇이 도져서 나를 쳐다보는 그녀를 마주 노려보았다. 불량한 용어로 말하자면 '째려보았다.'

신기하게도 그녀의 얼굴에 아주 매력적인 미소가 가득 번졌다. 갤러리의 얼굴에도 드디어 찾아서 다행이다, 라는 웃음이 번져갔다. 그리고 나도 환하게 웃으며 내친 김에 서로 포옹이라도 한다면 최고의 해피엔드, 라는 분위기였으나 그렇게 되지는 않았다. 나는 여전히 그녀를 째려보았다. 전혀 본 기억이 없는 낯선 얼굴이었던 것이다.

스토리가 어째 이상하게 흘러간다는 것을 깨닫고 갤러리의 시선이 다시 한 번 여주인공의 진의를 확인하고자 일제히 그녀에게로 쏠리는 것과 거의 동시에 장본인은 서있던 자리에서 몸을 움직여 통통 튀는 걸음으로 내 테이블을 향해 달려왔다.

그녀가 다가오는 것을 바라보며 솔직히 내가 한 생각은 예전에 때려눕힌 놈의 여동생이라서 금세라도 나이프를 꺼내 들고 "오빠의 원수!"라는 등의 말을 외치며 나를 덮치는 게 아닌가, 하는 것이었다.

하지만 그녀는 나이프를 꺼내드는 일 없이 내 테이블에 도착해 작은 점프로 스툴에 올라앉았다. 털썩 착지하자 짧은 타탄체크의 플리츠스커트가 한순간 둥실 부풀어 허벅지와 속옷이 보였다. 양쪽 다 흰색이었다.

망막에 선명한 흰색이 남은 채 시선을 위로 올리자 그녀의 힘찬 눈빛이 기다리고 있었다. 방금 전 클론 남자에게 던졌던 시선이 날아올 것이라고 예상하고 나는 경계태세를 취했다. 하지만 예상은 빗나갔다.

그녀의 눈에 장난기 어린 빛이 감돌더니 하늘하늘 날아가는 나비라도 따라가듯이 얼굴을 천천히 왼쪽에서 오른쪽으로 움직였다. 그리고 다시 정면으로 고개를 돌려 "어때?"라는 느낌으로 내 눈을 들여다보았다. 내가 말없이 '?'으로 답하자 이번에는 좀 더 천천히 오른쪽에서 왼쪽으로 얼굴을 움직였다. 한순간 약간 맛이 간 여학생이라 실제로 나비가 눈에 보이는지도 모른다, 라고 생각했지만 곧바로 그 생각을 지웠다. 그녀는 내가 지금까지 봐온 여학생 중에서도 가장 정상으로 보였다.

머리 돌리기를 끝낸 그녀는 도전하듯이 내 눈을 빤히 보았다. 유감스럽게도 아무리 빤히 들여다봤자 나는 그 얼굴을 본 기억이 없었다. 내가 여전히 말없이 '?'을 표하자 그녀는 실망한 듯 어깨를 툭 떨궜다. 하지만 다음 순간에는 다시 눈에 장난기 어린 빛이 떠오르더니 두 손으로 테이블 가장자리를 잡고 그곳을 지점으로 삼아 허리를 흔들어 스툴을 짧게 좌우로 돌리기 시작했다. 그리고 내가 마침내 입을 열어 행동의 진의를 물으려고 했을 때, 그녀는 틀 수 있는 한계까지 크게 오른쪽으로 허리를 틀고 일단 움직임을 멈춰 힘을 충분히 모은 뒤 반동을 넣어 왼쪽으로 허리를 돌리는 것과 동시에 테이블에서 손을 뗐다. 스툴은 힘차게 회전하고 그녀의 몸도 함께 돌기 시작했다.

나의 동체 시력은 정확히 그녀의 목덜미와 뒤통수와 등짝의 디테일을 포착했지만 그중 어느 것도 본 기억이 없었다. 일회전의 여정을 마친 그녀는 "어때, 대단하지?"라는 느낌의 웃음을 얼굴에 내보였다. 입에서 살짝 혀가 내밀어졌다. 예전에 내가 기르던 개는 강아지 때 항상 입 밖으로 살짝 혀를 빼문 채 자곤 했다. 그게 생각났다. 그녀는 무척 귀여웠다.

나는 물었다.

"너, 누구야?"

그녀의 얼굴에서 웃음이 사라지고 체념의 빛이 떠올랐다. 하지만 그 빛은 금세 사라졌다. 그녀가 입을 열었다.

"저기, 사이코메트리라고 알아?"

의지가 담긴 또렷한 목소리였다.

나는 잠깐 망설인 뒤에 고개를 끄덕였다. 사이코메트리는 누군가를 만지거나 소유물을 만져보는 것으로 그 인물과 관련된 과거와 미래의 정보를 읽어내는 초능력 얘기일 터였다. 나는 〈데드존〉이라는 영화를 좋아해서 여러 번 봤기 때문에 알고 있었다.

그녀는 내가 고개를 끄덕이는 것을 보고 테이블에 놓인 내 손등에 자신의 손을 얹었다. 그녀의 손가락은 몹시 가늘고 길었지만 관절 부분이 울룩불룩하지 않고 곧게 뻗어 있었다. 그녀의 검지가 다정한 움직임으로 내 손등을 훑었다. 이윽고 손끝을 세워 짧은 거리를 비비듯이 왕복하기 시작했다.

"지금 읽어내고 있는 거야."

그녀는 다정한 목소리로 말했다. 나는 그저 말없이 그 검지의 움직임을 지켜보았다. 인류가 손을 쓰기 시작한 게 언제부터인지는 모르지만 처음 손을 사용한 인간에게 감사하고 싶은 기분이었다.

그녀가 손을 뗐다. 다시 장난기 어린 빛이 눈동자에 떠올랐다.

"농구를 하고 있지?"

나는 순수하게 놀람을 표하기로 했다.

"어떻게 알았어?"

"그러니까 사이코메트리라고 했잖아."

나는 잠시 아무 말 없이 그녀의 얼굴을 응시한 뒤에 말했다.

"그밖에 또 알아낸 것은?"

"사람 몇 명을 걷어찬 적이 있어."

나는 그녀에게서 시선을 돌려 주위를 둘러보았다. 갤러리의 시선은 이미 대부분 우리를 떠났다. 문 옆에 서있는 다케시타와 눈이 마주쳤다. 다케시타는 엄청나게 과장스러운 놀람의 표정을 지었다. 가토의 모습을 찾아보았다. 나는 그녀의 출현은 분명 가토가 꾸민 짓이라고 확신하고 있었다.

마침 타이밍도 좋게 샌드위치가 담긴 접시를 든 가토가 계단을 올라왔다. 다 올라선 가토는 내 눈앞에 여학생이 앉아있는 것을 보고는 미간에 세로주름이 새겨졌다. 테이블을 돌아 그녀의 얼굴을 본 가토의 미간에서 세로주름이 사라졌다. 그 대신 눈가에 웃음 주름이 새겨졌다. 가토는 그녀에게 환한 웃음을 건네더니 싹싹하게 샌드위치 접시를 내려놓고 교육을 잘 받은 웨이터처럼 반듯한 자세로 절을 한 뒤에 테이블에서 멀어져 갔다.

"아는 사람이야?"

그녀가 물었다. 그 눈빛을 살펴보았다. 연기를 하는 듯한 기색은 없었다. 가토 쪽도 뭔가 꾸미는 것처럼은 보이지 않았다. 그렇다면······.

생각해볼 만한 가능성은 그녀가 우리 학교에 지인이 있고 그자에게서 내 정보를 얻었다, 라는 것이었다. 하지만 그녀가 알고 있는 정보는 미묘하게 사실과 어긋났다. 나는 농구를 '하고 있는' 게 아니라 정확하게는 '예전에 했던' 것이고, 사람을 '몇 명'이 아니라 정확하게는 '몇 십 명'을 걷어찼다. 게다가 그녀가 지인에게서 정보를 얻었다고 해도 그런 말을 하려고 일부러 내게 접근한 이유가 무엇인지 알 수 없었다. 애초에 우리 학교 놈들이라면 그녀에게 "그놈 근처에도 가지 마라"고 충고했을 게 틀림없다.

"그밖에 또 알아낸 것은?"

내가 아까와 똑같은 질문을 되풀이하자 그녀는 그런 건 이제 아무려나 상관없잖아, 라는 듯이 미소를 짓더니 "오늘은 이만 끝"이라고 말하고 뒤를 이었다.

"여기 나갈까? 좁고 답답하고 시끄럽고 따분하지 않아, 여기?"

나는 진지하게 물었다.

"그것도 읽어낸 거야?"

그녀는 얼굴에 수수께끼 같은 웃음을 지으며 말했다.

"가자."

스툴에서 폴짝 뛰어내려 아까 올라올 때처럼 통통 튀는 걸음
으로 출구로 향했다. 틀림없이 내가 뒤따라온다고 확신하는지
한 번도 뒤를 돌아보지 않았다. 그 확신은 옳았다. 나는 그녀의
자력에 이끌려 스툴에서 일어섰다. 하지만 테이블 위의 샌드위
치도 희미하나마 자력을 발하며 내 배에 흡입되기를 원하는 것
같았다. 그녀의 등이 점점 멀어져갔다. 나는 샌드위치를 포기
하고 테이블 앞을 떠났다.

가게 문을 열었을 때, 플로어에서 〈해피 버스데이〉 노래가 시
작되고 눈 깜짝할 사이에 전체로 번져 대 합창으로 커졌다. 가
토를 위해 노래가 끝날 때까지 자리를 지킬까도 생각했지만 벌
써 십여 미터쯤 앞서간 그녀가 발끝으로 서서 내게 힘껏 팔을
흔드는 것을 보고 나는 망설임을 던져버렸다. 문을 닫고 그녀
를 향해 뛰었다.

잠시 고민한 끝에 일단 도쿄타워 쪽으로 걷기로 했다. 길은
선택하지 않고 적당히. 조명 불빛을 받으며 밤하늘에 떠있는
도쿄타워는 딱 좋은 표지판이었다.

나와 그녀는 딱히 대화를 나누는 것도 없이 묵묵히 걸었다. 하지만 어색한 느낌은 없었다. 이따금 그녀가 나란히 걷는 내 눈을 들여다보는 바람에 겸연쩍은 웃음을 지으면 그녀는 재미있다는 듯이 몸으로 부딪쳐왔다. 전혀 힘 조절 없이. 예전에 텔레비전 뉴스에서 갓 태어난 아기 큰곰이 자신을 찍는 텔레비전 카메라를 신기해하며 힘껏 몸을 부딪치는 모습을 본 적이 있다. 나는 그것을 떠올렸다. 그녀는 무척 귀여웠다. 그녀에 대해 알고 싶었다.

30분쯤 걸었을 때쯤, 나는 말문을 열었다.

"고등학생이야?"

그녀는 고개를 끄덕이며 자신이 다니는 사립 고등학교 이름을 말했다. 유명한 입시 명문교였다.

"올해 3학년. 넌 2학년? 3학년?"

왜 계속 1년을 빠뜨리는 건가. 그녀는 나의 무엇을 알고 있는 건가.

"나도 3학년 올라간 참."

내가 말하자 그녀의 이지적인 느낌이 드는 이마에 주름이 잡혔다.

"말하는 게 너무 점잖은데? 어울리지 않게."

그녀는 나에 대해 뭘 알고 있는 건가.

"어느 학교?"

내가 학교 이름을 말하자 그녀는 이미 다 안다는 식으로 의기양양하게 어깨를 으쓱했다.

"그 스웨터, 잘 어울린다." 그녀가 불쑥 말했다. "영화 〈400번의 구타〉의 주인공 남자애 같아."

나는 영화 〈400번의 구타〉가 아주 좋았다. 그녀는 짙은 블루 셔츠에 검은 니트 베스트를 입고 있었다. 가슴 부분에 빨간색과 흰색의 아가일 무늬를 짜넣은 베스트다. 너무 잘 어울려서 나도 그럴싸한 칭찬의 말을 꺼내려고 찾아봤지만 찾아지지 않았다. 어쩔 수 없이 "너도 잘 어울려"라고 말하자 그녀의 이마에 다시 주름이 새겨졌다. 똑같은 칭찬이었던 게 좋지 않나……

그녀가 나보다 조금 앞서 걸어갔다. 기분이 상해버렸는지도 모른다. 나는 말없이 뒤를 따라갔다. 꼭 알고 싶은 게 있었다. 아직 그녀의 이름을 묻지 못했다.

따라잡으려고 걸음을 서두르는 것과 거의 동시에 그녀가 발을 멈췄다. 따라잡은 나도 발을 멈췄다. 그녀의 얼굴은 옆을 향하고 있었다. 그 시선 끝을 확인했다. 초등학교 교문이었다. 그녀는 묵중한 느낌으로 닫힌 레일식 철문을 지그시 쳐다보았다. 철문 높이는 1.5미터 정도였다. 그 너머에는 어둠으로 뒤덮인

교정이 펼쳐져 있었다.

그녀의 옆얼굴에 대담한 웃음이 피어났다. 나는 그녀의 의도를 눈치 채고 "안 될 텐데"라고 말했다. 그녀의 이마에 내 천 자가 그려졌다.

내 말에는 아랑곳하지 않고 성큼성큼 철문으로 다가가더니 윗부분에 양손을 짚고 한껏 반동을 붙여 폴짝 뛰어서 한쪽 다리를 걸었다. 그 다리를 조금씩 학교 안쪽으로 넘겨 철문에 엉덩이를 대고 걸터앉았다. 그다음에는 이쪽 편에 남은 다리를 안쪽으로 넣기만 하면 침입 성공이다.

그녀는 말에라도 올라탄 것처럼 철문 위에 앉은 채 자랑스러운 듯 내 쪽을 돌아보았다. 나는 눈을 숙였다. 스커트가 위로 말려 올라가 이쪽 편의 다리가 그대로 드러난 것이다. 그녀가 신경 쓰는 듯한 기척은 전혀 없었다.

털썩 하는 소리가 들렸다. 시선을 들자 그녀의 머리가 철문 건너편에 있었다. 두 개의 동그란 눈동자가 내게 물었다.

자, 이제 어떻게 할 거야?

나는 철문으로 다가가 윗부분에 두 손을 짚고 반동을 넣어 점프해 꽤 멋지게 두 다리를 안쪽으로 꽂으며 단숨에 철문을 뛰어넘었다. 그녀는 약이 오른 표정이었지만 금세 그걸 지웠다. "오, 멋있는데?"라고 말하고는 미소를 지었다.

나와 그녀는 교정을 세 바퀴 돌았다.

"학교 급식, 좋았어?"

"내가 다닌 초등학교는 급식이 없었어."

"특이하네? 사립이었어?"

"……응."

"나는 급식이 진짜 싫었어. 전교생이 똑같은 시간에 똑같은 걸 먹다니, 뭔가 오싹한 느낌이잖아."

"알 것도 같다."

"지난번에 영화 〈알카트라즈 탈출〉에서 죄수들이 똑같은 시간에 똑같은 음식을 먹는 장면을 보면서 학교 급식이 생각나더라. 아, 클린트 이스트우드, 좋아해?"

"좋아하지. 〈페일 라이더〉, 최고였어."

"난 역시 〈더티 해리〉가 좋던데."

우리는 두 손으로 철봉에 매달려 새끼원숭이처럼 흔들흔들 몸을 흔들었다.

"노래는 어떤 걸 들어?"

"이것저것 듣지. 근데 일본 노래는 별로 안 듣는 편인가?"

"왜?"

"……왤까. 깊이 생각해본 적이 없어. 너는 어떤 노래를 들어?"

"나도 이것저것. 근데 일본 노래는 별로 안 듣나?"

"왜?"

"……왤까. 깊이 생각해본 적이 없어."

"똑같네."

"응, 똑같네."

우리는 교정 귀퉁이에 앉혀진 위인의 동상 콧구멍에 번갈아가며 손가락을 꽂았다.

"장래의 꿈은?"

"……가능하면 일류대학에 가고 가능하면 일류기업에 들어가고 가능하면 착착 출세하고 가능하면 사랑스러운 아내를 얻고 가능하면 귀여운 아이 둘을 낳고 가능하면 도쿄에 단독주택을 짓고 가능하면 정년퇴직 후에 바둑이라도 배우고 가능하면 봄날 햇살 좋은 날에 아내의 손을 잡고 '당신과 함께 살 수 있어서 행복했소'라는 둥의 말을 중얼거리며 노쇠로 죽고 싶어. 근데 분명 그렇게는 안 될 테니까 뭔가 다른 인생을 살게 되겠지?"

"진짜야? 정말로 가능하면 그런 인생을 살고 싶어?"

"응."

"……"

"왜 웃어? 내가 무슨 이상한 말이라도 했나?"

"아니, 내 주위의 남자들은 아주 굉장하거든. 다들 꼭 유명한 사람이 될 거라면서. 어떤 식으로 유명해질지 구체적인 얘기는 못 들었지만 아무튼 다들 엄청난 사람이 될 거래."

"그건 네 환심을 사기 위해서겠지. 한 마디로 선물매입을 해 두라는 얘기일 걸."

"너는 내 환심을 사고 싶지 않아?"

"……."

"그보다 왜 방금 얘기한 그런 인생은 안 될 거라고 생각해? 노력하면 안 될 것도 없잖아."

"……."

"왜? 내가 물어보면 안 될 거라도 물어봤어?"

"……나는 빌 게이츠 같은 사람이 될게."

"이제 새삼스럽게? 늦었네요."

우리는 교정 한복판에 큰 대 자로 누웠다.

"조용하다……."

"응."

"……."

"아, 괜찮다면 이름 좀 알려줄래?"

"이름 따위, 뭐든 상관없잖아?"

"……."

"사쿠라이."

"이름은?"

"안 알려줄래. 나, 싫거든, 내 이름."

"내 이름은……."

"스기하라."

"어, 어떻게……."

"후후, 아까 읽어냈어. 하지만 이름까지는 못 봤어. 이름은 뭐야?"

"……이름 따위, 뭐든 상관없잖아."

"그렇지?"

"그렇지."

"……."

"……."

사쿠라이가 벌떡 일어났다.

"방금, 봤어?"

나도 급히 윗몸을 들어 사쿠라이의 얼굴을 보며 고개를 끄덕였다. 방금 전, 하늘에서 별똥별이 떨어졌다. 도쿄의 부연 하늘에서도 또렷이 보일 만큼 붉은 꼬리를 끄는 별똥별.

사쿠라이의 이마에 깊은 내 천 자가 새겨졌다.

"윽, 손발이 오글거려. 남자와 함께 있으면서 이렇게 오글거린 적은 처음이야."

"오글거려?"

"아니, 별똥별이잖아. 남자와 단둘이 하늘을 올려다보다 별 똥별을 보는 것만큼 손발이 오글거리는 것도 없어. 그렇잖아?"

"……그런가?"

"그렇지."

"그래?"

"그렇지. 혹시 무슨 소원을 빌었다거나 한 거 아니지?"

나는 고개를 가로저었다.

"그럴 틈도 없었어."

"아, 다행이다."

사쿠라이의 이마에서 내 천 자가 사라졌다. 그 대신 매우 다 정한 웃음이 얼굴에 떠올랐다.

"창피하니까 별똥별 봤다는 얘기는 아무한테도 하지 말아줘. 우리 둘만의 비밀이야."

이럴 때, 나 이외의 남자들은 어떻게 하는 걸까.

나는 사쿠라이를 만져보고 싶었다. 어떤 장소든 좋았다. 만 졌을 때, 사쿠라이가 내 손을 받아준다면 가슴속에 가득한 초 조감도 지워질 게 틀림없다. 내 눈앞에서 미소 짓는 이 여자를 결코 잃고 싶지 않았다. 만난 지 아직 몇 시간밖에 안 됐고, 정체조차 거의 알지 못하는 여자에 대해 놀랄 만큼 강렬하게 그런 생각을 하고 있었다. 그리고 그녀라면 분명 내 손을 받아줄 것이라는 마음이 들었다.

손을 내밀까 말까 망설이는데 사쿠라이가 자리에서 벌떡 일어섰다.

"그만 갈까?"

나는 약간의 안도감과 실망감을 동시에 느끼며 고개를 끄덕이고 몸을 일으켰다.

철문 앞까지 가자 사쿠라이가 말했다.

"먼저 가. 이번에는 뒤에서 뛰는 거 보고 싶으니까."

뛰었다. 바깥쪽에서 기다리고 있자 사쿠라이가 나를 향해 손짓을 했다. 도움이 필요한 모양이라고 생각하고 두 팔을 학교 안쪽으로 내밀자 사쿠라이가 갑작스럽게 내 두 손을 잡아당겼다. 몸이 철문에 바짝 붙여졌다. 사쿠라이의 얼굴이 다가왔다.

"전에도 뛰었지?"

사쿠라이는 그 말만 하고는 입술을 내 입에 댔다. 이토록 부드러운 입술이라니. 사쿠라이가 나에 대해 뭘 알고 있건 내 알 바 아니었다. 그런 건 이미 어찌됐든 상관없었다.

나와 사쿠라이는 잠시 철문을 사이에 둔 채 입맞춤을 계속했다. 초조감은 흔적도 없이 사라져갔다.

3

가토의 생일날 밤, 결국 나와 사쿠라이는 다마치역까지 걸었다.

헤어질 때, 키오스크에서 매직펜과 신문을 샀다. 그 신문 귀퉁이를 찢어 거기에 전화번호를 적어 교환했다.

"다음 일요일에는 뭐해?"

사쿠라이가 물었다.

"친구 만나기로 했어."

사쿠라이의 이마에 주름이 새겨졌다.

"혹시 사귀는 사람 있어?"

나는 급히 고개를 가로저었다.

"그냥 남자 사람친구."

사쿠라이는 칫 하고 내 눈을 들여다보며 말했다.

"나, 거짓말은 진짜 싫은데."

잠시의 침묵 뒤에 나는 응, 하고 고개를 끄덕였다. 그 시점에서 아직 말하지 않은 것은 많았지만 거짓말한 것은 없었다.

개표구를 지나 각자 다른 플랫폼으로 향하기 전에 사쿠라이는 눈에 장난기 어린 빛을 띠며 물었다.

"내가 다음 일요일에 꼭 만나고 싶다고 하면 어쩔 거야?"

"친구 만나러 가야 해. 그 친구와의 약속은 깰 수가 없어."

"소중한 친구인 모양이네?"

"응."

~~~ ~~~ ~~~

민족학교에 다니던 시절의 얘기를 하고자 한다.

나는 민족학교에서 초등학교 중학교 교육을 받았다. 민족학교에서 가르치는 것은 조선어와 조선 역사, 북조선의 전설적인 지도자 '위대하신 수령님' 김일성에 대한 것, 그다음은 일본학교에서도 가르치는 것과 똑같은 일본어(국어), 수학, 물리 등등이었다.

'위대하신 수령님' 김일성……

민족학교를 얘기하는 데 있어서 결코 이 인물을 빼고 지나갈 수는 없다. 나는 어린 시절부터 김일성이 얼마나 위대한 인물인지를 지겨울 만큼 철저히 배워야 했다.

공산주의(사회주의) 국가는 종교를 인정하지 않고, 하지만 국민을 '통반석'처럼 똘똘 뭉치게 하기 위해서는 역시 종교 같은 게 필요했다. 당연하지만 종교에는 카리스마 교주님이 필요하고, 한 마디로 김일성은 그런 종교의 교주 같은 존재인 것이다.

라고 이제는 제법 잘 아는 것처럼 얘기하지만, 물론 민족학교에 다니던 시절에는 그런 이론적인 건 알지 못해서 김일성에 대한 맹목적인 충성심을 밀어붙이는 게 '뭔가 이상하다'고 느끼면서도 그저 당연한 일로 받아들였다. 왜냐하면 우리는 철들무렵부터 민족학교라는 '종교단체' 안에서 살아왔기 때문이다.

하지만 초등학교 3학년 때의 어느 날, 한 가지 사실을 깨달았다.

한창 '김일성 원수의 유년시절'이라는 수업을 받을 때의 일이었다. 그날의 수업 내용은 김일성이 어린 시절에 항일운동 투사였던 부친을 체포하려고 자신의 집에 찾아온 일본 관헌을 직접 만든 새총에 돌멩이를 채워 저격했다, 라는 것이었다. 간단히 말하면 '김일성 원수는 어린 시절부터 대단했다'는 얘기였던 것인데, 나는 이렇게 생각했다.

'뭐야, 우리가 더 대단하잖아?'

초등학교 2학년 무렵의 어느 날, 친구들 몇 명과 함께 하교하던 참에 미니 순찰차가 뒤쪽에서 달려왔다. 친구 몇 명이 차도 쪽으로 밀려 내려가 걷는 것을 부인 경찰이 놓치지 않고 미니 순찰차에 탑재된 트랜지스터 메가폰을 사용해 이런 식으로 주의를 주었다.

"너희 같은 우리 사회의 쓰레기는 길 한쪽으로 걸어가!"

우리는 어떻게 저런 심한 말을 할 수 있는가, 라고는 생각하지 않았다. 학교 앞에 우익 가두 선전차량이 뻔질나게 나타나 훨씬 더 심한 말을 연호하곤 했기 때문에 이미 익숙해져 있었다. 그렇다, 익숙해지기는 했어도 역시 화는 난다.

그런 연유로, 다음날부터 친구들과 함께 급거 '미니 순찰차 습격 따르릉부대'를 결성하고 미니 순찰차에 게릴라적 습격을 가하기 시작했다. 습격 내용은 단순했다. 자전거 바구니에 '물 풍선 폭탄'을 탑재하고 길거리를 돌아다니다가 미니 순찰차를 발견하면 그 폭탄을 던지고 도망친다, 라는 것이었다.

우리는 수많은 습격에 성공했다. 한 번도 잡히지 않았다. 골목길을 요리조리 빠져나가는 도주 경로를 사전에 정확히 알아 두었기 때문이다. 참고로, 학교에서는 김일성이 새총을 쏜 뒤에 어떻게 되었는지 가르쳐주지 않았다. 잡히지 않았던 것일까.

따르릉부대를 결성하고 2주일이 지난 어느 날, 한 친구가 던진 물 풍선 폭탄이 달리는 미니 순찰차의 앞 유리에 부딪혀 터졌다. 그 친구는 물 풍선 속에 검정색, 초록색, 빨간색, 갈색의 그림물감을 섞은 물을 넣었다. 한순간 시야를 확보하지 못한 미니 순찰차는 F1 같은 드리프트 주행을 거듭하다가 가드레일을 들이박았다. 우리는 일단 현장에서 달아난 뒤, 사고 장소가 보이는 맨션 옥상에 올라가 사후처리 모습을 지켜보았다. 부인 경관 두 명 중 한 명이 훌쩍훌쩍 울고 있었다. 우리는 약한 자를 괴롭히기는 싫었기 때문에 이쯤에서 용서해주기로 하고 그날부터 습격을 중단했다.

농담이 아니라 만일 김일성이 어느 종교의 교주처럼 물 위를 걸을 수 있었다면 나는 그 엄청난 호러 얘기에 매료되어 김일성에게 충성을 맹세했을지도 모른다. 하지만 이러쿵저러쿵 누누이 가르쳐주는 김일성의 전설이 내 귀에는 빈약하게 들릴 뿐이었다. 조금도 매료될 만한 얘기가 아니었다. 가슴이 두근두근 설레지도 않았다. 그래서 초등학교 3학년 때의 어느 날, 이렇게 깨달았던 것이다.

'우리 얘기가 훨씬 더 대단하다!'

그런 깨달음을 얻은 뒤로 나는 '조선학교 개교 이래 최고의 바보'라고 불리게 되었다. 이유는 간단하다. 공부를 전혀 하지 않아 성적이 뚝 떨어졌기 때문이고, 영문 모를 핑계를 대며 걸핏하면 학교를 결석했기 때문이다.

나는 학교가 너무 싫었다. 하루를 마무리하면서 열리는 공산주의의 공식 레퍼토리가 있었다. '총괄'과 '자아비판'이다. 총괄

시간은 이를테면 이런 식이다. 교사가 교내에서 일본어를 쓴 학생을 일단 한 명 희생양으로 올려놓고 자아비판을 시킨 다음에 그 아이에게 일본어를 쓴 또 다른 친구의 이름을 고자질하게 한다. 입을 다물기로 작정하면 뺨 싸대기를 맞거나 하염없이 자아비판을 시켜 결국은 이름을 토해낼 때까지 총괄이 계속 이어지는 상황이 된다. 그래서 다들 시원시원하게 친구를 고자질한다. 고자질을 당해도 친구를 원망하는 놈은 아무도 없었다. 왜냐면 우리는 얼른 총괄에서 풀려나 모두 함께 놀러가기 위해 서로를 고자질한 것이기 때문이다. 아무튼 '총괄'과 '자아비판'이 있는 한, 나는 공산주의를 인정해줄 생각이 없었다.

운동회 예행연습의 대부분은 매스게임에 쓰였다. 초등학교 4학년에 올라가면 군대식 행진 연습이 더해진다. 일사불란한 군대식 행진이다. 고무바닥의 운동화로 군홧발이 내는 착착착 소리가 날 때까지 연습은 계속된다. 우리는 어느 새 김일성 휘하의 조선노동단 소년단원으로 편입되었고, 언젠가는 김일성을 위해 몸 바쳐 싸워야 한다고 가르쳤다. 미안하지만 나는 절대로 그럴 생각이 없었다.

학교에 있으면 항상 엄격한 통제를 받는 듯한 답답함이 있었다. 그런 연유로, 나는 초등학교 4학년에 올라간 무렵부터 뻔질나게 머리 왼쪽 편이 아프다든가 눈 안쪽이 뜨겁다든가 혓바닥이 찢어질 것처럼 아프다, 라고 둘러대며 학교를 쉬었다.

그때쯤에는 아직 조총련의 열성적인 활동가였던 아버지는 내가 학교를 결석하면 그리 좋은 얼굴은 하지 않았다. 하지만 그렇다고 무리하게 학교에 보내려고도 하지 않았다. 어머니는 어느 쪽인가 하면 내가 학교를 쉬는 것을 오히려 더 좋아했기 때문에 나는 부모님의 공인 하에 당당히 결석을 거듭했다.

초등학교 5학년에 올라간 무렵의 어느 날, 학교를 쉬고 비디오 영화만 보고 있는 내게 아버지가 말했다.

"그밖에 뭔가 하고 싶은 일은 없냐?"

나는 잠시 생각해본 끝에 복싱을 가르쳐줬으면 한다, 라고 부탁했다. 그 조금 전에 영화 〈록키〉를 본 참이었던 것이다. 파친코 경품교환소는 비교적 시간을 융통하기 쉬운 사업이었기 때문에 그 다음날 오후부터 즉각 아버지와의 트레이닝이 시작되었다.

트레이닝 첫날, 나와 아버지는 집 근처의 조깅코스 딸린 큼직한 공원으로 향했다. 공원에 도착하자 아버지는 한가운데 자리한 '출입금지'의 넓은 잔디 구역으로 들어갔다. 나도 그 뒤를 따라갔다. 잔디밭의 거의 한복판쯤까지 들어간 아버지는 나와 약간 거리를 두고 마주하는 모양새로 섰다. 아버지는 잠시 아무 말 없이 나를 응시하고 있었다.

대체 어떤 트레이닝을 하려는 것인가.

나는 적잖이 긴장했다. 아버지가 입을 열었다.

"왼팔을 앞으로 쭉 뻗어."

우선 하라는 대로 했다. 아버지가 뒤를 이었다.

"팔을 뻗은 채 한 바퀴 빙 돌아."

"응?"

"한쪽 발은 그 자리에 고정하고 어느 쪽으로든 괜찮으니까 빙 돌아봐, 컴퍼스처럼."

아버지의 얼굴은 진지했다. 나는 머뭇거리면서도 왼팔을 앞으로 쭉 뻗은 채 왼쪽으로 한 바퀴를 돌았다. 내가 다시 정면으로 마주하자 아버지는 말했다.

"지금 네 주먹이 그린 원의 크기가 대략 지금의 너라는 인간의 크기야. 그 원의 한가운데 딱 자리잡고 팔이 닿는 범위에만 팔을 내밀거나 가만히 있으면 너는 다치지 않고 안전하게 살아갈 수 있어. 내 말이 무슨 말인지 알겠냐?"

나는 천천히 고개를 끄덕였다. 아버지는 말을 이어갔다.

"어때, 이런 거, 근사하지?"

나는 곧바로 대답했다.

"꼰대 같아."

아버지는 벌쭉 웃으면서 말했다.

"복싱은 자신의 원을 자신의 주먹으로 찢어버리고 원 밖에서 뭔가를 빼앗아오려는 행위야. 원 밖에는 강한 놈들이 우글거려. 빼앗아오기는커녕 상대가 너의 원 안으로 들어와 소중한 것을 빼앗아갈 수도 있어. 게다가 당연한 일이지만, 얻어맞으면 아프고 상대를 때리는 것 역시 아파. 무엇보다 서로 치고받는 건 무서워. 그래도 복싱을 배우고 싶어? 원 안에 가만히 들어 앉아있는 게 훨씬 더 편하고 좋을 텐데?"

나는 조금도 망설이지 않고 대답했다.

"배울래."

아버지는 다시 벌쭉 웃고는 말했다.

"그러면 시작해볼까."

트레이닝이라고 해봤자 처음에는 오로지 조깅코스를 죽도록 달리는 것뿐이었다. 아버지는 말했다.

"서로 치고받는 부분은 분명 상반신이지. 하지만 강한 펀치는 강한 풋워크에서 나와. 게다가 토대가 부실한 집은 쉽게 무너져. 그러니까 열심히 뛰어."

숨을 헐떡이지 않고 달릴 수 있게 되자 그다음에는 펀치를 날리는 방법을 배웠다. 처음 배우기 시작한 무렵에는 펀치를 날릴 때마다 축족의 발끝을 자꾸 올리는 버릇이 있었다. 아버지는 말했다.

"단단히 딛고 버텨야지. 대지를 적으로 돌려서는 안 돼."

다음은 풋워크. 아버지는 현역 시절에 발을 멈추고 맞받아치는 전형적인 파이터형 복서였다. 그래서 아마도 인파이터 기술을 주로 가르쳐줄 거라고 생각했는데, 아니었다. 아버지는 시범으로 물이 자유자재로 흐르는 듯한 화려한 스텝을 밟으며 전후좌우로 움직였다. 내가 신기해하는 눈빛으로 그 모습을 바라보자 아버지는 동작을 멈추고 벌쭉 웃으면서 말했다.

"아웃복서는 관람객에게 잘 먹히지 않거든. 근데 나는 돈이 필요했어. 뭔가를 얻기 위해서는 뭔가를 내놓지 않으면 안 되는 거야."

처음에는 무릎을 뻣뻣이 세운 채 움직였기 때문에 스텝이 몹시 무거웠다.

"무릎을 가볍게 굽히고 부드럽게 움직여. 펀치를 먹었을 때도 무릎을 굽혀두면 충격을 흡수할 수 있어. 명심해, 엄청난 태풍이 왔을 때, 똑바로 뻗은 나무는 부러지지만 부드러운 풀은 아무렇지도 않아."

거기까지 설명한 뒤, 아버지는 겸연쩍은 듯 오른쪽 눈가의 상처를 손끝으로 긁적이며 말했다.

"방금 그 얘기는 노자(老子) 할아버지 말씀이야."

허락도 없이 훔쳐다 쓴 것에 양심이 꺼렸던 모양이다.

비가 쏟아지는 날이나 아버지가 일 때문에 트레이닝을 쉬는 날에는 항상 어머니와 함께 긴자에 나가 영화를 봤다. 어머니는 대형 스크린으로 할리우드 영화를 보는 것을 정말로 좋아했다. 영화를 다 본 뒤에는 반드시 눈을 반짝반짝 빛내면서 "아, 재미있었다"라고 내게 말했다. 그 말을 들으면 아무리 따분한 영화라도 나는 저절로 응응, 하고 고개가 끄덕여졌다.

영화를 본 뒤에 대개는 센비키야라든가 시세이토 파라에 가서 달달한 것을 먹었다. 나는 단것은 별로 좋아하지 않았지만 어머니가 어린애처럼 웃는 얼굴로 "아, 정말 맛있다, 그치?"라고 말했기 때문에 나는 항상 응응, 하고 고개를 끄덕였다.

이따금 나는 아버지 어머니만 있으면 학교 따위 전혀 필요 없다고 생각했다. 하지만 아버지 어머니와의 밀월은 그리 오래가지 않았다. 초등학교 6학년 여름방학이 시작되기 전에 나에게 갑작스럽게 반항기가 찾아왔던 것이다.

아버지와의 마지막 트레이닝은 7월 7일, 칠석날이었다. 마지못한 기분으로 아버지와 공원으로 향했다. 잔디밭에 들어가 나와 아버지는 마주섰다.

"오늘은 더 킹에서의 좌우 콤비네이션 펀치를 가르쳐줄 거야."

아버지는 거기까지 말하고 장난스러운 웃음을 지으며 뒤를 이었다.

"알았냐, 루크?"

그 전날 밤, 거실 텔레비전으로 〈스타워즈-제국의 역습〉 비디오를 보고 있는데 아버지가 불쑥 나와서 웬일로 함께 보기 시작했다. 루크 스카이워커와 스승 요다의 트레이닝 장면이 나왔을 때, 아버지는 유난히 만족스러운 듯 몇 번이나 고개를 끄덕였다. 뭔가 안 좋은 예감이 들었다. 영화가 끝난 뒤, 아버지가 말했다.

"나를 요다라고 불러도 좋아, 루크."

어디를 어떻게 보건 아버지는 다스 베이더야.

그런 연유로 마지막 트레이닝 때는 처음부터 불온한 공기가 흘렀다. 그리고 세 번째로 나를 루크라고 부르는 통에 마침내 폭발하려던 때, 갑자기 두툼한 감색 구름이 하늘을 뒤덮었다. 멀리서 천둥소리가 우르릉 울렸다. 아버지가 하늘을 올려다보며 말했다.

"엇, 쏟아지겠네. 그만 갈까."

하지만 이미 때는 늦었다. 공원 출구쯤에서 좍좍 쏟아 붓는 소나기가 머리 위를 덮쳤다. 나와 아버지는 공원 안의 수령 3백년쯤은 되는 큼직한 은행나무 아래로 뛰어갔다. 둘이서 나무

밑둥치에 쪼그리고 앉아 우무처럼 굵은 빗줄기를 멍하니 바라보았다. 불쑥 땅바닥을 때리는 빗소리에 지워질 것 같은 작은 목소리로 아버지가 물었다.

"너, 장래 뭐가 되고 싶어?"

나는 일부러 한참 뜸을 들인 뒤에 말했다.

"카스트로."

귀염성이라고는 없는 놈일세, 라는 느낌으로 아버지는 나를 쳐다본 뒤에 시선을 빗줄기로 되돌렸다. 그러고는 굵은 빗줄기를 천천히 위로 더듬어 올라가 얼굴을 하늘로 향했다. 다시 힘없는 목소리로 아버지가 말했다.

"천국까지 이어지는 것 같네⋯⋯. 천국이란 데는 정말로 좋은 나라인가⋯⋯."

그때 나는 반항기였기 때문에 '웬 뜬금없는 소리야, 이 펀치 드렁커•'라고 생각했지만, 지금 돌아보면 그렇게 말한 아버지의 심정이 이해가 된다. 그 조금 전에 아버지는 처음으로 경품 교환소를 빼앗기는 경험을 했던 것이다.

아버지는 고개를 떨구고 진한 한숨을 토해냈다. 그리고 내게 얼굴을 향하고 벌쭉 웃고는 말했다.

● 머리에 잦은 펀치를 맞아 뇌 세포에 손상이 생긴 것으로, 복싱 선수에게 주로 나타나는 증세

"좋아, 결정했어. 고이노보리●처럼 나는 천국으로 올라갈란다. 너도 따라오고 싶으면 따라와!"

아버지는 나무 밑을 뛰쳐나가서 거센 소나기의 빗속을 뚫고 잔디밭 구역으로 달려가 폴짝폴짝 뛰기 시작했다. 얼굴 가득 웃음을 넘실거리며 몇 번이고 몇 번이고. 이따금 묘한 스텝도 밟았다. 어떤 동작도 내가 지금까지 본 적이 없는 것이었다.

아무튼 그때 나는 반항기였기 때문에 '뭔 짓이야, 저 펀치드렁커'라고 생각했지만, 지금 돌아보면 아버지의 동작은 영화 〈사랑은 비를 타고〉에서 진 켈리의 빗속에서의 댄스와 비슷했던 것 같다. 나는 그 장면은 몇 번을 봐도 볼 때마다 행복한 기분에 젖어들곤 한다.

이윽고 두툼한 구름이 저 멀리 사라지고 비가 그쳤다. 그 대신 태양이 얼굴을 내밀고 투명하게 맑은 햇살이 잔디밭에 쏟아졌다. 물방울이 반짝반짝 빛나는 눈부실 정도의 초록빛 융단 위에 우뚝 서있던 아버지는 나를 향해 묻는 것처럼 고개를 갸웃하며 내 쪽을 쳐다보았다.

왜 안 따라왔어?

● 단오절에 사내아이의 건강한 성장을 기원하며 긴 장대 끝에 내거는 잉어 모양의 깃발

중학교에 들어간 뒤, 나는 착실히 학교에 다녔다.

하지만 여전히 학교는 너무 싫었다. 그나마 학교에 나간 것은 그곳에 친구가 있었기 때문이다. 주위에 있는 친구들은 피를 나눈 형제 같은 존재였다. 웬만한 일이 없는 한, 거의 동일한 면면의 친구들이 유치원부터 최소한 고등학교까지 줄곧 함께 다니는 것이다. 마치 길고 긴 합숙생활 같아서 우리 사이에는 우정 이상의 것이 싹텄다. 그리고 그 싹튼 것을 쑥쑥 키워나간 것은 역시 '차별'이라는 자양분이었다.

그야말로 농담 같은 얘기지만, 예전에는 천황탄생일인 4월 29일이면 해마다 체육계열과 민족계열의 일본 학교 놈들이 '조선인 사냥'이라는 명목으로 우리를 괴롭히러 몰려왔기 때문에 우리는 집단 등하교를 하지 않으면 안 되었다. 우리는 단결하는 수밖에 없었던 것이다, 좋든 싫든.

언제라도 친구들과 함께 있으면 정말 마음이 편하고 좋았다. 게다가 엄청 즐거웠다. 우리는 아무도 입 밖에 내지는 않았지만 어린 마음에도 '어차피 제대로 된 어른은 될 수 없다'고 생각했고, 그래서 더더욱 학교라는 새장 안에 머무는 동안 실컷 놀아두자는 공통된 인식을 갖고 있었다. 나는 리오의 카니발에는 가본 적이 없지만, 카니발에서 흥에 겨워 날뛰는 하층계급 사람들의 기분은 이해할 수 있다. 카니발의 소용돌이 속에서는 우리가 주역이다. 우리의 반대편에 있는 자들은 거기서는 스텝조차 제대로 밟지 못하는 것이다.

우리는 다양한 놀이를 발명해서 가혹할 만큼 몸을 굴리며 놀았고 숨이 막힐 만큼 오래 웃었다. 하지만 교사들은 우리에게 말했다.

"바보 같이 웃고 다니지 마! 조선인으로서 자각과 긍지를 가져!"

그렇다, 학교는 너무 싫었지만 친구들과 함께 그 안에 있으면 확실한 뭔가가 나를 지켜주는 듯한 안심감이 있었다. 설령 그것이 지독히 작은 원으로 완결되어 나를 비좁은 곳에 옭아매고 있었더라도 거기서 탈출하는 데는 상당한 용기가 필요했다.

내게 그런 용기를 부여해준 것은 아버지의 하와이 여행과 다와케 선배의 실종이었다.

다와케 선배의 실종에 대해 얘기하고자 한다.

나보다 두 살 많은 민족학교 선배로, 중학교 3학년 때 이미 백 미터를 11초 2의 기록으로 달렸다. 다와케 선배의 머리칼은 굵고 뻣뻣한 강모여서 바람을 가르는 듯한 속도로 달려도 그 짧은 머리는 요만큼도 흔들리는 일이 없었다. 싸움 상대에게 박치기를 했는데 상대의 살갗에 촘촘한 구멍이 송송 뚫렸다, 라는 소문도 있었다. 선배의 머리카락은 수세미 솔처럼 뻣뻣했다. '다와시노케(수세미의 솔)', 줄여서 '다와케'가 별명이 되었다.

다와케 선배는 나를 '또라이'라고 부르면서 귀여워해주었다.

중학교에 올라가자마자 다와케 선배의 명령으로 우리 1학년 신입생 몇 명이 폭주족과의 작은 싸움판에 동원되었다. 민족학교의 상하관계는 유교의 영향으로 매우 엄격해서 선배가 하는 말은 절대적이었다.

우선 서로 간에 잔뜩 노려보는 눈싸움을 하고 있을 때, 다와케 선배가 우리에게 명령했다.

"가라!"

잔뜩 긴장하고 흥분한 나는 네, 라고 대답하고 곧이곧대로 폭주족 무리 속에 홀로 뛰어들었다. 너덜너덜하게 얻어맞고 전치 2주의 부상을 입었다.

"가란다고 진짜 가는 놈이 어디 있냐. 너, 또라이구나."

다와케 선배의 그 말에 중학교 시절의 내 별명은 '또라이'로 정해졌다.

그는 축구부 에이스 스트라이커로 우리 학교의 영웅 같은 존재였다. 나는 농구부였지만 부 활동이 끝난 뒤에는 거의 매일같이 다와케 선배와 떼 지어 거리를 누비고 다녔다. 그리고 싸움 상대를 찾아내 싸웠다. 이유는 필요 없었다. 시선이 마주치고 상대가 피하지 않으면 그게 싸움의 시작 신호였다. 다와케 선배와 나는 항상 화가 나있었던 것이다. 원인은 알지 못했다. 하지만 그 분노가 부 활동으로는 해소되지 않는다는 것만은 알고 있었다.

다른 학교와 대규모 싸움판이 벌어질 때는 신고를 받고 달려온 경찰에게 쫓기는 일도 있었다. 나는 항상 다와케 선배와 같은 방향으로 뛰었다. 하지만 다와케 선배의 요만큼도 흔들리는 일이 없는 뒤통수는 순식간에 사라져서 내가 따라잡은 적이 한 번도 없었다. 다와케 선배는 그때까지 한 번도 경찰에 잡힌 적이 없었다.

졸업식 날, 꽃다발을 건네주자 다와케 선배는 멋쩍은 웃음을 짓더니 내 허벅지를 툭 걷어차며 말했다.

"단련해. 우린 아무튼 달리기가 빨라야 하니까."

마지막으로 다와케 선배를 만난 것은 중2 봄방학 때였다. 아버지가 국적을 선택하라는 얘기를 하기 조금 전이었다. 갑작스럽게 다와케 선배의 호출을 받아 둘이서 이자카야에서 술을 마셨다. 그대로 민족학교 고등부에 진학한 다와케 선배는 한층 더 몸이 큼직해졌고 백 미터를 10초 9의 기록으로 달릴 수 있었다.

서로의 근황을 이야기할 때, 아버지가 드디어 하와이에 눈을 떴다는 얘기를 들려주자 다와케 선배는 정말로 재미있다는 듯이 껄껄 웃었다. 그리고 웃음이 끝난 뒤에 내게 물었다.

"너, 장래에 대해 생각하고 있냐?"

나는 고개를 가로저었다.

"나처럼 민족학교 고등부 졸업하고 동포가 경영하는 파친코 점이나 야키니쿠점이나 사금융에 들어가 일할래? 아니면 의사 나 변호사라도 될 거야?"

우리는 서로 마주보며 웃었다. '재일조선인' 사회에는 부모에 게서 자식에게로 반드시 전해지는 '황당 스토리'가 있었다.

'조선인도 국가시험에 합격해 의사나 변호사가 될 수 있다'라 는 것이다.

마이너리티의 현실을 노래하던 루 리드는 〈더티 블루버드〉 라는 노래에서 이런 식으로 말했다.

여기 놈들은 아무도 의사나 변호사가 되기를 꿈꾸지 않는다

이 더러운 거리에서 어떻게든 살아내는 것만을 꿈꾼다

대단하다. 이건 우리 노래다. 어쩌면 루 리드는 '재일'인지도 모른다.

아무튼 내 주변의 누구도 의사나 변호사가 될 생각 따위는 하 지 않았고, 될 수 있다고도 생각하지 않았다. 우리는 그런 것이

될 수 있을 만한 시스템 속에 있지 않았다, 유감스럽게도. 이를 테면 그 '황당 스토리'는 내 귀에는 이런 식으로 들렸다.

"세리에A 팀에 들어가 시합에서 한 골 넣고 와라."

하지만 다와케 선배라면 골을 넣을 가능성이 있었다. 가정의 이야기를 해봤자 쓸데도 없지만, 만일 다와케 선배가 '일본인' 이었다면 당연히 J리그의 대단한 선수가 되었을 것이고, 나아 가 외국 팀에 스카우트되어 세리에A나 분데스리가에서 뛰면서 엄청나게 부유한 유명인사가 되었을 것이다. 다와케 선배는 일 본에서 태어나 일본에서 자랐고 일본 말을 했다. 하지만 어쩌 다 조선 국적을 가진 '외국인'이 되었다. 그리고 이 나라의 시스 템은 '외국인'에 대해 수많은 장애물을 설치해두었고, 그 탓에 엄청나게 부유한 유명인사는커녕 J리그에 들어갈 가능성조차 거의 없었다. 다와케 선배는 어떤 장애물에 걸려 넘어졌다. 그 의 자랑거리였던 빠른 발이 붙잡혀버렸다. 나는 그 얘기를 들 었다.

테이블에 맥주병이 세 개쯤 늘어섰을 무렵, 다와케 선배는 딱 히 심각한 느낌도 없이 이야기를 풀어놓기 시작했다.

"나, 얼마 전에 지문 찍고 왔다."

그 무렵에는 아직 재일 외국인의 지문날인 제도가 있었다. 16세가 되면 해당 관청의 외국인 등록과에 나가 마치 범죄자처럼 지문을 찍지 않으면 안 되었다. 나는 몇 번 경찰에 불려가 지문을 찍은 적이 있었지만, 한 번도 잡혀본 적이 없는 다와케 선배에게는 첫 경험이었다.

"실은 등록과 놈들을 두들겨 패줄 생각이었어. 지문을 찍지 않으면 이래저래 귀찮아지잖아. 그래서 속이나 후련하게 최소한의 분풀이로 등록과 놈들을 죄다 때려눕히고 올 작정이었지."

다와케 선배는 맥주가 든 잔을 들어 꿀꺽꿀꺽 마셨다.

"근데 등록과에 갔더니 우선 나온 사람이 다리를 절룩거리는 아저씨였어. 그 아저씨가 아직 어린 나한테 정말로 미안하다는 듯이 '여기까지 오시느라 수고하셨습니다'라고 하는 거야. 그 아저씨, 나한테 도합 열다섯 번쯤은 '수고하셨습니다'라고 했어. 게다가 지문 찍는 용지를 가져온 젊은 언니는 얼굴에 큼직한 반점이 있는 사람이었어. 그 젊은 언니가 한 번도 나와 눈을 맞추지 못하는 거야. 내가 지문을 찍을 때는 다른 사람들한테 안 보이게 노트를 세로로 세워서 가려주더라. 더 이상 뭐, 두들겨 패고 말고 할 상황이 아니었어. 구청을 나올 때까지 최소한 열 번은 '미안합니다'라는 말을 들었으니까. 내가 태어나서 지금까지 '미안합니다'라는 말을 그렇게 많이 들어본 거, 처음이었다."

다와케 선배는 진지한 눈빛으로 나를 보며 말을 이어갔다.

"결국 잡혀버렸어……. 권력이란 무서운 거야. 어지간히 발이 빠르지 않고서는 결국 도망칠 수 없어."

이자카야에서 나왔을 때, 상당히 취해있던 다와케 선배는 내 머리를 때리면서 "또라이, 또라이, 하와이, 하와이"라고 중얼거렸다. 헤어지는 참에는 휘청거리는 걸음걸이로 가볍게 내 허벅지를 걷어차며 말했다.

"자, 그럼 이만."

인사를 하고 서로 다른 방향으로 걸음을 옮겼을 때, 처음 다와케 선배에게서 들었던 말이 날아와 내 등짝을 때렸다.

"가라!"

뒤를 돌아봤을 때, 다와케 선배는 이미 내게 등을 돌리고 저만치 걸어가고 있었다. 역시 머리칼은 요만큼도 흔들리지 않았다. 그게 마지막으로 본 다와케 선배의 모습이었다.

나중에 들은 얘기로는 나와 마지막으로 만났을 때 다와케 선배는 이미 조선 국적에서 한국 국적으로 바꾸고 조선학교도 그만둔 뒤였다. 그리고 다와케 선배는 사라졌다. 행선지는 아무도 알지 못했다. 들려오는 소문에 따르면 프랑스에 가서 외국인 용병부대에 들어갔다, 영국에 가서 훌리건의 리더가 되었다, 네덜란드 암스테르담에서 히피의 왕이 되었다, 라는 것이었다.

어떤 것이든 다와케 선배가 어딘가를 달리고 있는 것만은 틀림없다. 그렇다, 아무도 따라잡을 수 없는 엄청난 스피드로.

나는 중3이 되자마자 일본 고등학교 시험을 보겠다고 교사들에게 선언했다. '개교 이래 최고의 바보'가 또 다시 영문 모를 소리를 한다고 일소에 부칠 거라고 생각했는데, 학교 측은 예상 밖의 공황에 빠졌다. 민족학교에 다니는 학생이 해마다 줄어서 이대로 가다가는 학교의 존폐가 걸린 문제가 될 우려가 있었기 때문에 학교 측은 단 한 명의 학생도 잃고 싶어 하지 않았다, 라는 게 아니었다. 나는 교감에게 불려가 이런 말을 들었다.

"네가 일본 학교에 가는 건 전혀 상관없다. 하지만 그게 다른 학생들에게 알려져서 저마다 나도 나도, 하게 되면 그건 곤란해. 그러니까 네가 일본 고등학교 시험을 본다는 건 절대로 비밀로 해."

그렇게 나는 노골적인 전력 외 통고를 받았다.

이런 말도 들었다.

"애초에 너 같은 바보가 일본 고교 입시에 합격할 리가 없어. 떨어진 뒤에 울며불며 매달려봤자 우리 학교에는 절대로 들어올 수 없어. 그걸 각오하고 시험을 보겠다는 거지?"

나는 어떻게 이런 심한 말을 할 수 있는가, 라고는 생각하지 않았다. 그 무렵의 나는 'certainly'도 제대로 읽지 못했고, 'George'는 '게오르게'라고 읽었다. 'leave'의 과거형은 'leaved'인 것으로 알고 있었다. 그렇다, 어떻게 이런 심한 말을 할 수 있는가, 라고는 생각하지 않았지만 역시 화는 났다.

나는 맹렬히 공부하기 시작했다. 관절이 고장난 것 같다면서 농구부 활동은 접었고, 정의에 눈을 떴다면서 방과 후의 나쁜 짓도 끊은 채 비밀리에 학원에 다니며 필사적으로 공부했다. 그런 어느 날, 내가 학원에 들어가는 장면을 한 친구가 목격했다. 그 다음날에는 목격담이 전교에 퍼졌다. 그리고 교사의 따돌림이 시작되었다.

시험을 한 달 앞둔 어느 날, '김일성 원수의 혁명역사' 수업 중에 나는 전날 밤 늦게까지 공부한 탓에 꾸벅꾸벅 졸았다. 교사에게 귀싸대기를 맞고 깨어났다. 수업은 중단되고, 나를 교탁 앞에 정좌시킨 뒤 자아비판을 하라고 다그쳤다. 자아비판을 할 꺼리가 생각나지 않아 입을 다물고 있었더니 다시 귀싸대기를 때렸다. 귓속에서 지이잉 하는 금속음이 울렸다. 들어본 적이 있는 소리였다. 고막이 파열된 것이었다.

허벅지에 앞차기 세 방을 먹었다. 눈물이 핑 돌 만큼 아팠다. 콧등에 딱밤 다섯 방을 먹었다. 즐거운 추억 다섯 개가 사라져버릴 만큼 아팠다. 귀를 잡아당겨 바닥에 내동댕이쳐졌다. 잇몸에서 피가 날 만큼 굴욕적이었다. 그 무렵에는 이미 내가 조선 국적에서 한국 국적으로 바꾼 것을 학교 측에 들켜버렸기 때문에 괴롭힘이 특히 심했던 것이다. 참고로, 아버지도 조총련의 오랜 세월의 동료에게서 철저히 무시를 당하는 음습한 괴롭힘을 겪고 있었다.

"너는 민족 반역자다"라는 말을 들으며 명치에 발차기를 먹고, "너 같은 놈은 무슨 일을 하든 글러먹었다"라는 말을 들으며 머리를 쿡쿡 찔리고, 그리고 마지막으로 "너는 매국노야"라는 말을 들으며 다시 귀싸대기를 맞았다. 나는 '매국노'라는 말이 무슨 뜻인지 잘 알지 못했다. 물론 문자 그대로의 뜻은 안다. 하지만 내가 '매국노'라고는 도저히 생각되지 않았다. 그걸 감각으로는 알고 있었지만 말로는 설명할 수 없었다. 그리고 나를 대신해 말로 설명해준 놈이 나타났다. 마치 히어로처럼.

교실 뒤쪽에서 목소리가 날아왔다.

"우리는 나라라는 것을 가진 적이 없습니다!"

~~ ~~ ~~

일요일.

약속 시간보다 5분 일찍 신주쿠역 동쪽출구 개표구에 도착하자 정일이는 벌써 도착해 개표구 옆 기둥에 기대서서 문고본을 읽고 있었다. 나는 정일이에게 다가가 인사도 없이 불쑥 그 문고본을 들여다보았다. 나쓰메 소세키의 [나는 고양이로소이다]였다.

"재미있냐?"

내가 물었다. 정일이는 문고본을 덮고 말했다.

"세모난 것이 야마토 정신인가, 아니면 네모난 것이 야마토 정신인가. 야마토 정신은 이름이 나타내는 대로 정신이다. 정신이기 때문에 항상 흔들흔들 흔들린다……."

"재밌는 모양이네."

내가 말하자 정일이는 뒤를 이었다.

"모두가 입에 올리지만 어느 누구도 본 적은 없다. 모두가 들은 적이 있지만 아무도 만난 자는 없다. 야마토 정신, 그것은 도깨비 같은 것인가."

정일이는 다정다감한 웃음을 내게로 향했다. 나는 정일이의 웃는 얼굴이 정말로 좋았다.

정일이는 재일한국인 아버지와 일본인 어머니 사이에서 태어났다. 아버지는 정일이가 세 살 때 어딘가로 가버린 뒤 계속 행방불명이었다.

정일이의 어머니는 정일이가 초등학교에 들어갈 나이가 되자 망설임 없이 민족학교에 입학시켰다. 민족학교는 각종학교로 취급되어 정부 조성금이 나오지 않기 때문에 수업료 등도 비싼 편이었지만 정일이의 어머니는 열심히 일해서 그 수업료를 댔다.

그렇게 한국 국적에 한국인과 일본인의 혼혈이라는 괴상한 민족학교 학생이 탄생했다. 그리고 초등학교 고학년에 올라갈 무렵부터 벌써 정일이는 '개교 이래 최고의 수재'로 불리게 되었다. 중학교에 올라갈 때까지 내내 반이 달랐던 것도 있었지만, '개교 이래 최고의 바보'로 통했던 나는 정일이와는 거의 말조차 나눠본 적이 없었다. 서로 사는 세계가 달랐던 것이다.

"우리는 나라라는 것을 가진 적이 없습니다!"

그렇게 말한 시점에 정일이는 초등학교 중학교를 합쳐 8년 동안 전 과목 올A와 개근을 달성했고, 'certainly'도 제대로 읽고 현재완료에 대해서도 정확히 설명하고 필기체 읽고 쓰기도 제대로 할 줄 알았다. 게다가 소매치기도 공갈 협박도 치고받는 싸움도 한 적이 없고, 애초에 정일이는 어느 누구와도 편을 먹지 않았다. 정일이는 항상 혼자였다. 교사조차 정일이의 존재를 버거워했던 것이다. 내 주위의 불량한 친구 놈들도 정일이에게는 접근하려 하지 않았다.

나를 위해 반항적인 말을 내뱉으면서 정일이는 태어나 처음으로 교사에게 얻어맞았다. 나는 이래저래 고민한 끝에 가진 돈을 탈탈 털어 플레이스테이션을 구입해 정일이에게 선물했다. 플레이스테이션을 받아든 정일이는 처음에는 난처한 얼굴을 했지만, 금세 다정다감한 웃음을 지으며 "고맙다"라고 말했다. 참고로, 그 플레이스테이션은 교사에게 들키는 바람에 몰수당했다. 귀싸대기도 맞았다. 학교에서 건네줄 일이 아니었던 것이다. 하지만 나와 정일이는 친구가 되었다.

내가 기적처럼 일본 고교에 합격해 진학하자 그때까지 항상 친하게 지냈던 친구 놈들과는 급속히 소원해져갔다. 사는 환경이 완전히 달라진 것도 있었지만, 그 친구들이 보기에 결국 나는 '딴 나라 사람'이 되어버린 것이었다.

정일이는 그대로 민족학교 고등부에 올라갔다. 하지만 나와 정일이의 관계는 끊기지 않았다. 오히려 나와 정일이는 관계가 깊어져갔다. 최소한 한 달에 한 번은 만나서 다양한 이야기를 주고받았다. 뭐, 다양하다고 해봤자 테마는 항상 정해져 있었지만.

나와 정일이는 찻집에 들어가 저녁식사까지의 시간을 때웠다.

나는 테이블에 앉자마자 데이백 안에서 스티븐 제이 굴드의 [인간에 대한 오해−차별의 과학사]를 꺼내 정일이에게 건넸다.

"이번 달에는 이 책이 가장 재미있었어."

"어떤 느낌이었는데?"

정일이가 물었다.

"유전결정론을 주장하는 과학자는 믿지 마라, 라는 느낌?"

"뭔지 잘 모르겠네."

"이를테면 우리가 두개골이 작다고 치자. 사이비 과학자는 우리를 하나로 뭉뚱그려 '한국인은 두개골이 작다. 그러므로 머리가 나쁘다'라고 떠들어대. 여차할 때는 그 데이터가 우리를 박해하는 데 활용되는 거야. 미국에서는 흑인과 인디언이 그런 처지가 되었어."

"좋아, 읽어볼게."

정일이는 책을 받아 가방 안에 넣고 그 참에 한 권의 문고본을 꺼내 내게 건넸다. 가이코 다케시의 [유망기(流亡記)]라는 책이었다.

"아주 멋있어."

정일이는 말했다. 나는 [유망기]를 훌훌 넘겨보면서 한 마디 했다.

"너는 소설책만 읽냐?"

나는 소설의 힘을 믿지 않았다. 소설은 그저 재미있을 뿐, 아무것도 바꾸지 못한다. 책을 폈다가 덮으면 그걸로 끝이다. 단

순한 스트레스 발산의 도구다. 내가 그런 얘기를 하면 정일이는, 혼자 묵묵히 소설을 읽는 사람은 집회에 모인 백 명의 인간에 필적하는 힘을 갖고 있다느니 하는 못 알아먹을 얘기를 했다. 그리고 그런 사람이 불어나면 세계는 좋아진다, 라고 뒤를 이으며 다정다감한 웃음을 짓는 것이다. 나는 어쩐지 이해할 듯한 기분이 들어버린다.

책을 데이백에 넣은 뒤에 나는 문득 생각나서 말했다.

"그러고 보니 지난번에 빌려준 아쿠타가와 류노스케의 [난장이의 말], 진짜 멋있더라."

정일이는 흐뭇한 듯 미소를 지었다.

서로의 근황을 대충 얘기하고, 대학 입시가 화제에 올랐다. 나는 일단 시험은 볼 생각이었지만 그건 막연한 기분일 뿐이었다. 어떤 대학이든 결국 '샐러리맨 양성소'같은 곳이고 나는 그런 곳에는 볼일이 없었다. 이유는 간단하다. 샐러리맨이 되어봤자 국적 때문에 사장은 될 수 없기 때문이다. 최고에의 희망이 처음부터 끊겨버린 채 조직 안에서 평생을 썩는다는 건 절대 싫었다.

"대학에 안 가면 어떻게 할 생각이야?"

정일이가 물었다.

"아직 생각 안 해봤어. 하지만 취직할 생각은 없어."

"그러면 일단 대학에 가서 4년 동안 뭘 하고 싶은지 정하면 되잖아."

"내 처지에 그건 과분하지."

정일이는 식어가는 커피를 입에 옮기며 진지한 어조로 말했다.

"또라이 너는 과분한 걸 누리며 살아도 괜찮아. 이미 대폭 빗나간 방식으로 살고 있으니까. 나는 또라이 네가 이대로 계속 빗나가줬으면 좋겠어. 어디까지든. 또라이라면 그렇게 할 수 있을 거고. 뭐, 그냥 나 혼자 멋대로 해본 생각이야."

정일이가 다정다감한 웃음을 지었다. 왠지 등짝이 근질거렸다. 나는 교사에게 칭찬을 받아본 일이 거의 없다. 하지만 교사에게 칭찬을 받았을 때의 기분은 알고 있었다. 그리고 정일이는 일본의 대학에 진학한 뒤, 교직 과정을 따고 교사가 될 생각이었다. 민족학교의.

"그러면 너도 나하고 과분하게 살든지."

나는 말했다. 정일이는 고개를 가로저었다.

"나는 그런 타입이 아니야."

"지금 벌써 그런 걸 알아?"

"알아. 그런 건 처음부터 정해져 있어."

"사이비 과학자 같은 소리 하지 마라."

"그런 것과는 달라. 내가 말하는 건 '역할' 같은 것이랄까."

"그런 건 내다버려."

"내다버리면 내가 아니게 돼."

나는 짧게 한숨을 내쉬었다.

"부탁이니까 좁은 세계로 되돌아가려고 하지 마."

정일이는 식어버린 커피를 다 마시고는 다정한 어조로 말했다.

"또라이 너는 전에 민족학교에 대해 종교 '교단' 같은 곳이라고 했지?"

나는 고개를 끄덕였다. 정일이가 말을 이어갔다.

"종교에 대해서 나는 별로 잘 알지는 못하지만 다양한 의미에서 약한 처지의 인간에게 받침접시 역할을 해주는 것이겠지. 그렇다면 민족학교라는 '교단'은 반드시 필요해."

"나는 문득 깨닫고 보니 '교단' 안에 있었어. 강하고 약한 것과는 상관없이."

"나도 그래. 하지만 내가 일본학교에 다녔다면 분명 괴롭힘을 견디다 못해 결국 자살했을지도 몰라."

"거짓말, 그럴 리가 있나?"

"정말이야. 꼬맹이였을 때, 이웃사람들에게 숱하게 괴롭힘을 당했거든. 엄청나게 심한 말도 들었어. 그 모습을 텔레비전으로 방영했다면 계속 '삐이삐이' 경고음이 울렸을 거야."

나와 정일이는 한순간의 침묵 뒤, 짧은 웃음소리를 올렸다.

정일이가 웃음을 거두고 말했다.

"하지만 민족학교에 다니게 됐고 또라이 너처럼 항상 터프하게 뛰어다니는 친구를 지켜보는 사이에 나도 어느 새 강해졌어. 이웃사람들이 무슨 말을 하든 아무렇지도 않게 됐으니까."

나와 정일이 사이에 다시 침묵이 흘렀다. 나는 말했다.

"너랑 꼬맹이 때부터 친구였다면 좋았을 텐데. 그랬으면 내가 이웃에 사는 놈들을 죄다 때려눕혀줬을 텐데."

정일이는 눈부신 것이라도 보듯이 눈을 가늘게 하고 나를 응시하며 말했다.

"아니, 너는 때려눕혀줬어, 분명하게."

나와 정일이는 얼굴을 마주보며 에헤헤 웃었다. 정일이는 단호한 어조로 말을 이었다.

"나 같은 꼬맹이를 위해서 '교단'은 필요해. 나는 말이지, 일본 대학에서 착실히 공부해서 제대로 된 지식을 갖고 '교단'에 돌아가 내 후배들이 더 넓은 곳으로 나갈 수 있게 가르쳐주고 싶어. 내가 너희에게서 받은 그런 용기를 주고 싶은 거야. 물론 후배들에게 너에 대한 얘기도 할 거야. 바보 같이 강한 선배가 있었다고. 그러니까 그때를 위해서라도 너는 꼭 대단한 사람이 되어줘."

정일이의 얼굴에는 언제나 다정다감한 웃음이 떠있었다. 나는 다시 등짝이 근질근질해졌다.

"너는 틀림없이 좋은 교주가 될 거야."

정일이는 겸연쩍은 듯이 웃고는 말했다.

"김일성이 죽은 뒤로 '교단'에도 변화가 일어나고 있어. 조금씩이지만 바깥세계에도 눈을 돌리고 있잖아. 내가 돌아갈 때쯤에는 '상조회(相助會)' 정도가 되어 있을 거야."

그 조금 전에 김일성이 죽었을 때, 우리는 무서울 만큼 아무 느낌도 없었다. 내 안에서 '김일성'이라는 스토리가 적혀있는 책은 완전히 닫혀버렸다. 그게 펼쳐질 일은 두 번 다시 없었다.

찻집 벽에 걸린 시계가 눈에 들어왔다. 7시를 지났다. 나는 계산서를 집어들면서 말했다.

"밥 먹으러 가자."

신주쿠 5번가의 야키니쿠점에 갔다.

12층 빌딩의 8층에서 12층까지가 가게여서 나와 정일이는 우선 입구인 8층으로 올라갔다. 일요일 저녁식사 때인 만큼 가게 안은 손님들로 붐볐다.

나와 정일이가 입구 옆에서 빈자리가 나기를 기다리는 손님들 틈에서 비비적거리고 있으려니 객석 쪽에서 머리를 뒤로 묶은, 매우 세련된 느낌의 검은 민소매 원피스 차림에 얼굴에는 기품 있는 화장을 한 접객 담당의 중년여성이 나타났다.

"두 분, 예약하신 손님이지요?"

예약 따위는 한 적도 없었지만 접객 담당 여성의 말에 나는 열심히 고개를 끄덕였다. 안내를 받으며 엘리베이터 안으로 들어갔다. 문이 닫히자마자 나는 접객 담당 여성에게 말했다.

"중국 마피아의 정부 같은데?"

머리를 얻어맞았다. 정일이가 킥킥 웃었다.

"오랜만이구나, 정일이."

어머니의 말에 정일이는 깍듯이 인사를 했다.

"여전히 아름다우십니다."

어머니는 흐뭇한 듯 미소를 지으며 말했다.

"우리 정일이에게 아주 맛있는 고기를 준비해뒀지."

엘리베이터가 12층에 도착했다. 내릴 때, 나는 정일이의 배를 툭 쳤다.

"에로 교주놈!"

어머니가 플로어 안쪽의 다다미방으로 우리를 안내했다. 창문으로 보이는 야경이 무척 아름다웠다. 다다미 위에 벌렁 누워 "젠장, 너무 배가 고프잖아"라고 신음소리를 올리고 있는데 물수건과 차를 들고 나오미 씨가 나타났다. 나오미 씨는 엄청 고상한 감색 기모노를 입고 있었다. 나는 벌떡 일어나 정좌를

했다.

"어서 와. 오랜만이구나."

나오미 씨는 눈꼬리를 살짝 내리고 녹아내릴 듯한 웃음을 지었다. 나는 정말로 녹아내린 것처럼 흐물흐물해졌다. 정일이를 보니 놈의 눈꼬리도 내려가 있었다. 에로 교주놈.

나오미 씨는 나와 정일이 앞에 물수건과 차를 반듯하게 내려놓고 말했다.

"공부 잘하니, 재일의 별들?"

나와 정일이는 거의 동시에 네, 라고 대답하고 깊이 고개를 끄덕였다. 나오미 씨는 다시 녹아내릴 듯한 미소를 지었다. 나는 다시 녹아내린 것처럼 흐물흐물해졌다.

나오미 씨는 어머니와 동급생이었다. 민족학교에 다닐 무렵부터 소문난 미인으로, 고등부를 졸업한 뒤 '미스 아이스크림'이며 '미스 금붕어' 등에 뽑히면서 패션모델이 되었다. 조선 국적도 한국 국적도 해외에 나가는 직업에는 방해가 될 뿐이라서 일본으로 귀화했다. 그리고 서른 살을 넘기 전에 모델 일을 그만두었다.

"이래저래 사연이 있었단다."

오래 전에 나오미 씨는 나에게 모델 일을 그만둔 이유를 그렇게 설명했다. 그렇게 말할 때의 나오미 씨는 조금 섹시했다. 지금은 부친의 일을 물려받아 야키니쿠점의 여 점장으로 자리를 잡았다. 참고로 '나오미'라는 이름은 통칭도 예명도 아닌 본명이다. 민족학교에 다닐 무렵에는 '일본인 같은 이름'이라고 숱하게 괴롭힘을 당했다고 한다. 그럴 때마다 나오미 씨를 감싸 준 것이 우리 어머니여서 두 사람은 절친이 되었다.

"잔뜩 먹을 수 있지?"

나오미 씨가 물었다. 나와 정일이는 솔직히 고개를 끄덕였다.

"얼른 내올게. 잠깐만 기다려."

나오미 씨가 개인실을 나갔다.

"아직 독신이란 말이지……."

정일이가 눈꼬리를 축 늘어뜨린 채 꿈꾸듯이 중얼거렸기 때문에 정신 차리게 하려고 한쪽 발을 억지로 잡아다 앵클 로크를 먹였다. 에로 교주놈.

황홀한 디너타임은 시시각각 흘러가고 나와 정일이는 더할 수 없이 행복한 만복감을 맛보았다. 나오미 씨는 디저트로 라임셔벗을 내온 참에 개인실에 다리를 풀고 앉았다. 그리고 나를 향해 사랑스럽게 말했다.

"애, 그 얘기 좀 해봐."

벌써 몇 번이나 했던 얘기지만, 하지 않을 수는 없다.

─내가 고등학교에 진학한 해 가을, 우리 가족은 한국에 갔다. 목적은 제주도에의 성묘였다. 아버지에게는 거의 50여 년만의 귀향이었다. 어머니와 나는 첫 상륙이었다. 나는 한 번도 만나지 못한 채 세상을 떠나버린 조부모의 묘에 꽃을 올렸다. 솔직히 말해 무덤을 봐도 아무런 감개도 일지 않았다. 나에게는 단지 한국식의 봉긋한 흙무덤일 뿐이었다.

사건은 한국 본토에 상륙한 다음에 일어났다. 서울 시내의 불고기집에서 저녁을 먹은 뒤 택시를 탔다. 나 혼자서 탔다. 아버지와 어머니 쪽 택시에는 불고기집에서 처음 만나 친해져버린 일본인 중년부부 관광객이 동승했다. 그 부부가 우리 가족과 같은 호텔에 묵고 있었던 것이다.

호텔로 향하는 도중에 사십대로 보이는 택시 운전기사가 내게 말을 걸었다.

"재일교포야?"

"그렇습니다."

내가 한국어로 대답하자 운전기사는 흥, 코웃음을 치고 입 끝을 밉살스럽게 치켜들며 이죽거리는 표정을 보였다. 한국인의 일반적 의식 속에는 '재일교포는 풍족한 일본에서 고생도 모르고 부족한 것 없이 살아가는 자들'이라는 공통 인식이 박혀 있는지, 개중에는 삐뚤어진 근성을 노골적으로 드러내는 경우가 있었다. 아무래도 그 택시 운전기사가 그런 타입의 인간인 것 같았다.

호텔에 도착할 때까지 택시 운전기사는, 몇 살이냐, 한국을 어떻게 생각하느냐, 김치는 먹을 줄 아느냐, 라는 식으로 별 상관도 없는 질문을 던지고 내가 한국어로 대답할 때마다 "뭐야, 그 발음은?"이라고 코웃음을 쳤다. 택시 미터기는 계속 쭉쭉 올라갔다. 그리고 나의 분노 미터기도.

호텔에 도착했다. 미터기 요금을 확인하고 나는 지폐를 내밀었다. 운전기사는 그 지폐를 받아든 뒤, 잽싸게 미터기 레일을 세워버렸다. 요금 표시가 '0'이 되었다. 나는 잠시 어떤 것이 나오기를 기다렸다. 하지만 운전기사는 내가 존재하지 않는다는 듯이 뒤도 돌아보지 않고 앞 유리만 쳐다보고 있었다. 택시 승하차장에 속속 들어오는 차들이 이쪽을 향해 클랙슨을 울리며 발차를 재촉했다. 호텔 도어맨도 무슨 일인가 하는 얼굴로 다가왔다. 어쩔 수 없이 나는 말했다. 또렷한 한국어로.

"거스름돈 주시죠."

운전기사는 고개를 슬쩍 옆으로 돌리고 "뭐?"라는 투의, 그야말로 밉살스러운 표정을 지었다. 내 분노 미터기가 단숨에 '100'으로 올라갔다. 나는 일본어로 "죽어버려!"라고 부르짖으며 운전기사의 뒤통수에 오른쪽 코크스크류 블로를 날렸다.

퍽, 하는 소리와 함께 운전기사의 상반신이 앞으로 고꾸라지고 얼굴이 핸들에 처박혔다. 꼴좋다. 뒤를 돌아보는 운전기사의 얼굴이 깜짝 놀랄 만큼 새빨갰다. 운전기사는 나로서는 알아들을 수 없는 한국어를 큰소리로 왁왁 떠들기 시작했다. 한국인은 성질이 급해서 난감하다.

운전기사가 차 문을 열고 나갔다. 나도 나가서 잽싸게 전투태세를 취했다. 운전기사가 종종걸음으로 다가왔다. 오른쪽 주먹을 얼굴 옆에 들고 나를 겨냥했다. 몸을 숙인 채 들어왔기 때문에 나는 사이드스텝으로 왼쪽으로 피했다. 운전기사의 펀치는 허공을 가르고 몸은 쭉 펴져서 빈틈투성이였다. 오른쪽 바디훅을 운전기사의 간에 날렸다. 크윽, 신음소리를 올리며 운전기사가 바닥에 무너져 내렸다.

승리의 여운에 젖을 새도 없이 호텔 도어맨이 내 양팔을 뒤로 틀어쥐었다. 마구 날뛰며 그 팔을 풀려고 했을 때, 등 뒤에서 귀에 익은 목소리가 들려왔다.

"무슨 일이야!"

아버지였다. 나는 뒤로 잡힌 팔부터 풀고 상황을 설명하려고 필사적으로 버둥거렸다. 하지만 단단히 붙잡혀 어쩔 수가 없었다. 팔을 틀어쥔 도어맨에게 아버지가 한국어로 무슨 일이냐고 물었다. 도어맨은 나는 알아들을 수 없는 빠른 한국어로 아버지에게 뭔가를 주워섬겼다. 도어맨은 차 안에서의 일을 알지 못할 터였다.

아버지의 얼굴빛이 순식간에 변했다. 아직도 바닥에 쓰러진 채 원망스럽게 나를 노려보는 운전기사에게 시선을 옮기고 다시 내게로 그 시선을 돌렸다. 아버지의 온몸에 살기가 감돌았다. 상당히 위험한 상황이어서 우선 뒤로 잡힌 양팔을 풀어내는 게 선결문제라고 생각하고 힘껏 버둥거린 순간, 내게 간에 바디훅을 때려 박는 방법을 알려준 장본인이 내 간에 한껏 체중을 실은 바디훅을 날렸다.

우선 갈비를 토했다. 도어맨이 그제야 팔을 풀어줘서 나는 바닥에 무너졌다. 이어서 비빔밥을 토하고 있을 때, 머리 위에서 어머니의 "무슨 일이야!"라는 걱정스러운 목소리가 들려왔다. 아버지가 대답했다.

"이놈이 택시 운전기사의 돈을 뺏으려고 주먹질을 했대!"

나는 상황을 제대로 설명하려고 가까스로 몸을 일으켰다. 주위에 구경꾼이 우르르 몰려와 둘러섰다. 택시 운전기사들, 호텔 종업원들, 숙박객들이 군침을 삼키며 내가 빠진 고난을 지켜보고 있었다. 그리고 나에게 더욱 더 큰 고난이 덮쳐들었다.

"이놈이!"

날카로운 고함소리와 함께 어머니의 귀싸대기가 날아왔다.

그게 딱 좋은 각도로 내 턱 끝에 명중해서 고개가 확 돌아가는 바람에 나는 평형감각을 잃고 다시 바닥에 무너졌다. 정확히 내가 토한 비빔밥 위였다. 그런 내게 쐐기를 박듯이 거센 박수 소리가 비처럼 쏟아져 내 온몸을 때렸다. 간신히 얼굴을 들었다. 갤러리들이 마에스트로의 연주를 들은 청중처럼, 일부러 그러는가 싶을 만큼 양 손바닥을 넓게 벌리며 일제히 박수를 쳤다. 어느 새 운전기사는 아버지의 품에 안겨 엉엉 기쁨의 눈물을 흘리고 있었다. 그것을 바라보는 갤러리들의 눈가가 촉촉해졌다. 어머니에게 악수를 청하는 자도 있었다. 박수가 계속 이어졌다. 이따금 노골적인 적의를 담은 시선이 내게 꽂혔다. 그곳은 유교의 나라였다.

나는 생각했다.

어른들, 진짜 싫다. 한국 따위, 망해버려라……

한창 이야기하는 도중에 낯익은 종업원들이 조금 늦은 저녁 식사를 하기 위해 도시락을 들고 줄줄이 개인실로 모여들었다. 그리고 마침 내가 이야기를 끝냈을 때, 어머니가 차를 들고 들어왔기 때문에 다들 일단 젓가락을 내려놓고 어머니에게 박수를 보냈다. 어머니는 무슨 영문인지 몰라 어리둥절한 얼굴이었다. 박수가 멈춘 뒤, 나오미 씨가 절절한 느낌으로 말했다.

"몇 번을 들어도 정말 재미있는 얘기야."

……그런가.

어머니가 차를 내려놓고 나가자 종업원들이 내게 물었다.

"새로운 수확은 없어?"

다들 하나같이 젊지만 인종은 제각각이었다. '재일조선인'과 '재일한국인', 중국인과 대만인, 그리고 일본인의 구성이다. 나는 미토콘드리아 DNA 얘기를 하기로 했다.

"미토콘드리아 DNA라는 것은 말 그대로 미토콘드리아가 갖고 있는 DNA인데, 일반적으로 일컬어지는 DNA와는 다르게 독자적인 DNA 배열을 갖고 있어. 미토콘드리아 DNA는 돌연변이가 일어나는 속도가 빨라서 그 흔적이 쉽게 남겨지기 때문에 이걸 분석하는 것은 인류의 뿌리를 탐색하는 데 있어서 아주 중요한 수단이 되고 있어."

다들 얼굴 위에 평등하게 '?' 마크가 떠있었다.

일본인 여자가 손을 들었다.

"돌연변이가 어쩌고저쩌고 하는 데쯤부터 벌써 뭐가 뭔지 머릿속이 뒤죽박죽이야."

"거칠게 말하자면, 우리 몸에는 자신의 직접 선조에게서 대대로 물려받은 독특한 '기록' 같은 게 새겨져 있고, 그 '기록'은 상당한 시간과 웬만한 일이 없는 한 계속 바뀌지 않고 자손에게로 대대로 이어진다는 거야. 그래서 그 '기록'을 표식으로 삼으면 엄청난 '일족 결집'이 가능해."

"뭐야, 그게?"

'재일한국인' 남자애가 물었다.

"당연한 얘기지만, 우리는 무수한 가지치기 끝에 이 세상에 태어났어. 고조부와 고조모에게서 증조부가 태어나고 증조부와 증조모에게서 조부가 태어나고 조부와 조모에게서 아버지가 태어나고, 그리고 아버지와 어머니가 자기들 할 일을 한 끝에 우리가 태어났어. 한가한 사람은 고조부의 고조부의 고조부쯤까지 거슬러 올라가도 좋지만, 아무튼 우리의 몸속에는 선조에게서 물려받은 팽대한 종류의 유전정보가 새겨져 있다는……."

거기까지 말하자 중국인 여자가 뒤를 받았다.

"하지만 미토콘드리아 DNA라는 독특한 '기록'을 표식으로 삼으면 자신의 뿌리를 정확히 거슬러 올라갈 수 있다는 얘기인가?"

나는 고개를 끄덕이고 설명을 이어갔다.

"아까 깜빡 말을 못했는데, 미토콘드리아 DNA는 부모에게서 자식에게로 전해질 때 모친 쪽만 전달이 돼. 즉 모계를 따라 할머니, 증조할머니, 라는 하나의 줄기만 더듬어 올라갈 뿐 도중에 아버지 쪽의 친척까지 돌아가지 않아도 되니까 그리 번거롭지 않게 간단히 추적할 수 있어. 그리고 마지막에는 자신의 뿌리가 되는 단 한 명의 여성에게 가닿는 거야."

"뭔가 얘기가 거창해졌네?"

나오미 씨가 말했다.

"실제로 우리 '단 한 명의 여성'의 자손들은 전 세계에 흩어져 있을 테니까 다 모아보면 엄청나게 재미있을 거야. 이를테면 미국 대통령이 나하고 똑같은 미토콘드리아 DNA를 갖고 있다거나."

내 말에 '재일조선인' 남자가 한 마디 했다.

"나와 브래드 피트의 미토콘드리아 DNA는 틀림없이 똑같을 거야."

그 말에는 다들 야유의 휘파람을 날렸다. 소란이 가라앉기를 기다려 나는 설명을 이어갔다.

"미토콘드리아 DNA를 활용한 최근 조사에 따르면, 일본 혼슈에 사는 일본인의 약 50퍼센트가 한국과 중국에 많은 미토콘드리아 DNA 타입이라는 게 밝혀졌어. 일본인 고유 타입의 미토콘드리아 DNA를 가진 사람은 약 5퍼센트밖에 존재하지 않아."

"그게 무슨 얘기야?"

일본인 여자가 물었다.

"약 2천년 전에 대륙에서 야요이인이라고 불리는 수많은 사람들이 일본으로 건너온 거야. 정말로 많은 사람들이. 그래서 문득 돌아보니 혼슈에서 고유한 일본인은 마이너리티가 되었다, 라는 얘기야."

"하지만 한국이나 중국의 미토콘드리아 DNA를 가졌더라도 그 사람은 '일본인'인 거잖아."

일본인 여자는 말했다.

"일본에서 태어나 일본에서 자랐고 일본 국적을 가졌으니까 그렇겠지. 하지만 단지 그것뿐인 일이야. 네가 미국에서 태어나 미국에서 자랐고 미국 국적을 가졌다면 '미국인'인 것처럼."

"하지만 뿌리는 국적에 묶이지 않아."

정일이가 말했다.

"뿌리라면 어디까지 거슬러 올라가야 되는 거야?" 일본인 여자애는 말했다. "우린 가계도 같은 거 없는데."

짧은 웃음이 일었다. 그 웃음이 가라앉은 뒤, 정일이가 말했다.

"번거로우니까 중간은 생략하고 '단 한 명의 여성'까지 거슬러 올라가면 돼. 그리고 '단 한 명의 여성'이 살았던 시대에는 국적도 없었고 몇 명이나 되느냐는 구별도 없었어. 우리 자신을 그 자유로운 시대의 '그냥 자손'으로 생각하면 되는 거 아닐까?"

자리가 조용히 가라앉았다. 모두가 제각각 뭔가를 반추하고 있었다. 내가 입을 열었다.

"애초에 국적 따위, 맨션의 임대계약서 같은 거야. 그 맨션이 싫어지면 해약하고 나가면 그만이야."

"해약이라니, 그런 게 가능해?"

일본인 여자가 물었다.

"일본 헌법으로 말하자면, 제22조 2항에 명시되어 있어. '누구라도 외국에 이주하고, 또한 국적을 이탈할 자유를 침해당하지 않는다'. 헌법 조문 중에 내가 가장 좋아하는 문구야. 멋있잖아."

"근데 말이야." '재일조선인' 남자가 입을 열었다. "우리가 그런 다양한 것들을 알아봤자 차별하는 측에서 알지 못하면 아무 의미도 없는 거 아냐?"

"아니, 우리가 알고 있으면 돼." 나는 말했다. "국적이니 민족이니 하는 것을 근거로 차별하는 자들은 무지하고 허약하고 불쌍한 놈들이야. 그러니까 우리가 다양한 것들을 알고 훨씬 더 강해져서 그놈들을 용서해주면 돼. 뭐, 나는 아직 그런 경지까지는 전혀 도달하지 못했지만."

웃음소리가 일었을 때, 마침 어머니가 얼굴을 내밀고 모두에게 말했다.

"이제 슬슬 쉬는 시간 끝이야."

가까운 시일 내에 다시 만나기로 약속하고 모두 자리에서 일어났다. 밤늦은 시간이어서 나와 정일이도 그만 돌아가기로 했다. 엘리베이터 앞에서 나오미 씨에게 융숭한 대접에 대한 감사인사를 했다. 나오미 씨는 미소를 지으며 내 뺨을 보드랍게 쓰다듬었다.

"또 재미있는 얘기해줘, 알았지?"

공부해두기를 잘했다고 생각했다. 아는 건 힘이 되리니.

엘리베이터 문이 닫힌 순간, 질투에 눈이 돌아버린 에로교 교주의 펀치가 옆구리에 날아왔다.

집에 돌아온 것은 상당히 늦은 시간이었지만, 정해둔 일과는 칼같이 해치우기로 했다.

트레이닝복으로 갈아입고 러닝에 나섰다. 10킬로미터를 달리고, 3분의 1라운드의 섀도복싱을 중간에 1분씩 휴식을 끼워 10라운드를 소화했다. 마지막으로 팔굽혀펴기와 복근 운동을 50회씩 했다.

스트레칭으로 온몸을 풀어준 뒤에 샤워를 했다. 거울에 비치는 복근이 여섯 개의 사각으로 아름답게 갈라진 것을 보고 약간 나르시스적인 기분에 젖었다.

　방으로 돌아와 기타 연습을 시작했다. 최근에 드디어 'F'를 정확히 짚을 수 있었다. 한 시간 반에 걸친 연습의 마무리로 체로키 인디언과 흑인의 혼혈인 록스타 지미 헨드릭스가 우드스탁에서 연주한 〈스타 스팽글드 배너〉를 CD로 들었다. 지미 헨드릭스는 마이너리티들만 전쟁터로 나가 차례차례 죽어가는 베트남 전쟁에 대해 항의를 표하기 위해 기타로 미국 국가를 이렇게 연주했다.

　　기잉기잉쿠르르르기리기리링

　　위잉위이잉구우웅구우웅

　　캬앙캬아앙캬아아아앙

　　가리가리가리가앙가앙

　몇 번을 들어도 엄청난 소리다. 마이너리티의 목소리는 위쪽에는 가닿지 않고, 그렇기 때문에 어떤 수단으로든 목소리를 크게 내는 수밖에 없다. 나도 언젠가 이 나라의 국가를 엄청난 소리로 연주하고 싶어질 때가 올지도 모른다. 그런 때를 위해 기타를 연습해두는 것이다.

　책상 앞에 앉았다. 우선 그린베레의 격투 매뉴얼을 읽은 뒤에 눈을 감고 머릿속에서 격투 시뮬레이션을 하며 어려움 없이 세 명을 쓰러뜨렸다.

그다음에 상당히 졸렸지만 '공부'도 칼같이 해치우기로 했다. 최근에는 예전부터 일본에 유포되고 있는 '단일민족신화'에 관해 공부하고 있다. 상당히 재미난 공부로, DNA라는 둥의 단어가 없었던 시대의 학자나 정치가들이 오리지널리티 풍부한 거짓말을 자기들 멋대로 떠들어대며 다른 인종을 차별했던 것들을 연구한다.

'단일민족신화'의 전체상을 파악하고자 관계 서적이며 도서관에서 수집해온 자료들을 이것저것 들여다보았다.

단일, 차별, 동화(同化), 배척, 순혈, 혼혈, 이질, 균질, 잡종, 야마토 민족, 이민족, 혈통, 아이누족, 구마소(熊襲),[•] 류큐([琉球]),[••] 국체(國體), 국수(國粹), 양이(攘夷), 순결, 황국사관, 팔굉일우(八紘一宇),[•••] 만세일계, 대동아공영권, 부국강병, 일시동인(一視同仁), 일선일체(日鮮一體), 일선동조(日鮮同祖),[••••] 일한병합, 황민화, 신민, 총독부, 창씨개명, 영유

[•] 규슈 남부지방에 살던 원주민
[••] 오키나와의 옛 이름
[•••] [일본 서기]의 '천하를 하나의 집으로 한다'를 재해석하여 2차대전 때 일본의 해외 침공을 정당화하는 슬로건으로 사용한 용어
[••••] 일본인과 조선인의 선조는 동일하다는 이론

(領有), 제국, 식민, 통합, 침략, 정복, 괴뢰(傀儡), 복종, 억압, 지배, 예속,

격절(隔絶), 격리, 잡혼(雜婚), 잡거(雜居), 혼합, 선주(先住), 도래(渡來), 차

이, 편견, 이동, 증식, 번식, 이인종, 열등인종, 우등인종, 혈족, 팽창, 영

토, 통치, 착취, 약탈, 애국, 우생학, 동포, 계층, 이족(異族), 융합, 화합,

야합, 배외(排外), 배타, 배제, 살육(殺戮), 섬멸(殲滅)……

폭발했다. 노르웨이인이 되기로 했다.

내 주변의 일상용품을 팔아치워 노르웨이로 떠날 자금을 마

련하기 위해 방 안의 돈 될 만한 물건을 발굴해내려고 우당탕

퉁탕 하는 참에 아버지가 방 문을 열었다.

"지금 몇 시인 줄 알아?"

"노크."

"쩨쩨하게 굴기는."

아버지는 방으로 들어와 내 침대에 앉았다. 나는 아랑곳하지

않고 작업을 계속했다.

"근데 너, 뭐하냐?"

"일본을 떠나 노르웨이에 가려고."

"느닷없이 노르웨이는 왜?"

"노르웨이에 가서 노르웨이인이 되고 노르웨이어를 배우고,

더러운 일본어 따위는 잊어버릴 거야. 이제 지긋지긋해. 그래

서······."

"진정해, 진정해."

"그래서 예쁜 노르웨이 여자와 결혼하고 예쁜 혼혈아기를 낳아 행복한 가정을 꾸리려고."

"뭐야, 제법 냉철하게 계획을 세웠네? 그나저나 왜 노르웨이야?"

"일본에서 최대한 먼 곳으로 가려고."

"일본의 반대쪽은 남미야."

"너무 더운 건 나한테 안 맞아."

"오, 철두철미 냉철한데?"

아버지는 바닥에 쌓인 책 더미에 팔을 뻗어 맨 위의 [짜라투스트라는 이렇게 말했다]를 집어들었다.

"네가 니체를 알아?"

아버지가 물었다.

"조금."

"근데 그거 아냐? 니체가 정신이 오락가락했다는 거."

"성인인 척하는 얼굴로 불륜을 저지른 놈보다는 낫지."

아버지가 살기를 내뿜었다.

"마르크스를 욕하지 마. 그 사람은 좋은 놈이야."

얻어맞기 싫어서 말대꾸는 하지 않았다. 그로부터 잠시 동안

109

아버지는 말없이 내 작업을 지켜보았다. 살기는 느껴지지 않았다. 왠지 섬뜩해서 손을 멈추고 아버지 쪽을 돌아보니 매우 진지한 눈빛을 하고 있었다. 시선이 마주쳤다. 아버지가 말했다.

"노 소이 코레아노, 니 소이 하포네스, 죠 소이 데사라이가드."

"뭐래?"

"스페인어야. 나는 스페인 사람이 되려고 했어."

"……."

"근데 소용없었어. 언어 문제가 아니더라고."

"그건 아니지. 언어는 한 인간의 아이덴티티 그 자체라서……."

아버지가 내 말을 가로막았다.

"그야 이론적으로는 그럴지도 모르지. 하지만 인간은 이론으로 정리되지 않는 부분으로 살아가고 있어. 뭐, 너도 언젠가는 알 거다."

나는 책상 앞 의자에 앉았다. 아버지가 침대에서 일어나 책상 옆으로 다가왔다. 그리고 책상 위에 펼쳐둔 자료를 집어들고 쓰윽 훑어본 뒤에 말했다.

"이런 '암흑'을 알아두는 것도 나쁘지는 않지. 암흑을 모르는 놈이 빛의 환함에 대해 얘기할 수는 없으니까. 하지만 네가 좋아하는 니체가 말했어. '누구든 괴물과 싸우는 자는 그 과정에서 스스로 괴물이 되지 않도록 주의해야 한다. 오랜 동안 나락을 들여다보면 나락 또한 이쪽을 들여다보는 법이다'라고. 그러니까 조심해."

아버지가 내 등 뒤의 창유리 쪽을 쳐다보며 말했기 때문에 창유리에 쪽지라도 붙어 있나 하고 뒤를 돌아보았다. 쪽지는 붙어 있지 않았다. 심야의 암흑이 달라붙어 있을 뿐이었다.

얼굴을 돌리자 아버지가 슬쩍 쓰다듬는 듯한 라이트훅을 내 뺨에 먹였다.

"너, 요즘에 너무 이론만 파는 거 같아. 예전처럼 날뛰고 다니라는 건 아니지만, 좀 더 뛰어놀아. 네가 좋아하는 니체가 말했어. '누구든 젊은 시절에는 마음껏 뛰어놀아야 한다. 오랫동안 활자의 숲에만 있으면 그곳에서 빠져나올 수 없게 된다'고."

"······거짓말이지?"

아버지는 에헤헤헤 웃으면서 자료를 책상 위에 던졌다.

"그만 자라."

아버지가 책상 옆을 떠나려고 했기 때문에 급히 물었다.

"아까 스페인어로 말한 거, 뭐야?"

아버지는 책상 위에 굴러다니는 볼펜을 집어들고 자료 위에 스페인어 문장을 쓱쓱 썼다.

"네가 직접 찾아봐."

아버지가 문 앞까지 갔을 때, 물었다.

"왜 스페인이었어?"

뒤돌아본 아버지는 진지한 얼굴로 딱 잘라 대답했다.

"스페인에 미녀가 많다고 해서."

방을 나선 아버지는 돼지 멱따는 듯한 팔세토 창법으로 비치
보이스의 〈꿈의 하와이〉를 부르기 시작했다.

고 투 하와이

(하와이에 가자!)

고 투 하와이

(하와이에 가자!)

두 유 워너 컴 얼론 위즈 미

(나와 함께 가고 싶지 않니?)

망할 꼰대 아버지.

나는 책상 위의 책과 자료를 바닥에 내려놓았다. 우선 거기서
부터 시작하기로 했다. 그리고 잠에 떨어지기 전까지 사쿠라이
를 생각하기로 했다.

4

그날 밤에서 정확히 일주일 뒤인 금요일 저녁, 처음으로 사쿠라이에게 전화를 했다.

전화를 받은 사쿠라이가 불쑥 말했다.

"미국 캐리어우먼 사이에는 '남자에게 만만하게 보이지 않기 위한 매뉴얼' 같은 게 있대. 그중에 주 후반에 걸려온 데이트 신청은 거절하라, 라는 철칙이 있다는데?"

나는 아직 데이트 신청을 하지 않았다. 물론 신청할 마음이긴 했지만.

"왜?"

내가 물었다.

"남자는 주 초반에는 진짜 좋아하는 여자와 주말 일정을 잡기에 바쁘다가 그 진짜 좋아하는 여자에게 거절당하면, 뭐, 이쪽에라도 얘기해볼까, 하고 주 후반을 이용해 그리 중하게 생각하지 않는 여자에게 데이트를 신청한대. 그 신청을 받아들이면 만만하게 보고 맘대로 해도 되는 여자라고 생각하니까 거절해야 한다는 거야. 알아들었어?"

"……."

"근데 난 매뉴얼 같은 거 너무 싫어서 그딴 거, 전혀 신경쓰지 않긴 해."

분명 신경쓸 게 틀림없다.

"다음부터는 조심할게."

"꼭이야."

역시.

일요일 데이트가 정해졌다.

일요일.

정확히 오후 1시에 약속장소인 시부야역 동쪽출구 개표구에 도착했다. 주위를 둘러봤지만 사쿠라이의 모습은 보이지 않았다. 개표구 옆에 서서 기다렸다.

10분이 지났다. 나는 장기전을 각오하고 키오스크에서 뉴스위크를 사다가 읽기 시작했다. 캄보디아의 시아누크의 신변 경호를 하는 자들이 북한군 특수부대 출신의 보디가드, 라는 꽤 흥미로운 기사를 읽고 있을 때, 내 몸에 턱 부딪히는 부드러운 물체가 있었다. 기억에 있는 충격이었다.

고개를 들자 사쿠라이의 무방비한 웃는 얼굴이 있었다.

"늦어서 미안."

"늦은 편에 속할 정도도 아니야."

사쿠라이는 웃음이 깊어지더니, 물었다.

"이제부터 뭐 할까?"

지난번에 전화를 끊은 뒤에야 깨달았지만, 우리는 만날 약속만 정하고 무엇을 할지에 대해서는 전혀 얘기를 나누지 않았다. 분명 우리는 그냥 보고 싶었던 것이다.

영화라도 볼까, 라고 제안하려는데 사쿠라이가 먼저 입을 열었다.

"나, 만원 지하철처럼 북적거리는 시부야 거리를 휘적휘적 돌아다닌다거나 첫 데이트 기념으로 서로의 팔에 타투를 새긴다거나 저녁식사는 손님 많은 것밖에는 아무 장점도 없는 맛없는 이탈리아 레스토랑에 간다거나 비좁은 개집 같은 노래방에 간다거나, 그런 건 싫어, 절대로."

나는 급히 고개를 가로저었다.

"그런 거, 생각도 안 했어. 그냥 영화라도 볼까 했는데."

"지금 뭔가 보고 싶은 영화, 있어?"

"딱히 없어."

"그럼 다른 거 하자."

"뭘?"

"나 따라올 거야?"

사쿠라이가 도전하듯이 말했다. 나는 고개를 끄덕였다.

"그럼 가볼까."

그렇게 말하고는 매표소를 가리켰다. 나와 사쿠라이는 발매기를 향해 걸음을 옮겼다. 뉴스위크를 원통형으로 돌돌 말아 한 손에 쥐려고 하자 사쿠라이는 즐거운 듯 웃음을 지으며 말했다.

"곤봉 같네? 나를 지켜주려고?"

저만치 떨어진 곳의 쓰레기통에 뉴스위크를 휘익 던졌다. 멋지게 쓰레기통에 쏙 들어갔다. 나는 말했다.

"곤봉 따위, 필요 없어."

사쿠라이는 흐뭇했는지 힘껏 몸을 부딪쳐왔다. 나는 한껏 비틀거렸다. 사쿠라이가 미간을 찌푸리며 나를 쳐다보았다.

"곤봉, 다시 주워올까?"

나와 사쿠라이는 야마노테선의 원 반절을 지나 유라쿠초로 나왔다.

역을 나서자 사쿠라이는 히비야 쪽으로 향했다. 사쿠라이는 자주색 블루종과 슬림한 흰색 면바지, 그리고 베이지색 트레킹 부츠 차림으로 마루노우치의 빌딩가를 씩씩하게 걷고 있었다. 검은 재킷에 흰 티셔츠, 평범한 면바지, 로퍼를 신은 나는 이러니저러니 할 것도 없이 묵묵히 그녀의 뒤를 따라갔다. 나를 데려간 곳은 히비야의 해자(垓字) 근처 빌딩 꼭대기 층에 있는, 대기업이 경영하는 미술관이었다. 사쿠라이는 익숙한 듯 빌딩 안으로 들어가 엘리베이터를 탔다. 나는 미술관에는 가본 적이 없었다. 하지만 화집은 많이 봤다. 정일이가 곧잘 내게 화집을 빌려주었기 때문이다.

"자주 와?"

엘리베이터에 타자마자 내가 물었다. 사쿠라이는 아니, 라고 단호하게 고개를 가로저었다.

"나도 처음이야. 항상 가보자고 생각하면서도 혼자 오기가 좀 그랬거든. 여기, 싫어?"

나는 고개를 가로저었다.

엘리베이터가 미술관 층에 도착하자 사쿠라이는 냉큼 매표창구로 가더니 자기 몫의 표를 사버렸다. 내가 돈을 낼 틈도 없었다.

전시 중인 작품은 프랑스 화단에서 활약한 화가들의 그림으로, 상당히 유명한 이들이 줄줄이 모여 있었다. 루오, 브라크, 샤갈, 피카소, 달리 등등.

"좋아하는 화가, 있어?"

미술관에 들어서자 사쿠라이의 질문이 날아왔다.

"루오와 샤갈."

"누구야, 그게?" 사쿠라이가 장난스럽게 웃으며 말했다. "나, 그림에 대한 거 전혀 몰라."

우리는 그림을 보는 방법이 매우 대조적이었다. 나는 한 작품씩 찬찬히 보고 가는 데 비해 사쿠라이는 순간적으로 바라본 시선으로 그림의 호오(好惡)를 결정하는지, 마음에 드는 그림 앞에서는 한참을 서있고 그렇지 않은 그림 앞은 바람처럼 지나갔다. 그 모습은 지켜보기에 아주 알기 쉽고 상쾌했기 때문에 나도 따라 해보기로 했다.

나는 루오의 〈늙은 왕〉이나 샤갈의 〈누워 있는 시인〉 그림 앞에서만 멈춰 섰다. 그렇게 돌아보는 사이에 한참 앞서 가던 사쿠라이와 거리가 좁혀졌다.

사쿠라이는 달리의 그림 앞에 멈춰 서서 미소를 짓고 있었다. 그녀가 보고 있는 것은 〈황혼녘의 격세유전〉이라는 그림으로, 유명한 밀레의 〈만종〉을 재구성한 것이었다. 재구성이라고 해도 내 눈에는 취향이 괴팍한 패러디로밖에는 보이지 않았다. 아니, 그럴 만도 한 게 황혼녘에 기도를 올리는 남녀 중 남자 쪽의 얼굴은 해골이고 여자 쪽의 등에는 창 같은 게 꽂혀 있는 것이다. 그리고 전원풍경은 바위덩이 가득한 황량한 곳으로 바뀌었다.

"최고다, 그치?"

사쿠라이가 내 얼굴을 보며 말했다. 나는 애매하게 고개를 끄덕였다. 사쿠라이는 못마땅한 눈치였다. 아주 많은 시간을 달리의 그림 앞에서 보냈다. 코끝이 그림에 닿지 않을까 싶을 만큼 고개를 쑥 내밀고 들여다보거나 킥킥 웃으면서 바라보거나 이따금 후우 한숨을 내쉬며 보고 있었다. 나는 그런 사쿠라이를 내내 바라보았다. 조금도 싫증나지 않았다.

달리의 마지막 한 작품 앞에서 사쿠라이는 말했다.

"이 화가, 나한테 싸움을 걸고 있어. '네가 이 그림을 알아?' 하고."

마지막 작품은 인간의 몸이 서랍이 되어 자유자재로 열고 닫을 수 있는 모습을 그린 것이었다.

"의미 따위는 전혀 모르겠지만, 싸움을 건다는 건 알겠어. 그래서 가슴이 엄청 두근두근해. 이거 봐."

사쿠라이는 내 팔을 당겨 자신의 가슴 한복판에 내 손바닥을 댔다. 정말이었다. 심장이 콩닥콩닥 빠르고 힘차게 뛰었다. 문득 사쿠라이가 내 가슴 한복판에 손바닥을 댔다.

"스기하라도 엄청 빨리 뛰고 있어."

사쿠라이의 심장 박동이 더욱더 빨라졌다. 나는 그보다 훨씬 더 빨라졌지만, 그건 다른 관람객들이 나와 사쿠라이 주위에 모여들어 흘끗흘끗 쳐다봤기 때문이었다.

우리는 거의 동시에 손을 떼고 달리의 그림 앞을 벗어났다. 사쿠라이는 재미있다는 듯 킥킥 웃었다. 나는 너무 창피해서 관심을 다른 데로 돌리려고 사쿠라이에게 말했다.

"지난번에 신문에서 봤는데 달리는 초등학교 남학생들에게 인기가 있대."

사쿠라이는 웃는 얼굴 그대로 흐응, 이라고 말했지만 금세 진지한 얼굴이 되어 내 옆구리에 펀치를 먹였다.

"미안하네요, 초등학교 남자애 감성이라서."

출구 근처에서 판매하는 팸플릿 두 권을 사서 하나를 사쿠라이에게 건넸다. 사쿠라이는 순순히 고마워, 라고 말하고 받아 주었다. 그러고는 "재밌었다, 그치?"라고 말했다. 나도 순순히 고개를 끄덕였다.

히비야 공원에 들어가 정처 없이 산책을 한 뒤, 딱히 뭘 한다는 것도 없이 벤치에 앉아 시간을 보냈다. 무척 기분 좋은 봄날의 해 저물녘이었다.

"한 가지 물어봐도 돼?"

"좋아."

"가족 구성은?"

"아버지, 어머니, 나, 3인 가족. 사쿠라이는?"

"우리는 아버지, 어머니, 언니까지 4인 가족. 고향은?"

"······고향은 없어. 사쿠라이는?"

"우린 아버지 본가가 간사이, 엄마는 규슈. 스기하라의 아버님은 어떤 일을 하시는 분?"

"······시원찮은 자영업자. 사쿠라이의 아버님은?"

"시원찮은 샐러리맨. 지금까지 몇 명의 여자와 사귀었어?"

"한 명."

"언제?"

"중2 때, 딱 한 달."

"짧네? 왜 헤어졌어? 대답하기 싫으면 안 해도 되고."

"대답하기 싫을 것도 없어. 내가 데이트 약속을 어겨서 그걸로 끝."

"왜 약속을 어겼는데?"

"친한 친구가 여행을 가자고 했어. 그 일정이 데이트 날과 겹쳤는데 그 친구 쪽으로 갔어."

"뭐야, 그게?" 사쿠라이는 몹시 어이없다는 듯이 말했다. "대체 왜 그랬어?"

"중학교 남학생이란 대략 다 그래." 나는 변명처럼 말했다. "여자 친구보다 남자 친구 쪽을 선택할 수밖에 없어, 기본적으로. 남자보다 여자 쪽을 선택하는 놈은 '배신자'라고 낙인이 찍히고 박해를 받아."

"말도 안 돼."

"지금은 나도 그렇게 생각해."

"근데 여행이라니, 어디에 갔었는데?"

"나고야."

"뭐 하러?"

"……관광이었지."

"엉뚱하긴."

나에게 여행을 제안한 친구는 나고야의 파친코를 제패하고 '파친코 부자'가 되어 도쿄에 돌아오자고 했다. 둘이 맹세하고 완행열차에 덜컹덜컹 흔들리며 나고야로 향했다. 여행은 엄청 즐거웠다. 우리는 파친코에서 딴 돈으로 호텔에 묵었고 맛있는 된장우동을 먹었고 돌아오는 길에는 신칸센 특실에 탔다. 3박4일의 여행이었다. 물론 평일에 학교를 땡땡이치고 갔기 때문에 돌아와서 아버지에게 실컷 얻어맞았다.

"여자 친구가 화냈겠네?"

사쿠라이가 물었다.

"2주일 동안 내내 무시하다가 딱 한 마디, '저질'이라고 했어."

사쿠라이는 "그거, 당연해"라고 말하며 내 어깨에 가벼운 편

치를 먹었다. 대화가 끊겼다. 내가 화제를 찾고 있는데 사쿠라
이가 불쑥 얘기하기 시작했다.

"나는 지금까지 세 명을 사귀었어. 맨 처음은 초등학교 5학년
때였고 같은 반 친구, 눈이 동글동글해서 약간 톰 크루즈를 닮
은 남학생이었어. 화이트데이에 선물을 주지 않아서 헤어졌어.
나도 참 어렸지. 그다음은 중2 때였는데, 같은 학교 일 년 선배
였어. 수영부 부장과 학생회장을 겸임했던 사람. 왜 헤어졌느
냐면, 일요일에 자기 집에 데려갔는데 빨간 경기용 수영복을
주면서 이걸 입어달라고 진지한 얼굴로 말했기 때문이야. 그때
는 힘껏 뺨을 때려주고 집에 돌아왔어. 근데 지금 생각해보면
입어줄 걸 그랬나 싶기도 해. 아마도 수영부 부장과 학생회장,
둘 다 떠맡은 압박감 때문에 머리가 돌아버렸던 것 같아. 엄청
성실한 사람이었으니까. 귀 뒤에 10엔짜리 동전만한 원형탈모
도 생겼었거든. 세 번째는 고1 때였는데, 친구가 소개해준 게
이오 대학생, 국회의원 아들이라는데 엄청 짜증나고 진짜 바보
같은 인간이었어. 자기 주위에는 저능아들뿐이다, 라고 태연히
말하는 인간이었거든, 그 새끼."

"그런 남자를 왜 사귀었어?"

나는 당연한 의문을 입에 올렸다.

"그때는 내가 자신만만한 남자한테 약했거든." 사쿠라이는

시원스럽게 말했다. "여자는 그런 시기가 한 번쯤은 있어, 자신만만한 남자에게 약한 시기가."

"흠."

사쿠라이는 계속했다.

"그 사람하고는 2주일 만에 헤어졌어. 이유는 둘이서 롯폰기를 걸어가는데 외국인이 영어로 말을 걸어왔기 때문이었어."

"무슨 얘기야?"

"아마 길을 물어보려고 했던 것 같은데, 아무튼 영어로 그 사람한테 말을 건넨 거야, 익스큐즈 미, 라고. 그 익스큐즈 미까지는 그 사람도 편안한 얼굴에 자신만만했어. 근데 이어서 어려운 단어가 잔뜩 나오니까 그 사람 눈이 핑핑 도는 거야. 저러다 귀에서 김이 폴폴 나겠네, 하고 내가 흥미롭게 지켜봤는데 그 사람은 내 시선을 눈치채고 가까스로 조금 전까지의 자신만만함을 되찾은 뒤에 외국인을 향해서 말했어. 자아, 뭐라고 말했을까요?"

"짐작도 못하겠는데?"

나는 말했다.

"아하, 라나? 엄청 자신만만하게 아하, 라고 하는 거야. 그때 내가 알아봤지, 이 사람은 그냥 바보구나, 라고."

사쿠라이는 말을 하면서 킥킥 웃었지만 나는 웃을 수 없었다.

그녀와 함께 있을 때 외국인이 말을 걸어오지 않기만을 빌었다. 그녀는 웃는 얼굴인 채로 덧붙였다.

"그냥 '아이 캔트 스피크 잉글리시'라고 하면 되잖아."

마음 깊이 새겨두었다. 사쿠라이의 눈에 장난기 어린 빛이 떠올랐다.

"내가 사귀었던 남자들과 어디까지 갔는지, 궁금하지 않아?"

나는 잠깐 망설인 뒤에 고개를 가로저었다.

"알아봤자 화만 날걸."

사쿠라이의 얼굴에 부드러운 웃음이 번졌다. 그리고 "이런 바보"라고 말하고 내 어깨에 힘껏 펀치를 먹였다. 진짜로 아파서 쩔쩔 매는 참에 느닷없이 앞쪽에서 개가 나타나 터벅터벅 우리 쪽을 향해 걸어왔다. 잡종인 듯한 그 개는 가볍게 꼬리를 흔들며 다가오고 있었다. 내가 머리를 쓰다듬으려고 몸을 내밀었을 때, 사쿠라이가 "크르르"하고 낮은 소리를 올렸다. 개는 그 소리에 반응해 우뚝 멈춰 서고 귀를 접어내린 뒤, 죄송합니다, 라는 느낌의 눈빛을 보이고 왔던 길을 터벅터벅 돌아갔다. 사쿠라이를 돌아보자 그녀는 빙긋 웃으면서 말했다.

"방해꾼을 들이지 말라. 데이트의 철칙이야."

히비야 공원을 나온 뒤, CD샵에 들러 서로 좋아하는 CD를 추천해 구입했다. 내가 추천한 것은 브루스 스프링스틴의 〈터널 오브 러브〉, 이건 내가 특히 좋아하는 것이다. 사쿠라이가 내게 추천한 것은 호레이스 팔란이라는 재즈 피아니스트의 〈어스 스리〉라는 CD였다. 나는 재즈는 거의 들은 적이 없었다.

"아빠가 재즈를 좋아하거든. 나 어릴 때부터 자주 틀어줬어." 추천해줄 때 사쿠라이가 말했다. "이거, 엄청 멋있어."

긴자를 휘적휘적 돌아다니다가 눈에 띈 서양식 정식집에 들어가 저녁식사를 했다. 식후의 산책으로 가치도키 다리까지 걸어가 바닷물 냄새를 맡았다.

"바다에 가고 싶다. 아름다운 바다."

사쿠라이가 말했다. 나는 고개를 끄덕였다.

"가능하면 가까운 시일 내에 가자."

유라쿠초역 개표구에서 헤어졌다. 사쿠라이는 "또 봐"라는 퉁명스러운 인사만 남기고 나와는 반대방향의 플랫폼으로 올라갔다. 나는 히비야 공원에서 만난 개 같은 걸음으로 플랫폼으로 이어진 계단을 올라갔다. 플랫폼의 적당한 자리에 서서 멍하니 고개를 떨구고 있는데 시선 위쪽으로 맞은편 플랫폼에서 부산하게 움직이는 사람 그림자가 비쳤다. 고개를 들었다.

사쿠라이가 금세라도 뛰어오를 것처럼 까치발을 딛고 나를 향해 손을 흔들고 있었다. 양쪽 플랫폼에서 수많은 승객들의 시선이 내게 쏟아졌다. 사쿠라이의 몸짓에 내가 선뜻 응하지 않자 승객들 사이에서 답답함 같은 게 전해져왔다. 지하철이 곧 플랫폼에 들어온다, 라는 안내방송이 나오자 근처에서 혀 차는 소리들이 들렸다. 결국 창피함을 무릅쓰고 팔을 들어 사쿠라이를 향해 마주 내저었다. 승객들이 후유 안도하는 게 느껴졌다. 반대쪽 플랫폼에 지하철이 미끄러져 들어오고 사쿠라이의 모습이 사라졌다. 나는 올렸던 팔을 슬금슬금 내리고 서 있던 자리에서 서둘러 이동했다. 사람들은 모두가 첫손자의 첫걸음마 모습을 보는 듯한 눈빛으로 나를 보고 있었다.

집에 돌아오자 어머니가 가출을 끝내고 돌아와 거실에서 아버지와 체스를 두고 있었다.

"너, 혹시 데이트?" 어머니가 퀸을 앞으로 보내면서 내게 물었다. "체크!"

궁지에 몰린 아버지는 "에잇, 졌네"라고 투덜거리면서도 엄청 기분 좋아보였다.

"노코멘트."

나는 대답했다.

"이상한 짓 하면 안 돼."

어머니가 말했다.

"알아."

아버지가 체스 판에서 얼굴을 들었다. 여름방학 첫날의 초등학생처럼 반짝반짝하는 눈동자로 미소를 짓고 있었다. 아버지가 나를 향해 말했다.

"미치겠다, 도망갈 수를 못 찾겠어. 네 엄마가 너무 잘해서 말이지."

내내 외로웠다는 건 이해하지만, 몇 년 뒤면 환갑을 맞이할 눈앞의 남자가 매우 처량하게 보였다.

모든 일과를 마친 뒤, 〈어스 스리〉를 들었다. 정말로 멋있었다. 잠들기 전까지 세 번을 들었다.

다음날인 월요일, 생일 이후로 사라졌던 가토가 점심시간에 우리 교실에 나타났다.

"어이, 섹시남."

내 옆자리에 앉으면서 가토는 그렇게 말했다.

"뭐냐, 너의 그 살빛은?"

내가 물었다. 가토는 까맣게 탄 얼굴이었다.

"아버지가 생일 선물로 사이판에 보내줬거든. 진짜 재밌었다."

"팔자 좋네."

"그보다…….." 가토가 느물거리는 웃음을 얼굴에 착 붙였다.

"벌써 했냐?"

"또 코를 부러뜨려줄까?"

가토는 당황해서 손으로 코를 가리며 방어자세를 취했다.

"사람 놀래키지 마라."

"너, 그 애에 대해 아는 거 있어?"

내가 물었다. 가토는 코를 가린 채 고개를 가로저었다.

"나도 궁금해서 너희 둘이 사라진 뒤에 주위 놈들에게 이래저
래 물어봤는데 아무도 모르더라고. 안심해라, 내 주위 놈들이
알지 못한다는 건 정상적인 여학생이란 얘기야. 그나저나 넌
어떻게 그런 아름다운 여학생을 알게 됐냐?"

"나도 몰라. 아주 신기한 데가 있어. 갑자기 나타나서 문득 정
신을 차리고 보니 그쪽 세계에 질질 끌려가 있더라고."

가토는 드디어 코에서 손을 떼고 진지한 얼굴로 말했다.

"혹시 설녀(雪女) 아닌가? 혹은 네가 옛날에 구해준 학(鶴)의
화신?"

"너, 햇볕을 너무 쬐어서 머릿속까지 바싹 말라버렸냐?"

"그건 태어날 때부터 그래." 가토가 딱 잘라 말했다. "뭐, 궁
금하다면 내가 알아봐줄 수는 있어. 그 애, 고등학생이지? 학
교 이름을 알면 인맥을 타고 웬만한 정보는 들어오거든."

잠시 망설이다가 나는 고개를 가로저었다.

"아냐, 그 애가 어떤 사람이든 상관없어."

"그렇지? 상관없지?" 가토는 왠지 흐뭇한 듯이 말하고 뒤를 이었다. "그나저나 무슨 영화 같은 스토리여서 너무 재미있잖냐?"

"장르가 미스터리나 서스펜스가 아니면 좋겠다만."

점심시간의 끝을 알리는 차임벨이 울렸다. 가토가 자리에서 일어섰다.

"제삼자로서는 호러나 오컬트 쪽이 훨씬 더 재미있긴 하지. 고추라도 싹둑 잘려주면 엄청 잘 팔릴 걸?" 그리고 가토는 내 어깨를 두드렸다. "건투를 빈다."

매주 월요일 밤마다 사쿠라이에게 전화하는 게 습관이 되었다. 5월 황금연휴를 지난 무렵부터 내 일과에 더해진 것이다.

우리는 휴일 대부분을 서로를 위해 썼다. 그리고 자주 만나다 보니 둘 사이에 한 가지 공통된 인식이 형성되었다. '멋있는 것 찾기'라는 것이었다.

우리는 서로에게 다양한 책과 CD와 영화 등을 추천하고, '멋이 있느냐 없느냐'라는 두 가지의 간단한 기준만으로 하나하나 선별해나갔다.

사쿠라이는 내가 추천한 대부분의 것을 멋있다고 말해주었다. 브루스 스프링스틴, 루 리드, 지미 헨드릭스, 밥 딜런, 톰 웨이츠, 존 레논, 에릭 클랩튼, 머디 워터스, 버디 가이…… 하지만 닐 영은 사쿠라이의 취향에 맞지 않았다. 이유를 물었다.

"아니, 노래를 못하잖아."

사쿠라이가 추천한 대부분의 것을 나는 멋있다고 생각했다. 마일즈 데이비스, 빌 에반스, 오스카 피터슨, 세실 테일러, 덱스터 고든, 밀트 잭슨, 엘라 피츠제럴드, 모차르트, 리하르트 슈트라우스, 드뷔시…… 하지만 존 콜트레인은 내 취향에 맞지 않았다. 이유를 물었다.

"너무 어두워."

내가 추천한 브루스 리의 〈정무문〉은 사쿠라이가 특히 좋아하는 영화가 되었다. 덕분에 나는 걸핏하면 돌려차기를 먹어야 했다. 사쿠라이가 추천해준 〈뻐꾸기 둥지 위로 날아간 새〉는 내가 특히 좋아하는 영화가 되었다. 그런 감상평을 펼친 덕분에 나는 잭 니콜슨 출연 작품을 지겨울 만큼 봐야 하는 처지가 되었다. 사쿠라이는 잭 니콜슨을 좋아했다. 이유를 물었다.

"이상하고 멋있으니까."

사쿠라이도 이상하고 멋있었다.

책은 내가 추천하기 어려운 분야였다. 소설책은 거의 읽지 않고 인류학, 고고학, 생물학, 역사학, 철학 같은 딱딱하고 별로 재미있다고 할 수 없는 책만 읽었기 때문에 추천을 해줄 수 없었다. 정일이가 권해서 읽었던 소설은 대부분 옛날 일본소설로, 사쿠라이는 그 대부분을 독파한 뒤였다. 사쿠라이는 독서를 즐기는 아버지의 영향으로 이미 수많은 책을 읽었다.

나는 사쿠라이의 추천으로 다양한 소설을 읽었다. 존 어빙, 스티븐 킹, 레이 브래드버리는 내가 좋아하는 소설가가 되었다. 특히 마음에 든 작품은 제임스 M. 케인의 [우편배달부는 벨을 두 번 울린다]와 레이먼드 챈들러의 [기나긴 이별]이었다. 사쿠라이에게 그런 얘기를 했더니 의기양양하게 말했다.

"그렇지, 틀림없이 마음에 들 줄 알았어."

둘이서 함께 '발굴'해낸 것도 있었다. 대실 해밋, 앨런 실리토, 잭 피니, 레이먼드 카버, 〈불의 전차〉, 〈태양은 가득히〉, 〈해리의 소동〉, 〈술과 장미의 나날〉, 〈와일드 번치〉, 엘비스 코스텔로, R.E.M., 티 렉스, 도니 해더웨이, 크로노스 콰르텟, 헨리크 고레츠키, 테렌스 블랜차드, 에곤 실레, 앤드루 와이어스, 윌리엄 터너, 리히텐슈타인……

그런 발굴 작업은 무척 즐거웠다. 발굴 방법은 간단했다. '서점이나 CD샵이나 비디오 대여점에 가서 두 사람의 직감으로 선택한다'는 단지 그것뿐이었다. 우리는 책 표지나 CD 재킷이나 비디오패키지를 보고 '뭔가' 감지되는 것만을 골랐다. 하지만 우리의 직감 타율은 정확히 3할의 애버리지 히터● 정도였다. 당연히 헛스윙이나 범타도 많아서 수많은 시간과 돈을 허비했다. 그래도 둘이 함께하는 발굴 작업은 즐거웠다.

6월 첫 번째 일요일, 긴자의 패스트푸드점에서 사쿠라이가 불쑥 말을 꺼냈다.

"지금 우리 집에 놀러가는 거, 어때?"

내가 당황하고 있었더니 사쿠라이는 말했다.

"우리 집은 아버지가 취미로 AV룸을 만들었어. 거기서 함께 음악도 듣고 영화도 보자. 그러면 금세 서로의 느낌을 주고받을 수 있잖아."

"남학생이 놀러가면 아버지가 걱정하시지 않을까?"

"우리 집은 그런 거, 전혀 괜찮아." 사쿠라이는 그렇게 말하고는 긴장한 듯한 미소를 지었다. "언니 남자친구도 이따금 저녁 먹으러 오는데……."

여느 때 없이 진지한 눈빛으로 나를 보고 있었다. 나는 고개를 끄덕였다.

"좋아."

● 홈런은 많지 않으나 타율이 높은 타자

사쿠라이는 안도했다는 듯이 후우, 짧게 숨을 토해냈다.

"혹시 거절하면 어떡하나 했어."

집은 세타가야의 고급 주택가에 있었다.

사쿠라이의 아버지는 풍성한 머리에 가운데가르마를 탔다. 무척 값비싸 보이는 덩거리 셔츠에 세련된 느낌으로 색이 빠진 청바지 차림이었다. 그리고 딸의 남자친구를 보고도 아무런 동요도 드러내는 일 없이 우아하게 미소를 지으며 "어서 와라"라고 말했다.

거실로 안내를 받아 푹신푹신한 소파에 앉았다.

"잘 왔어. 우리 딸, 잘 부탁해."

사쿠라이를 꼭 닮은 기품 있는 느낌의 어머니가 홍차를 들고 나타나 인사를 건넸다. 홍차는 테이블에 내려놓고 어머니는 거실을 나갔다.

"스기하라 군은 어느 고등학교에 다니지?"

아버지가 물었다. 내가 고등학교 이름을 말하자 아버지는 흐음, 하고 중얼거리다가 "분명 우수한 학교겠지?"라고 덧붙였다. 나는 "아뇨, 그렇지도 않습니다"라고 진실을 알렸다. 아버지 옆에 앉아 있던 사쿠라이가 눈에 띄지 않게 킥킥 웃었다.

아버지는 얘기하기를 좋아하는 모양이어서 나는 한참동안 다양한 이야기를 나눠야만 했다.

아버지는 도쿄대 출신이었다. 아버지는 학생운동의 옛 투사였다. 아버지는 엄청나게 유명한 종합상사에 근무하는 샐러리맨이었다. 아버지는 재즈를 아주 좋아했다. 아버지는 흑인을 '아프리칸 아메리칸'이라고 했다. 아버지는 인디언을 '네이티브 아메리칸'이라고 했다. 아버지는 일본을 싫어했다.

"스기하라 군은 이 나라가 좋은가?"

사쿠라이가 화장실에 가려고 자리를 뜨자 곧바로 아버지는 그렇게 물었다. 내가 대답하기 난처해하고 있자 아버지는 뒤를 이었다.

"내가 회사 일로 전 세계를 날아다니지만, 이렇게나 정치성이 없는 나라도 드물어. 해외에서 내가 '일본인'이라고 밝히기가 부끄러울 정도야. 나는 일본의 정치에 대한 적극적인 거부 의사로서 선거에 참여하지 않고 있어. 투표하러 갈 시간이 있으면 차라리 가족과 함께 보내는 데 쓸 거야. 그렇게 하는 게 결국은 일본이……."

"일본이라는……." 나는 아버지의 말을 가로막았다. "국호의 의미를 아십니까?"

아버지는 의욕이 삭감된 듯한 표정으로 잠시 내가 던진 질문에 대해 생각해본 뒤에 답했다.

"아마도 해가 뜨는 곳이라는 뜻이 아닌가?"

"그런 설도 있지만, 그밖에도 다양한 설이 있습니다. 일본의 옛 이름인 '야마토'를 수식하는 말이 '해(日)의 기원(本)'이었는데 그게 나라 이름이 되었다는 설도 있고, 그밖에도 다양하죠. 학자들은 아직도 논쟁 중이라고 합니다. 최근에 제가 우연히 읽어본 책에는 그런 것을 역사교육 현장에서 전혀 다루지 않아서 자기 나라 이름의 정확한 유래라든가 그 의미를 거의 모르는 채로 자라는 국민은 세계적으로도 몹시 드문 경우라고 적혀 있었습니다."

아버지는 '그래서?'라는 느낌의 표정을 지으며 나를 지그시 바라보았다. 뭔가 심한 피로감이 몰려왔다. 나는 왜 이런 곳에 와있는 것일까. 그런 생각을 하고 있을 때, 그 이유가 내 시야에 들어왔다. 화장실에서 돌아온 사쿠라이가 소파에 앉지 않고 아버지를 향해 말했다.

"아빠, 이제 슬슬 풀어줄래?"

거실을 나와 AV룸으로 향할 때, 사쿠라이가 낮은 목소리로 물었다.

"답답했지?"

나는 전혀, 라고 말하고 고개를 가로저었다. 처음으로 사쿠라이에게 거짓말을 했다.

AV룸은 지하에 있었다. 나이테가 선명한 통판을 두른 5평 정도의 공간이었다. 매우 값비싸 보이는 스테레오와 스피커, 다다미 정도 크기의 큼직한 영사 스크린과 프로젝터가 설치되어 있었다. 벽의 맞춤 장식장에는 각각 수백 장쯤은 되는 CD와 LP와 DVD가 정리되어 있었다. 그리고 거의 한복판에 거실에 있었던 것과 똑같은 소파가 자리잡고 있었다.

사쿠라이가 모차르트의 25번 심포니를 CD 플레이어에 넣고 소파에 앉았다. 빼곡하게 들어찬 CD의 등에 적힌 제목을 바라보는 나를 향해 사쿠라이는 "이리 와"라고 말하며 소파를 팡팡 쳤다. 나는 조금 거리를 두고 소파에 앉았다. 사쿠라이가 리모컨으로 CD 플레이어를 켰다. 엄청난 음량으로 심포니가 시작되었다.

잠시 지나자 사쿠라이가 내 어깨를 톡 쳤다. 입을 크게 움직이고 있었다. 하지만 소리가 들리지 않았다. 처음에는 음량 때문에 안 들리는 줄 알았는데 곧바로 일부러 소리를 내지 않는다는 것을 알았다. 사쿠라이는 똑같은 입의 움직임을 되풀이했다. 입술이 벌어지고 오므라들었다. 나에게는 그 두 글자의 단어가 들렸다. 손을 내밀어 사쿠라이의 뒷목에 얹자 입의 움직임이 멈췄다. 뒷목에 얹은 손에 힘을 주어 내 쪽으로 당겼다. 제1악장이 끝날 때까지 10여 분 동안, 나와 사쿠라이는 거의 입술을 떼는 일 없이 키스를 계속했다.

AV룸을 나오자 저녁식사가 기다리고 있었다. 거절할 틈도 없이 식탁에 앉혀졌다. 식탁에는 사쿠라이의 언니도 앉아 있었다. 사양과 배려라는 개념은 싹 무시하고 나를 자못 흥미로운 듯이 훑어보았다.

"잘 먹겠습니다."

저녁식사가 시작되었다. 가만 생각해보니 일본인 가족에 둘러싸여 밥을 먹는 건 처음이었다. 그걸 깨닫자 별 의미도 없이 긴장해서 젓가락을 든 손이 무거워졌다. 내가 다른 의미에서 긴장한다고 생각했는지 사쿠라이의 가족은 가능한 한 내 긴장을 풀어주려고 이런저런 환한 화제를 꺼내 식탁을 웃음으로 채워나갔다.

사쿠라이의 부모님과 언니는 무척 소탈한 사람들이었다. 나는 그들의 이야기에 잘 웃었고 이따금 화제에도 참여했다. 어느 새 밥도 술술 들어갔다. 식사 중에 아버지가 몇 번인가 아이스티를 추가했기 때문에 내가 물었다.

"술은 안 드십니까?"

아버지 대신 사쿠라이가 대답했다.

"우린 전부 술을 못 마시는 체질이야. 작은 술잔 한 잔 정도만 마셔도 그 즉시 녹다운."

"스기하라 군은 술 마실 줄 알아?"

언니가 의미심장하게 웃으면서 물었다.

"아직 미성년자니까요."

착실한 얼굴로 그렇게 대답하자 짧은 웃음이 일었다. 나는 계속했다.

"선천적으로 술이 받지 않는 사람은 황색인종에만 존재한다고 합니다."

가족 모두가 오호, 하는 느낌으로 고개를 끄덕였다. 나는 어째서 황색인종에만 존재하는지를 설명하려다가 그냥 관두기로 했다. 사쿠라이가 물었다.

"술에 강한 사람과 약한 사람의 차이는 어디에 있어?"

"술을 마시면 '아세트알데히드'라는 일종의 독물이 체내에 생성되어서 사람을 취하게 해. 하지만 술에 강한 사람은 그 아세트알데히드를 분해하는 ALDH2라는 효소가 작용하기 때문에 술에 취하지 않아. 술에 약한 사람은 그 반대야. ALDH2가 거의 작용하지 않는 거야."

아버지는 만족스러운 듯 고개를 끄덕여가며 내 얘기를 들은 뒤에 말했다.

"역시 우수한 고등학교에 다니는 학생이야."

사쿠라이와 언니가 눈에 띄지 않게 킥킥 웃었다. 아무래도 언니는 사쿠라이의 얘기를 통해 나에 대해 이래저래 알고 있는 모양이었다.

집을 나올 때, 아버지가 현관까지 배웅을 나와 "또 놀러와"라고 말했다.

집 근처 역까지 걸어가는 동안, 사쿠라이는 흐뭇한 기색이었다. 개표구에서 헤어질 때, 사쿠라이가 말했다.

"아버지 마음에 든 거 같아."

나는 애매하게 고개를 끄덕였다. 사쿠라이는 몸을 슬쩍 숙이고 얼굴을 기울이며 말했다.

"우리 아버지, 좀 구닥다리인지도 모르지만 나쁜 사람은 아냐. 엄청 다정해. 이해심도 많고……."

나는 가만히 갖다 대듯이 사쿠라이의 왼쪽 뺨에 펀치를 먹였다. 사쿠라이가 얼굴을 들어 나를 빤히 바라보았다. 나는 말했다.

"마음에 드셨다니 엄청 기쁘다."

"정말?"

나는 분명하게 고개를 끄덕였다. 사쿠라이는 안도한 듯 숨을 내쉬고 수줍게 웃었다. 나는 말했다.

"그보다 다들 한 번도 사쿠라이의 이름을 부르지 않던데?"

사쿠라이는 재미있다는 듯이 말했다.

"절대로 내 이름은 부르지 말라고 미리 단단히 얘기해거든."

"언젠가 꼭 알아내고 싶네."

"뭔가 미스터리어스하고 좋지?"

사쿠라이는 변함없이 도전하듯이 가늘게 실눈을 뜨고 선언했다.

"근데 가까운 시일 내에 알려줄게."

처음으로 집에 찾아간 이후, 우리의 데이트 장소는 거의 대부분 사쿠라이의 집이 되었다. 나와 사쿠라이는 많은 시간을 AV 룸에서 보냈다.

어느 날은 하루를 들여 〈대부〉 3부작을 보았다. 〈대부〉 시리즈는 나에게는 소중한 작품이었다. 이를테면 〈대부 PARTⅡ〉의 첫 부분에서 아메리카에 막 상륙한 어린 비토 콜레오네(나중의 갓파더)가 엘리스 섬에서 자유의 여신상을 바라보는 장면은 내가 지금까지 봤던 영화 중에서 가장 아름다운 장면이었다.

〈대부〉 시리즈는 모든 이민(난민)과 그 후예를 위한 작품이었다. 이 세계에서 이민(난민)이 없어지지 않는 한, 〈대부〉 시리즈는 영원한 가치를 갖는다, 라는 얘기를 사쿠라이에게 역설하자 그녀는 미소를 지으면서 말했다.

"어려운 건 잘 모르겠지만, 스기하라가 〈대부〉를 정말 좋아한다는 건 아주 잘 알았어."

어느 날은 하루를 들여 마일스 데이비스의 수많은 음악을 들었다. 사쿠라이는 재즈 역사에서의 마일스 데이비스의 중요성을 내게 역설했다. 비밥, 쿨, 하드밥, 모드, 펑크 순으로 마일스의 대표작을 들으면서 사쿠라이에게서 세세한 설명을 들었다.

마일스는 재즈 그 자체야, 라는 말로 사쿠라이가 설명을 끝내자 나는 그녀를 껴안고 키스했다.

어느 날은 하루를 들여 서로를 애무했다. 마음에 든 음악을 걸어놓고 서로의 몸을 다정하게 쓰다듬거나 입을 맞추곤 했다. 하지만 성기에는 손을 대지 않았다. 우리에게는 처음으로 서로를 받아들이는 곳은 이 장소가 아니다, 라는 암묵의 규칙 같은 것이 있었다. 우리는 성기에 손을 대버리는 것으로 충동에 박차가 걸려 암묵의 규칙이 무너지는 것을 우려했다.

나는 항상 사쿠라이의 목덜미에 입을 맞추며 등을 부드럽게 쓰다듬었다. 사쿠라이는 가슴에 키스하는 것보다 목덜미에 키스하는 것을 좋아했다. 곡선을 그리듯이 등줄기를 쓰다듬으면 사쿠라이는 항상 깊고 진한 날숨을 흘렸다. 그리고 내 귀에 입을 대고 몇 번이고 "사랑해"라고 말했다.

사쿠라이는 내 근육에 입을 맞추는 것을 좋아했다. 특히 마음에 든 것은 내 상완이두근과 삼각근과 복근이었다. 때때로 내 상완이두근을 힘껏 깨문 뒤, 으으으 하는 신음소리를 올렸다.

사쿠라이는 언제나 여섯 개로 갈라진 복근의 사각 하나하나에 키스를 했다. 그게 애무의 마지막이라는 신호였다.

처음으로 상반신을 드러내고 애무를 끝냈을 때의 일이었다. 옷을 입는 동안 서로 멋쩍은 느낌 때문이었는지 우리는 묵묵히 작업을 계속했다. 음악은 브람스의 피아노 콘체르토가 걸려 있었다. 먼저 옷을 다 입은 나는 어색한 침묵을 지우려고 별다른 의미도 없이 말했다.

"브람스가 어느 나라 사람이었지?"

브래지어를 막 입은 사쿠라이는 일단 손을 멈추고 말했다.

"모르지. 근데 어느 나라 사람이건 상관없는 거 아냐? 그러니까 브람스를 전 세계 사람들이 듣는 거겠지. 브람스의 음악 자체가 아름답잖아."

나는 사쿠라이에게 다가가 몸무게를 실어 소파에 눕혔다. 내 오른쪽 귀를 사쿠라이의 가슴 한가운데 대고 머리를 얹었다. 모든 음악이 사라지고 심장 소리만 들려왔다. 사쿠라이의 심장의 비트는 일정불변이 아니고 항상 변화하면서 끊임없이 울렸다. 사쿠라이는 내 머리를 다정하게 쓰다듬고 머리꼭지에 키스를 세 번 해주었다.

그 행위는 애무를 끝낸 뒤의 의식 같은 게 되었다. 나는 사쿠라이의 심장의 비트에 귀를 기울이고 사쿠라이는 내 머리꼭지에 키스를 세 번 한다. 그리고 우리는 여운을 아쉬워하듯이 AV 룸을 나온다…….

우리는 서로의 모든 것을 원했다. 그 점은 틀림없었다. 하지만 처음으로 서로를 받아들이는 곳은 특별한 장소가 아니면 안 되었다. 우리는 "아름다운 바다가 있는 곳에 가자"라고 결론을 내렸다. 부모님에게서 받은 돈으로 가는 건 "폼이 안 나는" 일이었다. 우리 손으로 벌어들인 돈으로 그곳에 가서 서로를 받아들이는 것이다. 그곳이 어디인가, 그곳에 가는데 어느 정도의 비용이 필요한가, 그런 것들을 우리는 알지 못했다. 하지만 일단 행동에 나서기로 했다. 여름방학은 이제 코앞에 다가와 있었다. 우리는 만나는 시간을 줄여가며 아르바이트에 힘을 쏟기로 결정했다.

여름방학의 대부분을 나오미 씨의 야키니쿠점 접시닦이 아르바이트로 보냈다. 정일이도 함께였다. 정일이는 입시 비용을 마련하기 위해 아르바이트를 했다.

"요즘 어때?"

어느 날 휴식시간에 정일이는 의미심장한 웃음을 지으며 물었다. 정일이에게는 사쿠라이에 대한 얘기는 하지 않았다. 하지만 만나자는 걸 몇 번 거절하는 사이에 눈치를 챘는지 나를 배려해서 더 이상 연락하지 않고 있었다.

"엄청 착한 여학생이야." 나는 말했다. "조만간 꼭 너한테 소개할게."

정일이는 자세한 건 묻지 않고 단지 "기대할게"라고만 말했다.

그날은 웬일로 우리의 대화가 시시한 얘기만 이어졌다. 평소에는 "똑같이 마이너리티인데도 흑인은 블루스나 재즈나 힙합이나 랩이라는 문화를 구축했는데 왜 '재일'은 독자적인 문화를 만들지 못했는가"라는 둥의 이야기를 했는데 그날은 "킴 베이싱어를 위해서라면 죽을 수 있는가"라든가 "비틀즈 중에서 정리해고를 한다면 역시 링고 스타인가"라든가 "슈퍼맨의 피스톤 운동은 역시 슈퍼인가"라는 둥의 시시한 얘기로 신이 나서 실컷 웃었다.

쉬는 시간이 끝나기 조금 전, 정일이가 문득 웃음을 거두고 생각난 듯이 말했다.

"너, '담력 테스트'했던 거 생각나?"

"뭐야, 갑자기?"

"또라이는 역시 대단한 놈이었어."

정일이는 실눈이 되어 나를 보면서 말했다.

"하지만 그때 너는 플랫폼에 없었잖아?"

내 말에 정일이는 고개를 가로저었다.

"너희들과 한참 떨어진 자리에 우연히 서있다가 다 봤어."

'담력 테스트'란 우리 중학교에 대대로 전해오는 전통적인 배짱 시험이었다. 나는 개인적으로 '슈퍼 그레이트 치킨레이스'라고 이름을 붙였다.

배짱을 시험하는 방법은 지극히 간단하다. 학교에서 가까운 역의 플랫폼에 서있다가 지하철이 플랫폼 50미터 지점까지 들어오는 것과 동시에 선로로 내려가 지하철 진행방향으로 저 끝까지 달린다, 라는 것이었다. 백 미터 12초의 기록을 가진 놈이면 지하철에 깔려죽지 않고 끝까지 달릴 수 있다, 라는 얘기였지만 우리 학교의 누군가가 계산했을 테니까 그 12초라는 수치에 신빙성은 없었다. 아무튼 도중에 넘어졌다가는 이번 생은 끝. 도중에 쫄아서 멈춰버려도 이번 생은 끝. 뛰는 게 느려서 지하철에 따라잡혀도 이번 생은 끝. 플랫폼 아래 혹은 반대편 차선으로 도망치거나 플랫폼으로 기어 올라오면 그자는 '게이'라는 딱지가 붙고 모두의 셔틀이 되어야 한다는 게 규칙이었기 때문에 어쨌든 이번 생은 끝이다. 한 마디로 도전한 자가 살아날 방법이라고는 성공하는 것밖에 없었다.

잔혹한 규칙인 만큼 도전자는 거의 나오지 않았고 그 결과 성공한 사람은 내가 도전할 때까지 단 두 명밖에 없었다. 한 명은

12년 선배였는데 나중에 야쿠자의 총알받이가 되어 죽었다. 그리고 또 한 명은 다와케 선배였다.

조선 국적에서 한국 국적으로 바꿨을 때, 나는 기념으로 도전하기로 했다. 그 무렵에 백 미터를 11초대에 뛰었기 때문에 성공할 자신은 있었다. 결과부터 말하자면, 보기 좋게 성공했다. 하지만 성공한 탓에 주위 놈들에게서 "저놈은 진짜 또라이"라는 말을 들었다. 나 이전에 성공한 두 명의 선배는 선로에 내려갈 때, 일부러 만 엔짜리 지폐를 흘리고 그것을 주우러 간다는 시추에이션을 배짱의 원동력으로 삼아 '담력 테스트'를 시작했다고 한다. 나는 아무것도 흘리지 않고 담담히 선로에 내려가 '담력 테스트'를 성공시켰다.

잠시 망설인 끝에 나는 그때의 내막을 정일이에게 밝히기로 했다. 실은 좋아하는 같은 반 여학생을 아무도 모르게 플랫폼으로 불러냈었다. 당연히 용감한 내 모습을 지켜본 그녀가 나에게 홀딱 반해버렸다, 라는 스토리를 기대한 계획이었는데 그 계획은 보기 좋게 틀어졌다. 그녀는 남자 마음을 알아주지 않는 여자였던 것이다. 그녀는 말했다.

"병원에 가서 머리, 진찰받아보는 게 어때?"

정일이는 진짜 재미있다는 듯이 카카카 웃음소리를 올렸다. 잠시 뒤에는 진지한 얼굴이 되어 내가 여자라면 틀림없이 반했을 텐데, 라고 말했다. 나는 "그치, 그치?"라고 말하고 고개를 갸우뚱했다.

"그때의 또라이, 정말 멋있었어." 정일이는 다정다감한 웃음을 내게 던지며 말했다. "요즘 왜 그런지 그때 달리던 네 모습이 자꾸 생각나. 길을 걸을 때도 욕조에 몸을 담글 때도 느닷없이 불쑥. 왜 그럴까⋯⋯."

"병원에 가서 머리, 진찰받아보는 게 어때?"

나는 말했다. 정일이는 나를 마주보며 짧게 웃었다.

쉬는 시간이 끝나고 설거지를 하러 가는 중에 나는 말했다.

"오늘처럼 시시한 얘기, 앞으로도 많이 하자."

정일이는 평소처럼 붙임성 좋은 웃음을 짓더니 고개를 끄덕였다.

아르바이트 틈틈이 사쿠라이를 만났다. 사쿠라이는 아버지 회사 인맥으로 텔레폰 오퍼레이터 아르바이트를 하고 있었다. 한 마디로 전화 접수여서 편한 업무인데다 시급도 좋은 모양이었다. 어린 시절부터 저금해둔 돈도 많아서 아르바이트비와 합하면 상당한 액수에 달했다. 한 차례 그 액수를 살짝 알려줬는데 나는 깜짝 놀라버렸다. 사쿠라이가 아르바이트를 할 필요는 거의 없었다.

어느 날 데이트 중에 사쿠라이가 내게 말했다.

"모의시험, 함께 보자."

가방에서 유명한 입시학원의 모의시험 신청용지를 꺼내 내게 건넸다.

"대학에 진학할 생각이잖아?"

사쿠라이가 물었다. 나는 애매하게 고개를 끄덕였다.

"그러면 모의시험 봐두는 게 좋아, 틀림없이."

사쿠라이는 그렇게 말하고 내 얼굴을 빤히 바라보았다. 거절할 수 있을 리가 없다. 나는 고개를 끄덕였다. 사쿠라이의 얼굴에 웃음이 번졌다. 그리하여 8월 하순의 어느 일요일, 사쿠라이와 함께 처음으로 모의시험을 치렀다. 결과는 한 달쯤 뒤에 나올 예정이었다.

여름방학이 끝나가던 어느 날 밤, 가토에게서 전화가 걸려왔다.

"아주 괜찮은 아르바이트가 있어."

얘기를 들어보니 가토가 주최하는 댄스파티의 경호원 일이었다.

"네가 주최하는 댄스파티는 별 문제 없잖아?"

우리 고등학교에서는 댄스파티를 주최하는 게 한창 유행이었다. 간단히 여학생을 만날 수 있고 티켓 판매에서 생기는 수익도 쏠쏠했기 때문이다. 하지만 '아마추어'가 손을 댔다가는 따끔한 꼴을 당하기 십상이었다. 달콤한 꿈에 몰려드는 벌레는 한두 마리가 아닌 것이다. 당연히 수익을 둘러싸고 다툼이 일어났다. 나름대로 힘을 갖추지 못한 벌레는 간단히 찌부러진다. 한 마디로, 댄스파티의 티켓 판매와 손님 확보를 둘러싸고 다른 학교 놈들과 쟁탈전이 벌어진다는 얘기다. 때로는 폭력사태로 번져 경찰 신세를 지는 일도 있었다. 그렇게 되면 주최자의 신용은 뚝 떨어지고 손님도 대폭 줄어들기 때문에 주최자는 가능한 한 싸움을 피하려고 했다. 그때 필요한 것이 경호원이다. 그 수가 많으면 많을수록 적의 습격을 받는 일이 줄어든다. 하지만 가토의 댄스파티는 한 번도 적의 습격을 받은 적이 없을 터였다. 가토 아버지의 백그라운드를 두려워하지 않고 덥석 덤벼든다면 그 놈은 상당히 머리가 돌아버린 게 틀림없다.

"술에 취해 난리를 피우는 놈들이 있어." 가토가 말했다. "그런 놈들을 쫓아낼 때 좀 도와줘라."

가토에게는 '부하'가 잔뜩 있었다. 그런 역할을 위해 굳이 나를 부를 필요는 없을 터였다. 아르바이트비가 얼마냐고 물어보았다. 나오미 씨의 야키니쿠점에서 한 달 내내 접시닦이로 받는 금액과 거의 비슷한 액수였다. 가토는 내가 사쿠라이를 위해 돈을 버는 중이라는 것을 알고 있었다.

"……내가 가도 괜찮겠냐?"

"뭘 자꾸 되물어?"

"고맙다."

"그럼 다음 토요일에 보자."

　토요일 밤, 나는 가토의 생일파티가 열렸던 〈Z〉로 향했다. 안으로 들어서자 지난번과 마찬가지로 전자음과 담배연기와 술 냄새와 사람들의 입김과 티켓 담당 다케시타가 나와서 맞아주었다. 다케시타가 지난번에 내가 앉았던 테이블을 가리켰다. 만석으로 채워진 가운데 그곳만 비어 있었다. 다케시타의 어깨를 두드려준 뒤, 그 테이블로 향했다.

　자리에 앉았다. 별로 할 일도 없어서 가져온 문고본을 펼쳐놓고 테이블에 놓인 알코올램프를 독서등 삼아 읽기 시작했다. 한참 전에 정일이에게서 빌린 [유망기(流亡記)]였다. 빌리기만 하고 이래저래 바빠서 거의 손도 대지 못했다.

　테이블에 우롱차가 든 유리잔 두 개가 나왔다. 테이블 옆에 가토가 서있었다. 책에 집중하느라 그가 다가온 것도 알지 못했다. 책을 덮는 것과 거의 동시에 가토가 내 맞은편 자리에 앉았다.

"설녀가 아니라서 미안하다."

나와 가토는 서로 마주보며 웃었다.

"잘 되고 있냐?"

가토가 물었다. 나는 응, 이라고 말하고 고개를 끄덕였다. 가토는 자신의 유리잔에 입을 댄 뒤에 물었다.

"설녀는 너에 대한 거, 알고 있어?"

"무슨 얘기야?"

"너의 전부를 알고 있느냐는 거야."

"뭐, 가까운 시일 내에 얘기할 생각이긴 한데……."

가토는 머리를 북북 긁으면서 말했다.

"아, 괜한 참견을 했네."

다시 유리잔을 입에 가져가 우롱차를 꿀꺽꿀꺽 마신 뒤에 가토는 말했다.

"너, 고등학교 졸업하면 어떻게 할 생각이야?"

"아직 확실하게는 정하지 않았어."

"그럼 나하고 쭉쭉 치고 올라가볼래?"

가토가 내 눈 속을 들여다보며 물었다.

"치고 올라가다니, 어떤 일을 할 건데?"

가토가 몸을 쓰윽 내밀었다.

"클럽을 경영해보려고. 엄청 멋진 클럽을 만들 계획이야. 유명한 자들이 떼로 몰려올 만한 최첨단의 클럽. 그걸 같이 해보자는 거야."

"경호원이라면 나보다 미군기지의 퇴역군인이 훨씬 더 도움이 될 걸."

가토는 답답한 듯 고개를 가로저었다.

"너한테 경호원 따위를 시키겠냐? 나하고 공동 경영자가 되는 거야."

"나는 자금이라고는 한 푼도 없어."

"돈?" 가토가 내뱉듯이 말했다. "돈이야 우리 아버지가 얼마든지 대주지. 내 곁에 네가 있어줬으면 하는 거야."

"너, 혹시 게이냐?" 가토의 기세를 잠재우려고 일부러 농담을 던졌다. "아니지, 하드 게이인가?"

가토는 요만큼도 웃지 않았다. 여전히 진지한 눈빛을 보이며 말했다.

"너나 나 같은 놈은 애초에 핸디캡을 짊어지고 살아가잖아. 우리는 쌍둥이처럼 닮았어. 우리 같은 놈들이 이 사회에서 쑥쑥 치고 올라가려면 정공법으로는 안 돼. 너도 알지? 사회 한 귀퉁이에서 어떻게든 숨죽여 버티면서 왕창 벌어야 한다고. 그래서 대단한 척 멀쩡한 얼굴로 우리를 차별해온 놈들에게 보란 듯이 성공하는 거야. 너하고 나라면 할 수 있어. 우리는 선택받은 인간이야."

잠시 아무 말 없이 유리잔에 묻은 땀자국을 바라보았다. 가토가 대답을 재촉하듯이 몸을 잘게 흔들었다. 나는 잔에서 눈을 들고 말했다.

"나는 너와 닮지 않았어. 우리는 달라."

가토의 미간에 세로주름이 새겨지고 금세라도 입에서 반론이 튀어나오려는 순간, 아래쪽 플로어에서 "손대지 마!"라는 여자의 날카로운 고함소리가 들려왔다. 가토는 일단 반론은 몰아넣고 자리에서 일어섰다. 경호원인 나도 급히 손잡이 너머로 플로어를 내려다보았다.

플로어의 거의 한가운데쯤에서 남녀가 티격태격하고 있었다. 남자 쪽은 눈에 익었다. 우리 고등학교의 같은 학년, 분명 고바야시라는 놈이다. 허세가 심하고, 뒤에서 나에 대해 언젠가 때려눕히겠다고 씨부렁거리고 다닌다는 소문은 들었다.

고바야시는 싫다는 여학생의 팔꿈치를 잡고 억지로 자기 쪽으로 끌어당겼다. 여자가 "손대지 말라니까!"라고 부르짖으며 고바야시의 뺨을 때렸다. 찰싹, 하는 소리를 신호로 플로어에서 춤추던 사람들 대부분이 움직임을 멈추고 티격태격하는 두 사람 곁을 슬금슬금 떠나기 시작했다. DJ가 음악을 껐다.

갤러리의 모든 시선이 자신의 그다음 행동에 쏟아지는 것을 깨달은 고바야시는 짧은 시간에 두 가지 선택지 중 하나를 고르지 않으면 안 되었다. 그리고 당연한 듯이 잘못된 선택을 했다. 여학생의 뺨을 때리는 찰싹, 하는 소리가 플로어를 울렸다. 여학생이 뺨을 부여잡고 고바야시를 향해 "쓰레기!"라고 내뱉었다. 그 말에 반응해 고바야시가 또 다시 손을 들려고 했을 때, 가토가 "야!"라고 플로어를 향해 큰소리를 쏟아냈다. 고바야시는 움직임을 멈추고 시선을 나와 가토에게로 향했다. 고바야시는 들었던 손을 천천히 내렸다. 하지만 눈에는 핏발이 서서 당장이라도 덤벼들 듯한 기색이었다. 가토가 같잖다는 듯이 입가에 피식 웃음을 떠올렸다. 그게 좋지 않았다. 수많은 갤러리의 시선 속에서 뒤로 물러설 수 없게 된 고바야시는 다시 최악의 선택을 했다.

"꺼벙한 조선 놈 하나 데리고 다니면서 멋있는 척하기는!"

조선 놈. 귀에 익은 단어였다. 철들 무렵부터 최소 50번 이상은 내게 던져진 말이었다. 나는 최소 50번 이상의 펀치로 거기에 응해왔다.

가토가 나를 돌아보았다. 나는 어깨를 으쓱 쳐들었다. 가토가 플로어를 향해 걸음을 옮기려고 했기 때문에 나는 그의 팔꿈치를 잡았다. 다시 고바야시의 목소리가 날아왔다.

"야, 내려와라, 조선 놈. 아니면 꼬리 말고 너희 나라로 돌아갈래? 엉?"

가토의 눈가에 어두운 그늘이 떨어졌다. 나는 가토의 팔꿈치를 놓아주면서 말했다.

"이제 알겠지? 나는 너하고는 달라."

가토를 로프트에 남겨두고 나는 계단을 타고 댄스 플로어로 내려갔다. 클럽 전체에 살갗을 지글지글 태울 듯한 긴장감이 가득 찼다. 고바야시와의 거리가 1미터쯤으로 가까워졌다. 그의 얼굴은 긴장으로 일그러져 우는지 웃는지 알 수 없는 표정이었다. 나는 그 애매한 얼굴을 향해 말했다.

"너, 일본이라는 국호의 의미를 알고 있냐?"

뜬금없는 질문에 한순간 고바야시의 긴장이 풀렸다. 그 얼굴 한복판에 잽싸게 체중을 실어 라이트 스트레이트를 날렸다. 퍽, 하는 소리가 울리는 것과 동시에 고바야시는 크윽, 하고 코를 감싸쥔 채 플로어에 웅크리고 앉았다. 마지막 쐐기를 박는 대신 나는 잠시 고바야시를 내려다보았다.

고바야시는 얼굴에서 손을 떼고 손바닥에 묻은 피를 들여다보더니 오른손을 바지주머니에 넣어 버터플라이 나이프를 꺼냈다. 샤삭 소리를 내며 싱글핸드의 네 개 동작으로 칼날이 펼쳐졌다. 갤러리들이 숨을 헉 삼키는 분위기가 전해져왔다. 고바야시는 천천히 몸을 일으켰다.

화려한 장면을 연출해서 갤러리들을 즐겁게 해줄 생각은 없었기 때문에 나는 오른쪽 사커킥을 방어가 텅 빈 고바야시의 사타구니에 때려 박았다. 퍽 소리와 함께 고바야시는 입가에 침을 흘리며 다시 주저앉았다. 나는 오른발을 정 위치에 앉히고 고바야시의 등 뒤로 돌아가 뒤통수를 발바닥으로 가볍게 걷어찼다. 고바야시는 앞으로 스르륵 쓰러져 마지막에는 팔다리가 핀에 꽂힌 채 해부를 기다리는 개구리처럼 큰대자로 엎어졌다.

고바야시는 제 목숨 줄처럼 버터플라이 나이프를 움켜쥐고 있었다. 그 손목을 짓이기듯이 밟았다. 놈의 손에서 나이프가 떨어졌다. 그 나이프를 집어들고 고바야시의 숨골 부분에 한쪽 다리를 얹은 채 체중을 실었다. 놈이 무리하게 움직였다가는 경추가 부러질 터였다. 나는 말했다.

"싸움판에 나이프를 꺼낸 건 네가 찔려도 괜찮다는 뜻이지?"

(대체 나는 무슨 소리를 하고 있는가.)

고바야시의 하반신이 부들부들 떨리기 시작했다.

"게다가 내가 너를 찔러도 이건 완전히 정당방위야. 나이프를 꺼낸 건 너였으니까. 목격자도 아주 많잖아."

나는 주위를 둘러보았다. 어느 누구도 나와 눈을 맞추려 하지 않았다.

(이런 곳에서 나는 대체 뭘 하고 있는가.)

"원래는 배를 찌를 생각이었는데 이번에는 특별히 봐줄게. 그 대신 양쪽 귀나 양쪽 엄지, 둘 중 하나로 하자. 어느 쪽이든 네가 선택해. 귀라면 손가락 하나를 들어. 엄지라면 두 개."

(사실은 이런 말, 전혀 하고 싶지 않은데.)

고바야시는 양쪽 주먹을 움켜쥐는 것으로 대답을 거부했다. 온몸이 가늘게 경련하고 있었다.

"양쪽 다 원한다고?"

내가 말을 내뱉으며 움직이려 하자 고바야시가 꺄아아 여자애 같은 비명을 올렸다. 연쇄반응처럼 여학생들 사이에서 꺄아아 하는 짧은 비명이 터져 나왔다.

"좀 봐줘라."

등 뒤에서 말소리가 날아왔다. 돌아보니 가토가 서 있었다.

"좀 봐줘."

가토가 똑같은 말을 되풀이했다.

우리는 말없이 서로를 바라보았다. 나는 버터플라이 나이프의 칼날을 넣어 가토에게 휙 던져주고 고바야시의 숨골에서 발을 내렸다. 가토 옆을 지나 플로어에서 로프트로 올라가 테이블에 놓아둔 [유망기]를 들고 출구로 향했다. 모든 시선이 내게로 쏠렸다. 출구에는 가토와 다케시타가 나란히 서 있었다. 다케시타는 몸을 숙인 채 나와 눈을 맞추지 않았다. 가토가 바지 주머니에서 지폐다발을 꺼냈다.

나는 지폐다발에서 눈을 들어 가토의 얼굴을 보았다. 그는 내 눈을 빤히 보며 금세라도 울음이 터질 듯한 표정을 지었다.

"……미안하다."

그런 가토의 어깨를 가볍게 두드려주고 밖으로 나왔다. 습도 높은 여름밤의 바람이 얼굴에 들이쳤다. 달은 두툼한 구름 뒤에 가려졌다. 잠시 망설이다가 도쿄타워 쪽을 향해 걸음을 뗐다.

중간에 몇 번 길을 헤매면서도 그날의 초등학교에 가닿았다. 사쿠라이가 걸터앉아 의기양양한 얼굴을 했던 레일식 철문 앞에 서서 멍하고 있으려니 비가 후드득 떨어지기 시작했다. 한참동안 철문에 기대서서 비를 맞았다. 문득 아버지와의 마지막 트레이닝 때가 떠올랐다.

"천국은 정말로 좋은 나라인가……."

시험 삼아 그때 아버지가 했던 것처럼 폴짝폴짝 뛰어볼까 했지만 관뒀다. 떨어지는 비가 헛웃음이 날 만큼 초라했다. 매미 오줌 정도다. 좀 더 세게 쏟아져라, 쏟아져라. 그렇게 주문을 걸었지만 소용없었다. 비는 멎어가고 있었다. 나는 생각했다.

왜 그때 폴짝폴짝 뛰지 못했을까.

여름방학이 끝나고 2학기가 시작되었다.

드디어 오키나와에 갈 수 있을 만큼 돈을 모았다. 그리하여 나와 사쿠라이는 오키나와 행을 결정했다. 이제 남은 것은 언제 가느냐는 것뿐이었다. 우리는 신중하게 계획을 짜기로 했다.

가토가 도통 내 앞에 모습을 드러내지 않았다. 애초에 학교에 나오지도 않는 것 같았다. 또 어딘가 여행이라도 간 모양이라고 생각하고 별로 신경도 쓰지 않았다.

모의시험 성적이 나왔다. 놀랍게도 내 표준점수는 달걀흰자에서 달걀찜 정도로 등급이 올랐다. 항상 난해한 책들을 읽었던 게 좋은 결과를 가져다주었는지도 모른다. 내 성적표를 본 사쿠라이는 떨떠름한 얼굴로 몇 번이나 "공부 잘하네?"라고 말했다. 자신의 성적표는 보여주지 않았다.

"그만 갈까?"

사쿠라이는 떨떠름한 얼굴인 채 내게 말했다.

학원 근처 패스트푸드점을 나왔다. 가까운 역으로 가려던 사쿠라이의 발길이 다른 쪽으로 향했다.

"역 하나만 걸어가자."

나는 고개를 끄덕이고 옆에서 나란히 걸었다. 한참동안 말없이 걸어갔다. 사쿠라이는 어린애처럼 길에 떨어진 돌멩이를 걷어차고 전봇대 하나하나를 터치하는 짓을 하고 있었다.

15분쯤 걸어갔을 때, 버스 정류장이 나오고 벤치가 놓여 있었다.

"앉을까?"

사쿠라이가 말했다. 우리는 벤치에 자리를 잡고 앉았다. 내가 물었다.

"왜 그래?"

사쿠라이는 후우 한숨을 토해낸 뒤에야 입을 열었다.

"뭔가 나, 바보 같아. 엄청 꼴사나워."

나는 조용히 사쿠라이의 그다음 말을 기다렸다.

"모의시험 성적, 지난번보다 떨어졌어……. 내가 이런 일에 상당히 우울해지는 타입이야. 엄청 시시한 감정이라는 건 잘 아는데, 어쩔 수가 없어……."

"시시한 감정이라고는 생각하지 않아."

"그런가?" 사쿠라이는 말했다. "시험 성적 때문에 우울해지는 거, 역시 꼴사납잖아."

"성실하게 시험을 봤지?"

"응."

"그렇다면 우울해하는 거, 괜찮아. 그러는 게 더 자연스러운 거 아닌가?"

"왜?"

"성실하게 노력해서 자신의 목표에 맞지 않는 결과가 나왔는데도 우울해하지 않고 헤헤거리는 사람이 더 꼴사납지. 이를테면 그게 시험이든 올림픽 백 미터 경기든 다 마찬가지 같은데."

사쿠라이는 지그시 내 얼굴을 바라보며 말했다.

"정말로 그렇게 생각해?"

"백 퍼센트."

사쿠라이의 얼굴에 안도한 듯한 웃음이 떠올랐다.

"스기하라도 우울해진 적 있어?"

나는 고개를 끄덕였다.

"물론 있지."

"이를테면 어떤 일로?"

"……이것저것 많아."

사쿠라이는 내 눈을 들여다보듯이 응시하며 말했다.

"우울해질 때는 꼭 나한테 얘기해야 돼?"

나는 고개를 끄덕였다.

남은 여정을 걷는 동안 사쿠라이는 무척 기분이 좋아져서 몇 번이나 내게 몸을 부딪쳤다.

"우리 언니가 그러더라?" 내 허벅지에 돌려차기를 먹이면서 사쿠라이가 말했다. "스기하라, 엄청 멋있다고. 특히 눈매가 날카로워서 옛날 사내대장부 같은 느낌이래."

길가 약국 앞에 놓인 개구리 디스플레이를 발견한 사쿠라이
는 와아, 하고 기쁨의 목소리를 올리며 그쪽을 향해 뛰어갔다.
나는 그 뒷모습을 바라보며 즉각 사쿠라이에게 얘기해야 할까,
하고 생각했다. 모든 것을 다 털어놓아야 할지 어떨지 망설였
다. 하지만 개구리의 동체에 옆차기를 날리는 사쿠라이를 본
순간, 아무려나 상관없다는 생각이 들었다. 나는 사쿠라이 곁
으로 뛰어가 개구리 머리에 돌려차기를 날렸다. 약국 주인 아
저씨가 뛰쳐나와 "뭐하는 거야!"라고 고함을 쳐서 우리는 황급
히 도망쳤다. 중간에 사쿠라이가 내 손을 잡았다. 나는 그 손을
힘주어 맞잡았다. 우리는 열심히 뛰었다.

우선은 모든 일이 순조롭게 풀려나가는 것 같았다.

10월 초의 어느 화요일 밤, 정일이에게서 전화가 왔다. 그날
밤은 몹시 조용한 비가 내렸다.

"다음 일요일에 만나자."

정일이는 흥분한 목소리로 말했다.

"그날은 중요한 약속이 있는데."

웬일인지 정일이는 물러서지 않았다.

"잠깐이라도 좋으니까, 응?"

"전화로 얘기할 수 없는 일이야?"

"직접 만나서 얘기하고 싶어."

"무슨 일인데?"

"엄청난 일."

"그러니까 어떤 식으로 엄청난데?"

"글쎄, 됐고, 아무튼 너한테 꼭 얘기해주고 싶은 일이야. 넌 틀림없이 알아줄 거야."

나는 일요일 예정을 머릿속에 떠올리며 말했다.

"점심시간 지나서라면 괜찮을지도."

"몇 시?"

"1시부터 3시쯤까지?"

"딱 좋아."

"그럼 항상 만나던 거기서, 괜찮아?"

"좋아, 1시에 신주쿠 동쪽 출구 개표구."

"오케이. 야, 근데 미리 좀 알려줘."

"치근덕거리기는. 나중에 알려준다잖아."

전화가 끊겼다.

내가 그 '엄청난 일'에 대한 얘기를 들을 일은……영원히 없었다.

5

도쿄 도내의 고등학교에 다니는 열일곱 살의 남학생이 있었다.

'그'는 학교 가는 길에 날마다 역 플랫폼에서 마주치는 한 여학생에게 첫눈에 반해버렸다. 그녀도 도쿄 도내의 고등학교에 다녔고, 무척 아름다웠다.

그녀를 만날 때마다 '그'의 가슴은 몹시 답답해졌다. 자신의 마음을 어떻게 전해야 좋을지 알 수 없었던 것이다. 우선 그녀 같은 사람에게는 어떤 얘기로 말을 걸어야 하는지조차 '그'는 알지 못했다. 주위의 어른들은 그런 건 알려주지도 않았고, 게다가 그녀 같은 사람이 어떤 인간인지조차 제대로 배운 적이 없었다. 그녀는 치마저고리 교복을 입고 있었다.

망설이던 끝에 '그'는 주위의 친구들에게 상의하기로 했다. 친구들은 당연히 신이 나서 왁왁거리며 우리가 옆에 있어줄 테니 마음먹고 고백하라고 부채질했다. '그'는 친구들의 제안을 거부할 수 없었다. '그'는 내성적이고 허약한 성품의 남자였기 때문이다. 친구 중 한 명이 이걸 갖고 있으면 힘이 생길 거라면서 '그'에게 버터플라이 나이프를 건네주었다.

어느 수요일 아침, '그'와 친구들은 그녀가 나타나는 역 플랫폼에 모였다. '그'가 마주치곤 했던 평소의 그 시각에 그녀가 그들 앞에 나타났다. 그들 모두가 그녀의 아름다움에 숨을 헉 삼켰다. 질투에 사로잡혀 내뱉은 한 친구의 말을 근처에 있던 승객 한 명이 들었다.

"너, 저런 조선인에게 걷어차였다가는 셔틀을 도맡게 될 테니까 그리 알아."

'그'는 친구들에게 등을 떠밀려 그녀에게 다가갔다. '그'는 그녀의 대각선 뒤쪽에 섰다.

"저기요……."

그녀는 반사적으로 흠칫 몸을 떨었다. 북한의 테러, 일본인 납치 의혹, 핵개발 의혹 등등이 모조리 치마저고리를 입은 그녀의 가느다란 어깨에 덮씌워져 있었다. 그녀는 전에 오십대 샐러리맨에게 어깨를 얻어맞은 적도 있었다. 그 역의 플랫폼에서.

머뭇머뭇 돌아본 그녀의 눈에 신경질적으로 눈을 깜박이는 남학생의 얼굴이 뛰어들었다. '그'라면 본 기억이 있었다. 몇 번인가 지하철 같은 칸에 탔었고, 왠지 무서운 눈빛으로 자신을 노려보던 남학생이었다.

그녀는 무의식중에 들고 있던 가방을 가슴 앞으로 껴안아 방어태세를 취하면서 말했다.

"왜 그러세요?"

'그'는 그때 어떤 생각을 했던 것일까.

그녀의 목소리의 아름다움에 압도되어 두려웠을까, 아니면 그녀가 일본어를 말하는 것에 놀랐던 것일까. 아무튼 '그'는 그저 말없이 그녀의 얼굴을 응시했다. 그녀는 그 시선에 당황해서 위협을 느끼고 마음속으로 구조를 청하며 주위를 둘러보았다. 주위에 있던 수많은 승객들은 그녀의 시선에 꽂히지 않게 서둘러 눈을 피했다.

그때 한 남학생이 계단을 올라와 플랫폼에 나타났다. 그 남학생은 그야말로 당연히 그녀의 시선을 받아들였고 미처 말이 되지 못한 구조의 호소도 알아들었다. 그녀는 그 남학생의 학교 후배였다. 그는 후배가 그런 일을 겪게 하는 상황을 만든 북조선을 증오했고, 애먼 약자를 괴롭히는 일본인을 증오했다. 그는 빠른 걸음으로 '그'와 그녀 곁으로 달려가 우선 '그'의 등을 밀쳤다. 나는 그가 오해한 것을 나무랄 수 없다. 그 자리에 있었다면 나 또한 똑같은 행동을 했을 것이다. 나와 그는 그런 오해를 할 만한 상황 아래서 살아온 것이다. 언제라도.

앞으로 휘청 떠밀린 '그'는 급하게 태세를 정비하고 뒤를 돌아보았다. 블레이저 차림의 교복을 입은 남학생이 버티고 서서 험악한 눈빛으로 자신을 노려보고 있었다.

아주 짧은 동안 '그'와 그는 말없이 서로를 노려보았다. 내가 신문기사에서 본 바로는, 그때 '그'는 "그 남학생이 그녀의 남자친구고 내게 폭력을 휘두를 거라고 생각했다. 무서웠다. 게다가 다들 지켜보는 자리였기 때문에 너무 창피하고 비참했다"라고 경찰에 진술했다고 한다. 그리고 그다음 일은 "잘 기억나지 않는다"라고.

지하철의 도착을 알리는 안내방송이 플랫폼에 흘러나왔다. 그게 신호가 된 것처럼 '그'는 교복 상의 주머니에서 버터플라이 나이프를 꺼냈다. 서툰 손놀림으로 칼날을 펼쳐 그의 상반신에 날카로운 칼날을 향했다. 그는 세상에 태어나 단 한 번도 치고받는 싸움을 해본 적이 없었다. 당연한 일이지만 나이프가 자신에게 겨눠지는 상황에 대한 경험도 없었다. 싸움에 익숙한 나도 처음 나이프가 겨눠졌을 때는 한순간에 온몸의 땀구멍이 열리는 듯한 감각에 휩싸여 오줌을 지릴 뻔했다.

하지만 그 친구 정일이는 나보다 용감했다. 들고 있던 가방으로 나이프를 쳐내려고 전혀 겁내는 일 없이 '그'에게 다가갔다. 나는 정일이에게 가르쳐줬어야 했다. 처음 나이프가 내게 겨눠졌을 때, 나는 칼 루이스보다 더 빨리 달아났다, 라고. 게다가 이 세상에서 살아남는 놈들은 모두가 겁쟁이고, 진짜로 용감한 자는 일찍 죽을 운명이다, 라고. 그리고 너는 이 세계에 꼭 필요한 사람이니까 누군가 나이프를 들고 덤빈다면 총알보다 빨리 도망쳐야 한다, 라고.

정일이는 앞으로 한 걸음 쓱 내딛으며 가방을 들어 잽싼 동작으로 힘껏 내둘렀다. '그'는 졸지에 나이프를 들지 않은 쪽 손을 얼굴 앞으로 쳐들어 가방을 맞받았다. 두 사람의 거리가 좁혀졌다. 정일이가 다시 한 번 가방을 내둘렀을 때, '그'는 공포 때문에 반사적으로 나이프를 아래에서 위로 비스듬히 올려버렸다. 정일이가 힘을 붙여 가방을 내리치려고 상반신을 앞으로 내민 것과 거의 동시였다.

나이프가 정일이의 목 왼쪽의 경동맥을 갈랐다. '그'가 손에 전해진 정체를 알 수 없는 불길한 감촉을 뿌리치려고 본능적으로 나이프를 든 손을 뺀 순간, 정일이의 가방이 내리쳐져 나이프에 부딪혔다. 쨍강 하는 소리를 내며 나이프가 플랫폼 바닥에 떨어졌다. 지하철이 들어왔다. 정일이는 반사적으로 찔린 목 부분을 손바닥으로 눌렀다. 손가락 틈새로 마치 샤워처럼 피가 분출했다. 옆에서 모든 것을 지켜본 그녀는 눈을 부릅뜨고 입을 헤벌린 채 미처 소리가 되지 못한 비명을 질렀다. 앗 하는 사이에, 정말로 앗 하는 사이에, 정일이가 입은 교복 안의 흰 셔츠가 거무칙칙한 붉은빛으로 물들었다. 피를 본 '그'는 몸을 꺾고 위 속의 것을 토하기 시작했다. 정일이가 플랫폼에 무릎을 꿇었다. 그녀가 달려가 경동맥을 덮은 정일이의 손등 위에 작은 손을 포갰다. 그녀의 손이 앗 하는 사이에 피투성이가 되었다. 지하철이 멈추고 일제히 문이 열렸다. 정일이와 그녀와 '그'가 있는 쪽의 문으로는 플랫폼에 있던 승객들 어느 누구도 승차하지 않았다.

"구급차 좀 불러주세요!"

그녀가 누구에게랄 것도 없이 소리쳤다. 승객들은 그 말에 진지하게 귀를 기울이는 일 없이 질서정연하게 지하철에 탔다. 그녀는 닫혀가는 여러 개의 문을 향해 다시 한 번 외쳤다.

"구급차 좀 불러주세요!"

아무 일도 없었다는 듯이, 정말로 아무 일도 없었다는 듯이, 지하철은 다음 역을 향해 달려갔다. '그'를 충동질했던 친구들은 이미 플랫폼에서 사라지고 없었다. 마침내 젊은 역무원이 다가왔다.

"무슨 일입니까?"

"구급차 좀 불러주세요!"

젊은 역무원은 그녀의 부르짖음의 무게에 제대로 반응해 한달음에 역장실로 달려갔다. 정일이의 축 늘어진 몸이 그녀에게로 스르륵 미끄러졌다. 그 몸을 그녀는 받아 안았다. 플랫폼에 주저앉아 뒤에서 껴안듯이 정일이의 몸을 자신의 무릎 위에 눕혔다. 더 이상 정일이를 위해 그녀가 할 수 있는 일은 아무것도 없었다. 구급차가 도착하고 들것이 나오는 동안 그녀는 눈앞에서 계속 토하는 '그'와 멀리서 호기심어린 시선을 던질 뿐인 승객들을 이따금 노려보았다. 그리고 구급대원의 모습이 시야에 들어왔을 때, 그녀는 굵은 눈물을 떨구며 소리 내어 울었다.

정일이는 과다출혈로 죽었다. 병원에 도착했을 때는 이미 손쓸 수 없는 상태였다. '그'는 경찰에 체포되었다. '그'의 심신쇠약은 매우 극심해서 취조는 중간에 끊긴 채 유치장으로 보내졌다. 한밤중에 '그'는 심한 설사로 탈수증에 빠졌다. 결국 유치장을 떠나 가까운 대학병원으로 실려갔다. 링거 치료를 준비하던 병실은 6층이었고 큼직한 창문이 반쯤 열려 있었다. 그 일은 정말로 눈 깜짝할 사이에 일어났다. 그때까지 걸음을 뗄 기운도 없이 침대에 누워 있던 '그'가 갑작스럽게 벌떡 일어나 창쪽으로 뛰어갔다. 그리고 창문을 열어젖히고 창틀에 한쪽 발을 얹었다. 한순간 움직임을 멈추고 뒤돌아본 '그'는 병실에 있던 사람들 누구에게랄 것도 없이 "미안해"라고 중얼거리고 창문 너머 어둠을 향해 몸을 던졌다. 응급 치료를 했지만 구해내지 못했다. '그'와 정일이는 같은 날에 죽었다. 그리고 그 병원은 정일이가 실려간 병원이기도 했다.

비극이었다. 비극 이외의 그 어떤 것도 아니었다. 하지만 어떤 비극에서라도 인간은 어떻게든 한 조각의 '구원'이나마 찾아내려고 한다. 나 또한 마찬가지였다. 사건 이틀 뒤, 나는 민족학교 시절의 한 친구에게서 현장에 있었던 그녀의 다음과 같은 말을 전해 들었다.

축 늘어진 채 그녀의 무릎 위에 누워있던 정일이의 머리가 문득 움직였다. 그녀는 정일이의 얼굴을 들여다보았다. 정일이의 창백한 얼굴에는 옅은 웃음이 떠올라 있었다. 그리고 시선이 선로 쪽으로 향하고 마치 플랫폼에 들어온 지하철의 모습을 따라가듯이 진행방향으로 천천히 움직였다고 한다.

정일이는 분명 선로를 달려가는 내 모습을 봤던 것이다. 분명 그렇다. 그랬으면 한다. 분명 그렇다고 한다고 해서 대체 뭐가 잘못인가.

내가 정일이의 사망 소식을 들은 것은 사건 당일 밤이었다. 정일이의 어머니에게서 전화가 왔다. 그 전날 밤 정일이와 통화하고 채 스물네 시간도 지나지 않은 때였다.

"……정일이가 죽었어."

내가 전화를 받자마자 어머니는 말했다. 어머니의 목소리는 평소보다 작아서 내 귀에는 무척 아름답게 들렸다.

의미를 제대로 이해하지 못한 나는 단지 "예?"라는 소리만 냈을 뿐이다. 내 목소리가 신호가 된 듯이 어머니가 울기 시작했다. 낮고 가녀린 오열이 내 귀에 줄줄이 흘러들었다. 자세한 상황을 묻고 싶은 것을 꾹 참고 내내 어머니의 오열을 듣고 있었다. 중간에 통화 대기 신호음이 여러 번 울렸다. 나는 이따위 것을 발명해낸 건 대체 누군가, 라고 생각하며 모든 신호음을 무시했다.

어머니는 20여 분을 흐느낀 끝에 미안하다, 라고 사과하고 정일이를 죽게 한 사건에 대해 얘기해주었다.

"정일이는 정말 너를 좋아했어. 지금까지 우리 정일이와 친하게 지내줘서 정말로, 정말로 고맙다."

전화를 끊기 전에 어머니는 내게 말했다. 나는 그저 네, 라고 응했을 뿐이다.

전화를 끊고 침대에 반듯하게 누워 한참동안 천장만 바라보았다. 한 시간쯤은 바라보고 있었을 것이다. 그동안에 무슨 생각을 했는지는 전혀 기억나지 않는다.

침대에서 내려와 거실로 갔다. 어머니는 나오미 씨와 태국 푸켓으로 여행을 떠나서 집에 없었다. 아버지는 골프 레슨 비디오를 보고 있었다.

"……정일이가 죽었어."

아버지는 즉시 리모컨으로 비디오를 정지시키고 텔레비전 화면을 껐다. 나는 전후 사정을 아버지에게 전달했다. 얘기를 다 듣고는 그랬냐, 라고 말하고 깊은 한숨을 쉬었다. 그리고 앉아 있던 소파에서 일어나 내게 다가와 머리를 거칠게 쓰다듬으며 말했다.

"지금은 너무 깊이 생각하지 마. 어린애같이 엉엉 울고 마구 먹고, 그렇게 하는 게 좋아."

나는 고개를 끄덕였다. 고마워, 라고 말하고 거실을 떠났다. 내 방에 돌아오고 몇 분 뒤에 전화벨이 울렸다. 무선전화기의 스위치를 켜자 사쿠라이의 목소리가 들려왔다.

"아까 전화 안 받았지?"

사쿠라이가 말했다. 나는 정일이 얘기를 할까 말까 망설였지만, 결국 하지 않기로 했다. 다양한 상황들을 한 번에 제대로 설명할 기운도 없고 자신도 없었다.

"지금 이래저래 일이 겹쳤어." 나는 말했다. "내일 다시 통화해도 될까?"

짧은 침묵 뒤에 사쿠라이가 말했다.

"무슨 일 있어?"

"나중에 얘기해줄게."

"……알았어. 내일, 전화 기다릴게."

전화를 끊으려고 했을 때, 사쿠라이가 퍼뜩 생각난 것처럼 급히 말했다.

"일요일 약속, 기억하고 있지?"

"응."

"그럼 됐어."

나는 전화를 끊었다.

일요일 아침, 집을 나섰다.

나와 사쿠라이는 서로 사귀기 시작했을 때, '멋진 것 찾기'의 일환으로 언젠가 오페라를 보러가기로 약속했었다. 둘 다 오페라는 한 번도 본 적이 없었던 것이다.

우리는 수많은 유명한 오페라 작품을 CD로 듣고 그중에서 실제로 보고 싶은 것을 픽업해나가는 작업을 계속했다. 〈피가로의 결혼〉, 〈탄호이저〉, 〈나비 부인〉, 〈장미의 기사〉, 〈카발레리아 루스티카나〉, 〈춘희〉…….

나는 〈카발레리아 루스티카나〉를 보고 싶었고 사쿠라이는 〈춘희〉를 꼭 보고 싶다고 했다. 당연히 내가 뜻을 접고 〈춘희〉를 보러가는 것으로 얘기가 되었는데 유감스럽게도 당분간 〈춘희〉는 공연 예정이 없었다. 사쿠라이는 11월부터 몇 달 동안 입시공부에 전념할 계획이었기 때문에 오페라 감상의 리미트를 10월

175

말로 잡았다. 그리고 10월 공연 예정에는 〈카발레리아 루스티카나〉가 들어 있었다.

우리는 8월 초에 깜짝 놀랄 만큼 비싼 가격의 공연 티켓을 구입하고 〈카발레리아 루스티카나〉를 예습하기 시작했다. AV룸에서 여러 번 CD를 들으면서 가사와 내용을 파악했다. 다가올 오페라 첫 감상을 위한 준비는 착착 진행되었다.

준비는 완벽하게 갖춰졌다. 그렇기 때문에 공연 전날인 토요일 밤에야 내가 취소 전화를 걸자 사쿠라이는 몹시 못마땅한 목소리로 "대체 왜?"라고 이유를 물었다.

"친구 장례식에 가야 해."

사쿠라이는 잠시 침묵한 끝에 물었다.

"친구가 언제 죽었는데?"

"수요일에."

"왜 지금까지 나한테 말을 안 했어?"

"……."

"이건 이상하잖아, 진짜."

"응, 그래."

잠시 무거운 침묵이 흘렀다.

"그 친구, 오래 전부터 친했던 사람?"

이윽고 사쿠라이가 물었다.

"응."

"……혹시 내가 별로 미덥지 않아?"

"왜 그런 생각을 해?"

"나는 만일 오래 전부터 친했던 친구가 죽었다면 틀림없이 스기하라에게 얘기하고 위로를 받았을 거야. 게다가 우울한 일이 생기면 꼭 나한테 얘기해달라고 말했었잖아."

"……미안해. 근데 사쿠라이가 미덥지 않다거나 그런 거 아니야, 절대로. 자세한 건 나중에 얘기할게."

사쿠라이는 더 이상 나를 나무라지 않았다. 티켓이 아까우니까 다른 사람과 보러가라고 말하자 사쿠라이는 힘없는 목소리로 대답했다.

"그래야겠네……."

지하철 역 두 개를 놓치고 버스정류장 세 개를 놓치는 바람에 장례식에 한 시간쯤이나 지각하고 말았다.

정일이의 집에서 그리 멀지 않은, 상당히 큰 규모의 장례식장에 들어가자 정일이의 장례식은 이미 절정에 접어들어 어머니 쪽 친척인 외삼촌이 조사를 읽고 있었다. 왜 어머님이 맡지 않았는지는 잘 알 수 없었다. 하지만 그런 건 아무려나 상관없었다. 나는 정일이의 영정을 가슴에 안고 서있는 어머님의 모습을 멍하니 바라보며 외삼촌의 조사를 딱히 듣는다는 것도 없이 듣고 있었다. 어머니는 몹시 야위어 있었다.

내가 들은 10여 분 동안의 조사에서 외삼촌은 세 번이나 "정일이는 살아서 스무 살을 맞이하지 못했다"고 말했다. 그 말을 들을 때마다 머리가 피잉 도는 현기증이 느껴졌다.

장례식이 끝났다. 담당자가 "장례식에 참석하신 분들께 간단한 점심식사가 준비되어 있사오니 2층 식당으로 올라가주십시오"라고 말했다. 계단 쪽으로 이동하는 참석자들 틈을 누비며 어머니에게 다가갔다. 그 전날 밤 문상 때는 그저 묵례만 나눴기 때문에 정식으로 인사를 드리고 싶었다.

어머니 앞에 섰다. 내 모습을 보자 어머니는 온몸의 공기가 빠져나가 눈앞에서 쪼그라들 것 같은 깊은 한숨을 한 차례 내쉬었다. 그리고 내 가슴에 얼굴을 대고 울었다. 정일이의 영정이 든 액자 귀퉁이가 몇 번이나 내 턱을 스쳤다. 어머니는 이따금 "왜 그 아이가 죽어야 했던 거니"라고 말하면서 울었다. 나는 직립부동인 채로 그 말을 들었다.

친척 외삼촌이 억지로 데려가면서 어머니는 내 품을 떠났다. 정일이가 화장되는 곳으로 향하는 어머니의 뒷모습을 지켜보고 있으려니 누군가 뒤에서 내 어깨를 툭 쳤다. 돌아보니 블레이저 교복 차림의 친구들 여러 명이 서있었다. 내 어깨를 친 놈의 배에 가볍게 주먹을 날렸다. 원수는 장난스럽게 두 손으로 배를 부여잡으며 다부진 사각턱의 험상궂은 얼굴에 웃음을 짓고 말했다.

"오랜만이다. 왜 연락 한 번 없었어?"

"너야말로."

나와 원수는 어쩐지 어색한 느낌으로 웃었다.

원수는 초등학교 때부터의 악우였다. 내가 나쁜 짓을 할 때, 항상 옆에는 원수가 있었다. 미니 순찰차에 그림물감 물 풍선을 던진 것도 원수였고, 나고야에 함께 갔던 것도 원수였다. 참고로, 중3 때 사이가 벌어지자 내 뒤를 미행해 학원에 들어가는 모습을 목격하고 전교에 그 얘기를 퍼뜨린 것도 원수였다. 하지만 내가 일본 고등학교에 다니기 시작한 뒤부터는 더 이상 얼굴 볼 일도 없었다.

"너, 넋이 나간 거 아니지?"

원수가 얼굴을 바짝 대고 말했다. 지독한 담뱃진의 입김이 훅 끼쳤다. 나는 이번에는 원수의 뱃구레에 거칠게 주먹을 먹였다. 원수가 크윽, 신음소리를 올렸다.

"얻어맞아도 좋다고 약속했었지?"

나는 원수와 중2 여름방학 때 서로 금연하기로 맹세했다. 먼저 맹세를 깬 쪽은 얻어맞아도 싫다는 말을 해서는 안 된다는 벌칙을 붙여서.

원수는 배를 슬슬 문지르면서 만족스러운 듯 미소를 지으며 말했다.

"내일, 오랜만에 한바탕 뛰어보자."

"뭘 한바탕 뛰어?"

"사냥하러 가야지."

"누구를?"

"정일이를 죽인 자를 뒤에서 부추긴 놈들."

"어떤 놈들인지 알고 있어?"

"알 게 뭐냐." 원수는 내뱉듯이 말했다. "같은 학교 놈 한두 명 잡아다 족치면 금세 실토하겠지."

나는 말없이 원수의 얼굴을 바라보았다. 그리고 등 뒤에 서있는 예전 반 친구들의 얼굴을 둘러보았다. 다들 희생양을 원하고 있었다. 나는 말했다.

"관둬라."

"뭐라고?"

원수의 미간에 깊은 세로주름이 새겨졌다. 나는 말을 이었다.

"이번 사건은 신문과 텔레비전에도 꽤 많이 나왔어. 지역 경찰에서 혹시라도 문제가 발생할까봐 당분간 고등학교 주위를 철저히 순찰할 거야."

"짭새가 뭘 어쩐다고?" 원수의 얼굴에 흉포한 기색이 짙게 떠올랐다. "너, 짭새가 철저히 순찰할 테니까 관두라는 거야? 엉?"

"그놈들을 혼내봤자 뭐가 어떻게 되는데? 그래봤자……."

원수가 검지와 중지를 세워 내 교복 가슴팍을 쿡쿡 쑤시며 말을 가로막았다. 하지만 금세 손을 거둬들여 손가락 끝을 이상하다는 듯이 바라보았다. 원수가 쿡쿡 쑤신 곳은 조금 전까지 정일이의 어머니가 얼굴을 대고 눈물을 흘렸던 부분이었다. 원수는 눅눅하게 젖은 손끝을 교복 자락에 쓱 닦은 뒤에 말했다.

"올 거야 말 거야, 어느 쪽이냐?"

나는 딱 잘라 말했다.

"안 간다. 정일이도 그런 건 바라지 않아."

"육갑 떨지 마라." 원수는 억누른 목소리로 말했다. "그야 정일이는 딱하게 됐지. 하지만 이미 죽어버렸어. 죽으면 다 끝이라고. 그러니까 정일이가 남긴 문제는 살아남은 우리가 처리해야 할 거 아냐. 정일이가 그렇게 해주기를 가장 바라는 사람은 바로 너잖아. 그런 네가 뭘 넋 빠진 소리를 씨부렁거리고 있어?"

"씨부렁거리는 건 너야." 나도 억누른 목소리로 말했다. "너희가 정일이의 뭘 안다고? 너희들, 정일이와 제대로 얘기라도 나눠본 적 있어? 너희는 그냥 날뛰고 싶은 것뿐이야. 그런 건 폭주족 애들하고나 해."

몹시 흉포한 공기가 주위를 가득 채웠다. 원수와 등 뒤 친구들의 무수한 시선이 칼처럼 찔러서 나는 아팠다. 짧은 한숨을 내쉬고 말했다.

"정일이를 조용히 보내주자, 응?"

"너, 대체 어떻게 된 거냐?" 원수는 난감한 듯한 표정으로 말했다. "일본 학교에 가더니 일본인에게 민족정신까지 팔아먹었어?"

민족정신이라는 말을 들으니 정일이가 〈나는 고양이로소이다〉에 나오는 야마토 정신에 관한 구절을 외워서 읊었던 것이 퍼뜩 머릿속에 떠올랐다. 하지만 자세히는 생각나지 않았다. 나는 잠시 망설인 뒤에 말했다.

"민족정신 따위, 내 알 바 아니야. 하지만 만일 내가 조선의 민족정신 같은 걸 갖고 있었다면 그딴 거, 얼마든지 팔아먹을 거야. 어때, 너희가 살래?"

원수는 지독히 먼 눈빛으로 나를 바라보았다.

—야, 그런 눈빛 하지 마라. 너, 잊어버렸냐? 나고야에 도착한 날 밤에 여관에 들어갈 돈이 없어서 파친코점 주차장에서 노숙했을 때, 아스팔트 바닥에 큰 대 자로 누워 밤하늘을 올려

다보며 좀 더 멀리에 가고 싶다고 둘이서 얘기했잖아. 우리는 갈 수 있어. 지금 당장이라도 출발할 수 있다고…….

원수는 다시 검지와 중지로 내 가슴팍을 쿡쿡 쑤셨다.

"너하고는 이제 끝이야. 다음에 우연히 길에서 마주쳐도 말 걸지 마라. 혹시라도 아는 척 했다가는 그 즉시 발차기 날아갈 줄 알아."

원수는 뒤를 돌아보며 "얘들아, 가자"라고 지시했다. 원수와 다른 친구들이 내 옆을 줄줄이 지나갔다. 그중 누군가가 내 귀를 향해 "박쥐새끼"라고 내뱉었다.

모두가 내 옆을 지나간 뒤, 나는 딱 한 번 돌아보았다. 원수가 멈춰 서서 나를 보고 있었다. 섬뜩할 만큼 무표정한 얼굴이었다. 나는 억지로 웃음을 지었다. 원수는 깨끗이 무시하고 내게 등을 돌렸다.

장례식장을 나섰다. 내려야 할 버스 정류장 네 개를 놓쳐서 다시 반대방향 버스를 탔지만 이번에는 다섯 개를 놓쳤다. 그런 멍한 짓을 해가며 다시 장례식장 근처 역에 도착했더니 저녁이 다 된 시간이었다.

플랫폼으로 이어진 계단을 내려가는데 왠지 아까 들은 "박쥐새끼"라는 말이 귓속에 되살아났다. 실제로 박쥐였다면 좋을 텐데, 분명 어디든 자유롭게 날아갈 수 있을 텐데, 라고 생각했을 때, 심한 현기증이 덮쳐와 몸의 균형 감각을 잃을 뻔했다. 계단 중간에 덜퍼덕 주저앉았다. 현기증은 금세 멎었지만 이번에는 어떻게도 해볼 수 없이 가슴이 답답해졌다. 나는 으으으, 하는 낮은 신음소리를 내뱉었다.

중2 때의 일이었다. 우리 학교 농구부는 민족학교 전국대회의 결승까지 올라갔다. 시합은 상대가 오사카 놈들이었던 탓인지 전통적인 '자이언츠 대 타이거스' 같은 양상을 보이며 이상할 만큼 달아올랐다. 거친 플레이로 부상자가 속출하고, 관중들끼리도 티격태격하다 다친 놈이 나왔을 정도였다. 나는 포인트 가드로 시합에 나갔지만 나를 마크하던 놈에게서 교묘한 펀치를 얼굴에 네 방이나 먹었다. 나는 놈에게 무릎차기, 팔꿈치 가격, 박치기, 눈에 먼지 던지기로 복수했다. 그중 눈에 먼지 던지기를 심판에게 들켜서 한 차례 파울을 받았다.

시합은 1점 차로 우리가 패했다. 시합 후 대기실로 돌아온 우리는 말없이 고개를 떨구고 분한 마음을 견디고 있었다. 누군가 울음을 터뜨렸다면 순식간에 전염되어 다들 엉엉 울었을 것이다. 코치가 교장선생님을 데리고 대기실로 들어왔다.

"잘 싸웠다. 나는 너희가 자랑스럽다."

코치의 그 말에 1학년생 한 명이 울기 시작했다. 우리도 덩달아 몸속의 '울음 스위치'가 켜지려고 했을 때, 코치가 울고 있는

1학년생에게 다가가 올림픽 원반던지기 선수처럼 팔을 휘둘러 귀싸대기를 쳤다. 1학년생은 휘익 날려가 텅 소리를 내며 로커에 부딪혔다. 우리는 그 소리에 부르르 떨었다. 코치는 몹시 차가운 말투로 우리 중 누구에게랄 것도 없이 말했다.

"어디 사람들 앞에서 눈물을 보여! 너희는 항상 적에 둘러싸여 살고 있어. 적에게 눈물을 보이는 건 동정을 구걸하는 것과 똑같아. 패배를 인정하는 것과 똑같다고. 너희가 패배를 인정한다는 건 조선인 전체가 패배를 인정한다는 얘기야. 그러니까 사람들 앞에서 눈물 짜는 습관은 절대로 들이지 마. 울고 싶으면 방에 틀어박혀 혼자서 울어!"

코치가 교장선생님 쪽을 보았다. 교장선생님은 아무 일도 없었다는 듯한 얼굴로 가볍게 고개를 끄덕였다. 코치는 말했다.

"빨리 옷 갈아입어. 오늘은 교장선생님이 너희의 건투를 기리고자 저녁을 사주시기로 했다."

코치와 교장선생님이 대기실을 나갔다. 대기실 안에는 몹시 묵직한 공기가 가득했다. 3학년 선배 한 명이 귀싸대기를 맞은 1학년생에게 다가가 머리를 쓰다듬었다. 그것을 본 농구부 캡틴이 갑작스럽게 으으으, 하는 낮은 신음소리를 올렸다. 캡틴의 눈이 빨개져 있었다. 신음소리는 순식간에 우리에게 전염되었다. 모두 눈이 빨개진 채 으으으 신음소리를 올렸다. 다들 울지 않으려고 필사적으로 으으으 신음했다. 그 뒤로 견딜 수 없을 만큼 힘들거나 슬픈 일이 있을 때마다 으으으 신음소리를 올리는 것은 코치는 알지 못하는 농구부의 관습이 되었다.

그런 연유로, 나는 역 계단에 주저앉아 계속 으으으 신음소리를 냈다. 저녁참의 러시아워에 역은 몹시 붐볐지만 내 주위에는 기막힐 만큼 아무도 다가오지 않았다. 이따금 불쾌한 표정으로 양복차림의 젊은 샐러리맨들이 나를 보며 혀를 끌끌 찼다. 그래, 당신들이 나의 적인가?

항상 든든한 한편이 되어주던 정일이의 얼굴이 떠올랐다. 나는 신음소리를 멈추고 정일이에게 말을 건넸다.

"네가 말했던 '엄청난 일'이란 게 대체 뭐였어? 미토콘드리아 DNA보다 더 엄청난 거였어? 그것만 알면 전 세계에서 차별이 없어진다든가, 그런 거였어? 그래, 정말로 그런 게 있다면 엄청난 일이다. 혹시 여자친구가 생겼다든가, 그런 건 아니었지? 근데 나는 그게 더 좋다. 나는 네가 여자친구와 함께 있는 모습, 한 번도 본 적이 없잖냐. 너무 아깝다, 정일아, 일본 대학에 갔으면 틀림없이 인기깨나 끌었을 텐데. 너 같은 놈, 어디에도 없잖냐. 정일아, 왜 죽었어? 나 혼자는 좀 힘들다. 정일아, 왜 죽었어?"

눈을 감고 심호흡을 한 뒤에 나는 몸을 일으켰다. 계단을 내려가 플랫폼에서 공중전화를 찾았다. 키오스크 옆에 있는 것을 발견하고 그쪽으로 갔다. 수화기를 들었지만 텔레폰 카드를 집에 두고 온 것을 깨닫고 바지주머니를 뒤져 10엔짜리 동전을 찾았다. 10엔짜리 동전이 없어서 100엔짜리 동전을 넣고 사쿠라이 집 전화번호를 하나하나 눌렀다. 오페라를 보러 갔다면 분명 집에 없을 터였다.

"……지난번에 텔레비전에서 봤는데 현대인의 선조는 실은 북경원인이나 네안데르탈인이 아니라 20만 년 전에 아프리카 대륙에서 태어난 원인(猿人)이래. 그건 미토콘드리아 DNA라는 DNA 배열 조사에서 네안데르탈인의 것과 현대인의 것을 비교해보고 알게 되었는데, 미토콘드리아 DNA에 관한 얘기는 너무 복잡하니까 다음에 다시 설명해줄게. 아프리카 대륙에서 태어난 새로운 원인은 진화를 거듭해 마침내 우리의 직접 선조인 현대형 신인(新人)이라는 존재가 됐어. 그 신인 집단 안에서 이윽고 아프리카 대륙을 벗어나 세계 각지로 퍼져가는 길을 선택한 몇몇 그룹이 나타난 거야. 이동의 계기는 세력다툼이었을 수도 있고 환경 변화가 원인이었을 수도 있어. 지구가 약 13만 년 전에 빙하기에 접어들었으니까 아프리카도 엄청 추워져서 따뜻한 땅을 목표로 떠났을 수도 있지. 나는 그런 것과는 전혀 다른 계기였다고 생각해. 근데 그건 이따가 얘기할게.

아프리카를 떠난 신인 그룹은 중근동(中近東) 쯤에서 유럽으로 향하는 집단과 아시아로 향하는 집단으로 갈라졌어. 거기서 갈라진 게 나중에 이른바 '백색인종'과 '몽골로이드', 즉 우리 같은 '황색인종'의 시작이야. '몽골로이드'가 되는 것을 선택한 집단은 아시아 땅을 향해 나아갔어. 아시아의 환경에 맞는 몸과 얼굴을 서서히 만들어가면서. 그들은 도중에 절대로 발을 멈추지 않았어. 부모가 죽으면 그 아들이 의지를 이어받아 그저 열심히 걸음을 옮기며 계속 이동했어. 그렇게 아프리카에서 십만 년 가까운 세월과 일만 수천 킬로미터의 여행 끝에 일본에 도착한 몽골로이드들이 있었어. 그 몽골로이드들이 이른바 죠몬인(繩文人)이라고 불리는 사람들이야. 옛날 옛적의 일본 주민이지. 보통이라면 여기서 다행이다, 잘 됐다, 라는 식으로 얘기가 끝나겠지만, 실은 그다음부터가 더 재미있어.

극동에 도착했는데도 여행을 멈추지 않은 몽골로이드들이 있었어. 그들은 유라시아를 쭉쭉 올라가 시베리아에 가닿았고, 그 무렵 빙하기로 해수면이 엄청 내려가 육지가 되었던 베링해협을 도보로 걸어서 아메리카 대륙 서쪽 끝의 알래스카로 건너갔어. 하지만 그들은 아메리카 대륙에 건너간 것만으로도 만족하지 않았어. 다시 아메리카 대륙을 단숨에 남하하기 시작했어. 도중에 마야라든가 아스텍 문명 등을 축조해가면서. 그리고 그들은 마침내 남아메리카의 남쪽 끝에 도착한 거야. 수많은 세대를 거친 끝에 가닿은 종착지였지만, 맨 처음 한 걸음을 내딛은 자의 용기와 명예는 분명하게 자손들의 몸속에 남겨져 있었어.

그들이 일본에 머문 몽골로이드와 같은 집단에 속한다는 것은 조사를 통해 밝혀졌어. 죠몬인의 피를 물려받은 아이누인과 안데스 인디오의 미토콘드리아 DNA 배열을 비교해봤더니 거의 동일하다는 결과가 나온 거야. 이거, 엄청나지 않아? 아프리카 대륙에서의 거리까지 합하면 무려 2만5천 킬로미터에 달하는 여정이야. 이거 말인데, 그들을 그토록 먼 여행으로 내몬 것은 세력다툼이 원인인 것도 환경 악화가 원인인 것도 아니다, 라고 나는 내 나름대로 생각하고 있어. 그들은 단지 육지의 끝이 어떤 장소인지 보고 싶던 거야. 분명 그게 맞아. 어떻게도 할 수 없는 단순한 충동이 새겨진 그 유전자는 수많은 세대교체를 거친 뒤에도 결코 사라지지 않았어. 애초에 우리 인류는 말이지, 정착하는 성향을 갖고 있지 않은 종이었어. 그러다가 농경이라는 게 시작되면서……."

"그래서? 결국 하고 싶은 얘기가 뭐야?"

사쿠라이가 입가에 부드러운 미소를 띠며 물었다.

"내가 하고 싶은 말은." 나는 사쿠라이의 눈을 지그시 바라보며 말했다. "그들이 엄청 멋있다는 거, 그리고 나도 그들처럼 되고 싶다는 거야."

"한 마디로, 내 마음을 끌어보겠다는 거네?"

사쿠라이는 웃음이 깊어지면서 말했다.

나는 솔직히 고개를 끄덕였다. 킥킥킥 하고 웃더니 사쿠라이는 내 눈을 가만히 들여다보며 말했다.

"지난번에 텔레비전에서 봤는데 홋카이도에 맹도견의 노견 홈이라는 게 있었어. 나이 들어 맹도견 역할을 제대로 할 수 없는 개들이 여생을 보내는 곳이야. 그런 콘셉트의 시설이 있다는 것만으로도 엄청 감동해서 그냥 뚫어져라 텔레비전을 봤지. 그랬더니 십 년이나 함께 지내던 사람과 맹도견이 이별하는 모습이 나오는 거야. 눈이 보이지 않는 아주머니와 암컷 골든 리트리버 커플인데, 아주머니와 개는 한 시간쯤을 서로 끌어안고 있다가 마침내 담당자가 떼어놓으면서 이별하게 됐어. 차를 타고 노견 홈을 떠나는 아주머니는 창문 밖으로 몸을 내밀고 손을 흔들면서 '또 만나자'느니 '바이바이'라느니 하면서 개의 이름을 외치는데 개 쪽에서는 가만히 앉은 채 차 쪽을 쳐다보기만 하는 거야. 그건 어쩔 수 없는 일이지. 맹도견은 그런 식으로 길들여졌으니까. 절대로 마음의 동요를 드러내서도 안 되고 울음소리를 내서도 안 되니까.

차가 노견 홈 부지에서 사라져도 개는 이별한 그 자리에서 한 걸음도 벗어나지 않고 아주머니가 사라진 방향을 지그시 보고 있었어. 몇 시간이나. 십년 동안 한시도 떨어지지 않고 함께지냈던 사람이 곁에서 사라졌잖아. 그 충격으로 꼼짝도 못했던 거겠지, 분명. 아주머니와 헤어진 게 점심때쯤이었는데 저녁이 되면서 비가 내리기 시작했어. 엄청나게 세찬 비가. 그러자 지그시 앞만 응시하던 개가 얼굴을 들고 비가 쏟아지는 하늘을 올려다보는가 싶더니 느닷없이 커어엉 하고 울기 시작한 거야. 커어엉 커어엉, 하고 몇 번이고 몇 번이고. 근데 그 모습은 조금도 비참하거나 보기 흉하지 않았어. 등을 반듯하게 펴고 가슴에서 턱의 라인이 꼿꼿한 게 마치 잘 만든 조각 같았어. 나는 뭐, 그냥 엄청 울어버렸어. 개의 울음에 맞춰 커어엉 커어엉 하듯이."

"……그래서? 결국 하고 싶은 얘기가 뭐야?"

"내가 하고 싶은 말은 그 개처럼 좋아하는 사람을 사랑하고 싶다는 거야. 그 개의 울음소리는 내가 지금까지 들었던 어떤 음악보다 아름다웠어. 나는 좋아하는 사람을 틀림없이 언제까지고 사랑하고, 만일 그 사람을 잃는다고 해도 그 개처럼 울 수 있는 사람이 되고 싶어. 내가 하고 싶은 말, 이해가 돼?"

나는 분명하게 고개를 끄덕이고 팔을 내밀어 테이블 위에 놓인 사쿠라이의 손등에 내 손을 포갰다. 우리는 잠시 아무 말 없이 그저 서로를 바라보았다. 찻집 웨이터가 다가와 잔에 물을 따라주고 갔다. 사쿠라이가 말했다.

"아까부터 계속 울고 싶은 얼굴을 하고 있어."

"그런가?"

"응."

사쿠라이는 몸을 숙여 내게서 시선을 돌린 채 후우 숨을 토해 냈다. 가슴이 살짝 오르내렸다.

"왜 그래?"

내가 묻자 사쿠라이는 얼굴을 들어 내 눈을 응시했다.

"오늘, 밤새 함께 있어줄까?"

"뭐?"

"스기하라가 잠들었다가 일어날 때까지 곁에 있어줄게."

"……괜찮겠어?"

"그런 찌질한 질문, 하지 말아줘, 제발."

사쿠라이는 그렇게 말하고 다정하게 미소를 지었다.

긴자 4번지 근처의 찻집을 나와 유라쿠초역으로 향했다. 사쿠라이가 역 안의 공중전화로 집에 전화를 하는 동안, 나는 역

근처 코인로커에 교복 상의를 맡기러 갔다. 코인로커 앞에서 상의 안주머니에 넣어두었던 조의금 봉투 두 개를 꺼냈다. 장례식에 지각한데다 원수 일행과 티격태격하다가 건네주는 것을 깜빡 잊었다. 우선 내 조의금 봉투에서 3만 엔 전부를 꺼내 바지주머니에 챙겨넣었다. 그러고는 급한 일로 장례식에 오지 못한 아버지가 맡긴 조의금 봉투를 열었다. 신권 만 엔 지폐 열 장이 들어 있었다. 그것도 바지주머니에 넣었다. 분명 정일이도 아버지도 용서해줄 것이다.

역으로 돌아오자 사쿠라이는 아직도 통화 중이었다. 벽에 설치된 시계를 확인했다. 오후 10시 10분 전이었다.

10시 정각, 통화를 마친 사쿠라이가 내가 있는 곳으로 뛰어왔다.

"트러블?"

내가 묻자 사쿠라이는 다급하게 "아니, 아냐"라고 고개를 저었다.

"전혀 문제없어. 아빠한테는 친구네 집에서 자고 간다고 말해뒀고."

우리는 데이코쿠 호텔로 향했다. 딱히 나쁜 짓을 하려는 것도 아니었기 때문에 내 차림새도 돌아볼 것 없이 당당하게 로비로 들어갔다. 사쿠라이는 우선 티룸 옆의 소파에서 기다리라고 했다.

프런트로 향했다. 젊은 프런트 담당은 나를 보고도 아무런 동요도 드러내지 않은 채 "어서 오십시오"라고 단정하게 인사를 건넸다.

"숙박하고 싶은데요."

"예약은 하셨습니까?"

"아뇨."

그로부터 잠시 동안 방의 종류와 요금에 관한 간단한 설명을 들었다. 가격은 방의 층수나 방향에 따라 달랐다. 프런트 담당과 이래저래 검토한 끝에 히비야 공원이 내려다보이는 12층 디럭스룸으로 하기로 했다. 전망이 아주 좋은 곳이라고 했다. 비용은 조의금으로 충분히 낼 수 있었다.

"결제는 카드로 하시겠습니까, 현금으로 하시겠습니까?"

"현금으로."

선불인가 하고 바지주머니에 손을 넣자 타이밍을 딱 맞춰 "나중에 하셔도 괜찮습니다"라고 알려주었다. 숙박자 카드에도 기입했다. 귀찮아서 사쿠라이와 부부인 것으로 하고 이름은 '스기하라'로 통일했다. 문제는 사쿠라이의 아래 이름이었다. 일부러 물어보러 가는 것도 이상한 일이라서 내가 적당히 지어내 '게이코'라고 썼다. 키를 받아들고 프런트를 뒤로했다.

사쿠라이와 합류해 엘리베이터를 타고 12층으로 갔다. 플로어 접수처 앞을 지나 긴 복도를 따라 들어가 방 앞에 섰다. 문을 열고 안으로 들어갔다.

등 뒤에서 문이 닫히자마자 우리는 거의 동시에 후우 한숨을 내쉬었다.

"엄청 긴장했다, 그치?"

사쿠라이가 미소를 지으며 말했다. 나는 솔직히 고개를 끄덕였다.

방은 내가 지금까지 묵었던 어떤 호텔 방보다 넓고 취향이 좋았다. 묵중한 느낌의 목제 라이팅 데스크와 묵중한 느낌의 소파세트가 놓였고, 벽에는 묵중한 느낌의 그림 액자가 걸려 있었다. 잔뜩 들뜬 나와 사쿠라이는 묵중한 가구며 조명은 대충 훑어보고 냉큼 침대로 향했다.

우리는 당연한 일처럼 운동화를 벗어던지고 넓은 더블베드에 올라가 폴짝폴짝 뛰었다. 사쿠라이는 폴짝폴짝 뛰면서 빨간 카디건을 솜씨도 좋게 벗어 벽을 향해 내던졌다. 하얀 원피스 차림이 된 사쿠라이는 침대에 착지할 때마다 옷자락이 올라가 팬티가 보이는 것도 아랑곳하지 않고 계속 폴짝폴짝 뛰었다. 정말로 즐거웠다.

서른 번쯤을 뛰고 둘 다 숨이 헉헉거릴 때, 사쿠라이가 나를 향해 다이빙을 했다. 공중에서 사쿠라이의 몸을 받아 안고 침대에 착지했다. 우리는 하아하아 숨을 쉬면서 침대 위에 선 채 서로를 마주보았다. 사쿠라이가 입술을 내 입술에 댔다. 서로 혀를 휘감으며 오랫동안 격한 키스를 했다. 도중에 몇 번인가 입술을 떼고 숨을 이은 뒤에 다시 입술을 맞댔다.

사쿠라이의 허리에 양손을 대고 엄지손가락을 위아래로 움직이자 사쿠라이는 입술을 떼고 내 가슴에 머리를 얹으며 진한 날숨을 흘렸다. 손을 서서히 밑으로 내려 원피스 자락을 잡고 천천히 위로 들어올렸다. 사쿠라이가 두 팔을 올려 만세 자세를 취했다. 단숨에 원피스를 벗겨 벽 쪽으로 내던졌다.

속옷차림의 사쿠라이가 내 와이셔츠 버튼을 잡았다. 하나하나 꼼꼼하게 풀어나갔다. 사쿠라이의 리드에 따라 셔츠와 탱크톱을 벗었다. 사쿠라이는 셔츠와 탱크톱을 침대 옆에 떨어뜨리고 내 바지 벨트에 손을 내밀었다.

"이건 내가 벗을게."

내가 말하자 사쿠라이는 킥킥킥 웃고 침대에서 뛰어내렸다. 그리고 벽을 향해 조명 스위치에 팔을 뻗어 불을 껐다. 돌아온 사쿠라이는 침대 가장자리에 앉아 브래지어를 풀었다.

나는 침대에서 내려와 어둠 속에서 바지와 양말을 벗었다. 트렁크를 어떻게 할까 망설였지만 우선은 벗지 않기로 했다. 침대 쪽으로 눈을 돌리자 사쿠라이가 천장을 향해 반듯하게 누워 있는 게 보였다. 어둠에 눈이 익숙해지고 있었다.

사쿠라이 옆에 몸을 눕히고 오른손 엄지로 얼굴 부분을 부드럽게 쓰다듬었다. 이마, 눈썹, 눈, 코, 뺨, 입술. 쓰다듬기를 마치자 이번에는 하나하나에 가볍게 키스했다. 사쿠라이는 규칙적으로 얕은 숨을 내쉬었다.

어깨를 잡고 천천히 돌려 엎드리게 했다. 우선 목덜미에 혀를 미끄러뜨리고 이따금 양쪽 귓불을 가볍게 깨물었다. 사쿠라이의 호흡이 불규칙적으로 거칠어지기 시작했다.

목덜미에서 입술을 떼고, 대신 왼손 엄지를 대고 부드럽게 상하좌우로 움직였다. 그리고 입술을 등의 우묵한 곳에 대고 혀를 내밀었다. 기름 맛이 났다. 식물성이 아닌 동물성 기름. 움푹한 곳을 따라 내려가자 사쿠라이의 몸이 이따금 흠칫흠칫 떨었다. 거친 호흡을 할 때마다 복부가 오르내리고 내 머리도 거기에 맞춰 오르내렸다.

만세를 하듯이 머리 위쪽으로 올리고 있던 사쿠라이의 오른손이 살금살금 침대 위를 기어 내려왔다. 다 내려온 손이 뭔가를 찾는 것처럼 여기저기로 움직였다. 내가 비어있는 오른손을 내밀자 놀랄 만큼 강한 힘으로 내 손을 잡아 다시 머리 쪽으로 올렸다. 사쿠라이는 얼굴을 옆으로 돌려 내 손을 힘껏 깨물었다. 아픔의 강도에 맞춰 나는 우묵한 곳에 댄 혀를 거칠게 움직였다. 오른쪽 손등에 격한 아픔과 거친 콧숨이 느껴졌다.

등의 우묵한 선에서 혀를 떼고 몸을 일으켜 왼손으로 사쿠라이의 어깨를 잡고 몸을 반듯하게 되돌렸다. 사쿠라이가 깨물고 있던 내 손을 놓아주면서 말했다.

"사랑해."

한순간 사쿠라이의 눈이 빨갛게 반짝이는 것처럼 보였다. 나는 눈앞에 누운 여자를, 이 발광체를 미쳐버릴 만큼 사랑하고 있었다. 그래서 더더욱 서로의 모든 것을 받아들이기 전에 말해두지 않으면 안 될 것이 있었다. 이 여자에게 뭔가를 감추고 싶지는 않았다.

나는 몸을 완전히 일으켜 침대 위에 정좌했다.

"왜 그래?"

사쿠라이가 물었다.

"아, 미안."

사쿠라이가 내 오른손을 놓았다. 나는 말을 이어갔다.

"꼭 말해야 할 게 있어."

사쿠라이는 양 팔꿈치를 세우고 천천히 몸을 일으켰다.

"뭔데?"

나는 사쿠라이에게 들키지 않게 심호흡을 한 뒤에 입을 열었다.

"여태껏 감춰둔 것이 있어."

"왜 그래, 갑자기?"

사쿠라이의 목소리에 불안이 듬뿍 담겼다.

"나 스스로는 별거 아니라고 생각하는데……."

"대체 뭔데?"

"음……."

차마 말을 꺼내지 못하고 있자 사쿠라이가 장난스럽게 말했다.

"혹시 전과가 있다든가?"

"몇 번 경찰서에 불려간 적은 있지만 아직 전과는 없어."

"오, 그렇구나." 사쿠라이가 말했다. "그러면 가족에 관한 거?"

"관계가 없다고는 할 수 없겠지."

"혹시 아버지가 전과자?"

"우리 아버지는 난폭하기는 해도 성실한 사람."

"그럼 어머니가?"

"장난하나?"

"저기 말이죠." 사쿠라이는 한숨을 내쉬고 뒤를 이었다. "이 상황에서 농담이라도 하지 않으면 엄청 어색해지지 않겠어요?"

"······그렇겠네."

"이제 슬슬 얘기하시지. 그리고 아까 그거 계속하자."

한순간, 아니, 아무것도 아냐, 자아, 그다음 계속하자, 라고 말하고 이 자리를 유야무야할까 생각했다. 하지만 이 기회를 놓친다면 두 번 다시 털어놓을 수 없을 것 같았다. 그래서 역시 얘기하기로 했다. 게다가 내가 무슨 말을 하든 사쿠라이는 분명 받아줄 것이라는 마음이 들었다. 그리고 이렇게 말해줄 것이다, 그게 대체 뭐라고? 됐으니까 그다음이나 계속하자.

나는 사쿠라이에게 들킬 만큼 심호흡을 한 뒤에 입을 열었다.

"나······나는, 일본인이 아니야."

그건 분명 10초 정도의 침묵이었을 텐데 내게는 몹시도 길게 느껴졌다.

"······무슨 말이야?"

사쿠라이가 물었다.

"말한 그대로야. 내 국적은 일본이 아니야."

"그럼 어딘데?"

"한국."

사쿠라이는 내 쪽으로 뻗고 있던 두 다리를 접어 무릎을 양팔로 껴안았다. 웅크린 몸이 몹시 작아보였다. 나는 뒤를 이어 말했다.

"하지만 중2 때까지는 북조선이었어. 앞으로 석 달 뒤에는 일본이 될지도 모르지. 일 년 뒤에는 미국이 될 수도 있고. 죽을 때는 노르웨이일지도."

"대체 무슨 소린지 모르겠네."

사쿠라이가 억양 없는 목소리로 말했다. 심장 박동이 빠르게 뛰기 시작했다. 나는 말을 계속했다.

"국적 따위, 의미 없다는 얘기야."

침묵. 침묵. 침묵. 침묵.

마침내 사쿠라이의 입이 열렸다.

"일본에서 태어나고 일본에서 자란 거야?"

나는 고개를 끄덕였다.

"너와 대략 같은 공기를 마시고 대략 같은 음식을 먹고 자랐어. 하지만 교육은 달라. 나는 중학교까지 조선학교를 다녔어. 거기서 조선어 등을 배웠어."

거기까지 말하고 그다음은 장난스러운 톤으로 이어갔다.

"실은 내가 바이링구얼, 즉 이중언어자야. 근데 일본에서는 영어 하는 사람만 이중언어자라고 하는 분위기지? 나는 올림픽 경기 때 일본과 한국, 양쪽 다 응원할 수 있어. 대단하지 않아?"

사쿠라이는 피식하고도 웃지 않았다. 무표정하게 나를 보고 있었다. 무서울 정도의 침묵. 심장 박동이 더욱더 빨라졌다. 예전에 처음으로 나이프가 나를 겨눴을 때보다도 더 빠르게 뛰었다. 뭐든 말해야 할 사항을 필사적으로 찾아보았다. 찾아지지 않았다. 지독한 초조감이 우선 등을 덮치고 이윽고 온몸에 퍼져 내 몸을 무겁게 가라앉혔다. 나는 천천히 사쿠라이 쪽으로 손을 내밀었다. 사쿠라이의 몸이 움찔 떨렸다. 내 손은 허공에 뜬 채 멈춰버렸다. 내 뇌는 움직여, 라고 명령하는데도. 나는 손을 내리면서 물었다.

"왜?"

사쿠라이는 뭔가 차마 말하지 못하는 기색으로 몇 번인가 입을 살짝 벌렸다가 다물었다. 그게 어떤 말이 됐든 나는 아무튼 사쿠라이의 목소리를 듣고 싶었다. "왜?"라고 다시 한 번 부드럽게 그다음 말을 재촉했다. 사쿠라이가 눈을 숙이고 말했다.

"아버지가……어릴 때부터 아버지가……한국이나 중국 남자를 사귀면 안 된다고 했어."

나는 그 말을 가까스로 내 몸 안에 받아들인 뒤에 물었다.

"그거, 뭔가 이유가 있어?"

사쿠라이가 침묵해버렸기 때문에 나는 계속했다.

"혹시 예전에 아버지가 한국이나 중국 사람에게 몹쓸 짓을 당했다거나? 하지만 만일 그렇다고 해도 몹쓸 짓을 한 건 내가 아니야. 독일인 모두가 유태인을 죽인 게 아니었던 것처럼."

"그런 얘기가 아니야."

사쿠라이는 가느다란 목소리로 말했다.

"그러면?"

"……아버지는 한국이나 중국 사람은……피가 더럽다고 했어."

충격은 없었다. 그건 단순히 무지와 무교양과 편견과 차별에 의해 내뱉어진 말이었기 때문이다. 그런 어처구니없는 말을 부정하는 것은 매우 간단하다. 나는 말했다.

"너는, 사쿠라이는 너는, 어떻게 이 사람은 일본인, 이 사람은 한국인, 이 사람은 중국인이라고 구별해?"

"어떻게냐니……."

"국적으로? 아까도 말했듯이 국적 따위는 금세 바꿀 수 있어."

"태어난 곳이라든가 사용하는 언어라든가……."

"그러면 부모의 직장을 따라 외국에서 태어나 거기서 자랐고 외국 국적을 가진 아이들은? 그들은 일본인이 아닌가?"

"부모가 일본인이라면 아이들도 일본인이지."

"한 마디로, 어느 나라 사람이냐는 것은 뿌리의 문제겠네? 그렇다면 묻겠는데, 뿌리는 어디까지 거슬러 올라가? 혹시 너의 증조할아버지에게 중국인의 피가 섞였다면 너는 일본인이 아닌 게 되나?"

"……."

"그래도 역시 일본인? 일본에서 태어나 자랐고 일본어로 말하니까? 그렇다면 나도 일본인이라는 얘기가 되잖아."

"……우리 증조할아버지에게 중국인의 피가 섞였다니, 있을 수 없는 일이야."

사쿠라이는 납득할 수 없는 논리라는 듯한 표정이었다.

"아니, 넌 잘못 알고 있어." 약간 강한 어조로 말했다. "너의 '사쿠라이'라는 성씨는 원래 중국에서 일본에 건너온 사람에게 붙여진 거야. 그건 헤이안 시대에 편집된 [신찬 성씨록(新撰姓氏録)]에 분명하게 실려 있어."

"……옛날 사람들은 성씨 같은 건 없었고 나중에 적당히 붙였다는 말이 있잖아. 그러니까 우리 선조가 중국 쪽 사람이라는 건 확실하지 않은 얘기야."

"그래, 그 말도 맞아. 선조가 사쿠라이가에 양자로 들어왔을 가능성도 있고. 그렇다면 좀 더 거슬러 올라가보자. 너희 가족은 술을 못 마시지?"

사쿠라이는 살짝 고개를 끄덕였다. 나는 설명을 이어갔다.

"현재 일본인의 직접 선조로 여겨지는 죠몬인은 술을 못 마시는 사람은 한 명도 없었어. 이건 DNA 조사로 밝혀진 거야. 아니, 그보다 옛날 몽골로이드들은 전원이 술을 잘 마셨어. 그런데 약 2만5천 년 전, 중국 북부에서 돌연변이 유전자를 가진 인간이 태어났어. 그 사람은 태어나면서부터 술을 못 마시는 체질의 소유자였어. 그리고 언제쯤인지는 모르지만 그 사람의 자손이 야요이인(弥生人)으로 일본에 건너와 술을 못 마시는 유전자를 퍼뜨렸어. 즉 너는 그 유전자를 물려받은 거야. 중국에서 생겨난 유전자가 섞여 있는 너의 피는 더러워?"

침묵.

나는 꿈쩍도 하지 않고 사쿠라이의 대답을 기다렸다. 이윽고 길고 긴 한숨을 내쉬며 사쿠라이는 말했다.

"정말 별별 것을 다 알고 있네. 하지만 지금 그런 얘기가 아니잖아. 스기하라가 하는 말, 이론적으로는 이해하지만, 이건 어떻게도 할 수 없는 거야. 어쩐지 무서워……. 스기하라가 내 몸속에 들어온다고 생각하니까 어쩐지……."

빠르게 뛰던 심장 박동이 서서히 원래 속도로 돌아가고, 그와 동시에 방금 전까지 내 몸을 무겁게 했던 초조감이 사라졌다. 나는 사쿠라이보다 더 긴 한숨을 내쉬었다.

등을 돌려 침대를 내려왔다. 어둠 속에 허옇게 떠오른 탱크톱을 주워 입었다. 사쿠라이는 말했다.

"왜 지금까지 입 다물고 있었어? 별일 아니라고 생각했다면 얘기했어야지."

셔츠를 주워 소매에 팔을 꿰었다. 단추를 채웠다. 사쿠라이는 말을 이어갔다.

"너무해, 불쑥 그런 얘기를 꺼내서 일을 이 지경으로 만들고……."

바지보다 먼저 양말을 신으려고 찾아봤지만 눈에 띄지 않았다. 주저앉아 바닥을 손으로 더듬었다. 찾아지지 않았다. 난처해하는 참에 사쿠라이가 말했다.

"바지자락 속에 있을 거야, 아마."

나는 바지를 집어들고 밑자락에 손을 넣어보았다. 있었다. 사쿠라이가 말했다.

"남자들은 대부분 마음이 급해서 바지를 벗는 참에 양말도 함께 벗어. 그러니까 바지자락 속에 들어가서 못 찾는 거야."

바닥에 앉아 양말을 신었다. 한쪽 발을 다 신었을 때 사쿠라이가 말했다.

"아까 오랫동안 통화한 거, 언니였어. 언니에게 스기하라와 호텔에 간다고 말했더니 양말 얘기, 가르쳐줬어. 만일 스기하라가 양말을 못 찾으면 알려주라고. 그러면 앞으로 스기하라와의 관계에서 내내 주도권을 쥘 수 있다면서. 첫 섹스 때 여유

있게 나가지 않으면 상대방에게 만만하게 보이는 거라고."

또 한쪽 양말도 다 신었다. 바지를 집어들고 일어섰다. 한쪽
다리를 넣었을 때, 사쿠라이가 말했다.

"나, 처음이었어……. 그러잖아도 무서웠단 말이야."

바지를 다 입었다. 바지주머니에 들어있던 키를 꺼내 침대 옆
사이드테이블에 올려놓았다. 사쿠라이는 말했다.

"뭔가 말 좀 해봐……."

문으로 걸어가는 내 등짝에 사쿠라이가 말을 내던졌다.

"내 아래 이름은 '츠바키'야. 한자로 동백나무 '춘(椿)'. 벚나무
와 동백나무가 함께 들어 있는 이름이라니, 너무 일본인 같아
서 알려주기 싫었어."

문 손잡이를 잡았다. 잠시 망설이다가 뒤돌아보며 말했다.

"내 진짜 이름은 '이'야. 이소룡의 '이(李)'. 너무 외국인 같아서
이런 식으로 너를 잃을까봐 알려줄 수 없었어."

문을 열고 복도로 나왔다. 나올 때 사쿠라이의 목소리가 들린
것 같았지만 무슨 말을 했는지는 알아듣지 못했다.

프런트로 내려가자 아까 그 젊은 담당자가 아직 그 자리에 있
다가 나의 출현에 약간 의아한 시선을 던졌다. 호텔비를 계산
하고 나 혼자 먼저 체크아웃하겠다고 얘기했다. 의아해하는 기
색이 더 짙어지려나 했는데 그렇지는 않았다. 평소에 단단히

훈련을 받은 것이리라.

"전망은 어떠셨습니까?"

요금을 낸 뒤, 프런트 담당에게서 그런 질문을 받았다. 그러
고 보니 멋진 전망을 내다보는 것도 잊고 있었다. 최고였어요,
라고 거짓말을 하자 프런트 담당은 고맙습니다, 라고 예의바른
웃음을 지으며 깊숙이 인사를 했다.

지하철이 아직 운행 중이었지만 집까지 걸어가기로 했다.

JR 선로를 따라 도쿄 방면으로 향했다. 도쿄역에 도착했을
때, 교복 상의를 깜빡 잊고 온 것을 알았다. 10월의 쌀쌀한 밤
이었다.

도쿄역을 그대로 지나쳐 변함없이 선로를 따라 간다를 향해
걸었다. 간다역 앞 편의점에 들러 담배와 백 엔짜리 라이터를
샀다. 젊은 점원이 내 차림새를 보고 한순간 뭔가 말하려고 입
을 열었지만 스윽 째려봤더니 뭐, 됐다, 라고 포기한 얼굴로 담
배를 내주었다.

만 4년만의 담배였다. 피우자마자 켁켁거렸지만 곧바로 왕년
의 감각을 되찾아 우에노에 도착할 때까지 한 갑을 다 피웠다.
우에노의 첫 번째 편의점에서는 판매 거부를 당했고 두 번째 편
의점에서는 살 수 있었다. 이번에는 혹시나 해서 두 갑을 샀다.

담배를 피우거나 노래를 흥얼거리고 가드레일 위에 올라가 외줄타기 하듯이 건너가면서 쾌조의 페이스로 계속 걸었다. 니시닛포리역에 도착했을 즈음에 오전 3시를 지났다. 집까지는 조금만 더 가면 된다. 오전 4시 넘어 드디어 하쿠산에 있는 집 근처에 도착했다. 완전히 인적이 끊긴 주택가를 나의 집을 향해 걷고 있으려니 앞쪽에서 자전거 라이트가 다가오는 게 보였다. 나는 깊은 한숨을 내쉬었다. 자전거가 다가오는 속도감만으로도 어떤 종류의 인간이 탔는지 알 수 있었다. '그들'과는 정말로 해묵은 관계인 것이다. 그리고 보니 레이먼드 챈들러의 [기나긴 이별]에서 필립 말로가 말했었다.

'경관에게 안녕을 고하는 방법은 아직 발견되지 않았다.'

바지주머니에 있는 담배와 라이터를 어떻게 할까 망설였다. 중1 때 불심검문을 받아 소지품 조사를 당한 적이 있었다. 담배를 피우려고 넣어둔 성냥 때문에 하마터면 그 무렵 빈발했던 방화범으로 몰릴 뻔했다. 참고로, 그때 "이 성냥은 뭐야!"라고 추궁하는 경관에게 잇큐[*] 못지않은 재치를 발휘해 "제가 난로 당번입니다"라고 대답했다. 그 재치가 경관의 비위를 거슬러

---

[*] 一休. 무로마치 중기의 임제종 승려로, 어려서부터 재치가 뛰어나 수많은 기행의 일화를 남겼다

파출소로 끌려가 연쇄 방화범으로 내몰릴 뻔했지만.

인도 옆에 버릴까 하다가 몰래 부스럭거리는 것도 싫어서 그대로 넣어두었다. 내 모습을 포착한 자전거 탑승자가 속도를 높여 내 쪽으로 달려왔다. 이따금 자전거 라이트가 눈을 찌를 듯이 정면으로 비쳤다.

"이봐, 이런 시간에 웬일이야?"

젊은 경관은 자전거에서 내리면서 물었다. 얼굴에 짙은 의심의 기색과 사냥감을 마주한 포식동물의 잔인함이 떠올랐다. 나는 나중 일을 고려해 자연스러운 동작으로 걸음을 옮겨 젊은 경관이 세워둔 자전거 옆에 붙어 섰다.

"친구와 놀다가 지하철이 끊겨서 여기까지 걸어왔습니다."

씩씩한 목소리로 대답했다.

"어디서부터 걸어왔는데?"

내가 "유라쿠초에서부터 걸어왔습니다"라고 사실대로 대답하자 젊은 경관은 "어휴, 저런. 고생했네"라고 그야말로 노고를 위로하는 기색으로 고개를 끄덕였다. 보통 이쯤에서 "그럼 조심해서 들어가"라는 식으로 일이 풀렸어야 하는데 상대도 역시나 프로였다. 내게 남겨진 중학교 시절의 불량한 냄새를 맡았는지 으레 하는 질문으로 옮겨갔다.

"집은 어디야?"

젊은 경관이 엄격한 얼굴로 물었다.

이를테면 여기서 내가 주소를 말한다고 치자. 젊은 경관은 무선으로 파출소에 연락을 취하고 동료 경관은 주민등록표로 내가 사실대로 말했는지 확인할 것이다. 그 참에 내가 '재일한국인'이라는 것도 알게 된다. 그걸 젊은 경관에게 전달한다. 젊은 경관은 다시 내게 물을 것이다.

"외국인등록증, 갖고 있나?"

일본에는 외국인등록법이라는, '일본에 재류하는 외국인'을 관리하기 위한 법률이 있다. 관리라고 하면 얼핏 듣기는 그럴싸하지만, 한 마디로 '외국인은 나쁜 짓을 할 테니까 목걸이를 채워두자'라는 발상의 법률이다. 나는 일본에서 태어나 일본에서 자랐지만, '일본에 재류하는 외국인'이기 때문에 의무적으로 등록을 해야 하고, 당연하지만 그 증명서도 갖고 있다. 그 '외국인등록증'은 항상 소지하고 다니지 않으면 안 된다는 규칙이 있어서 위반하면 경우에 따라서는 '1년 이하의 징역이나 금고, 또는 20만 엔 이하의 벌금형'이 부과된다. 한 마디로 목걸이를 풀어버린 놈에게는 징계가 주어진다는 얘기다. 나는 국가라는 울타리 안의 가축은 아니기 때문에 목걸이는 차고 다니지 않는다. 앞으로도 차고 다닐 생각은 없다.

어쨌거나 나는 중죄를 범한 채 젊은 경관 앞에 서있었다.

"왜 그래? 어째 대답이 없어?"

젊은 경관이 빈정거리는 투로 대답을 재촉했다.

답답하고 짜증나고 성가셨다. 필립 말로라면 이런 상황에서 그럴싸한 입담으로 대충 빠져나갔겠지만, 나는 챈들러의 필립 말로라기보다 대실 해밋의 [콘티넨털 오프] 쪽이라서 일단 때려눕히고 도망치기로 했다.

잽싸고 낭비 없는 동작으로 젊은 경관의 목젖을 오른쪽 손바닥으로 밀어붙이듯이 쳤다. 젊은 경관은 컥 하는 소리를 올리며 휘청거렸다. 바로 뒤에 자전거가 있어서 뒤로 쏠리는 몸을 바로 세우지 못한 채 자전거 안장에 올라타듯이 넘어졌다. 젊은 경관의 체중에 눌려 자전거는 그의 몸을 실은 채 옆으로 자빠졌다.

내가 계산했던 대로였다. 그가 휘청거리는 순간에 나는 벌써 뛰기 시작했다. 태세를 정비하고 쫓아오기 전에 어떻게든 내빼버릴 작정이었다. 자신은 있었다. 경관과 달리기 경주를 하는 데는 익숙해졌다.

등 뒤에서 자전거가 와장창 넘어지는 소리가 들렸다. 하지만 뒤를 이어 예상 밖의 소리가 났다. 털퍼덕. 뛰는 속도를 떨구며 돌아보니 젊은 경관이 옆으로 자빠진 자전거 위에 큰 대 자로 누운 채 꿈쩍도 안 하는 게 보였다. 경찰모가 벗겨져 머리가 그대로 드러났다. 발을 멈췄다. 아무리 봐도 연기로는 보이지 않았다. 심호흡에 한숨을 섞으며 이제 어떻게 해야 할지 생각했다. 일단 젊은 경관의 상태를 살펴보러 다시 돌아가기로 했다.

옆에 쪼그리고 앉아 오른쪽 손바닥은 경관의 코 위에, 왼쪽 손바닥은 경동맥에 대보았다. 오른쪽에서는 규칙적인 호흡이, 왼쪽에서는 약간 급하긴 해도 규칙적인 맥박이 감지되었다. 후두부를 더듬었다. 출혈은 없었다. 주위를 둘러보았다. 여전히 인기척은 없었다. 이대로 도망칠까도 생각했지만 젊은 경관의 허리에 찬 권총이 눈에 들어왔다. 오늘의 내 운세를 보면 일이 귀찮게 풀릴 가능성이 다분했다. 다시 긴 한숨을 내쉬며 옆에 떨어진 경찰모를 집어들고 일어섰다.

근처 임대주차장 안쪽의 빈 공간으로 젊은 경관을 질질 끌다시피 데려갔다. 벽 쪽으로 그를 눕혔다. 자전거도 주차장으로 끌고 왔다. 그다음은 젊은 경관의 의식이 돌아오기를 기다리는 것뿐이었기 때문에 그 틈을 이용해 한 대 피우기로 했다. 벽에 등짝을 대고 바닥에 앉아 담배에 불을 붙였다. 연기를 들이마시고 토해냈다. 멀리서 작은 새의 지저귐이 들려오는 듯한 느낌이 들었다. 새벽이 가까워졌는지도 모른다.

한 대 다 피웠을 때, 젊은 경관이 눈을 떴다. 잠시 그대로 누운 채 눈알을 데굴데굴 굴리며 상황을 파악하려 애쓰고 있었다. 몇 번 나와 눈이 마주쳤다. 나는 미소를 건넸다.

내가 두 번째 담배에 불을 붙이자 젊은 경관은 상반신을 일으키고 일단은, 이라는 손놀림으로 몸 여기저기를 더듬으며 없어진 게 없는지 살펴보았다.

"권총 탄알, 한 발만 빼냈습니다."

내가 말하자 젊은 경관은 쓴웃음을 지었다. 몸을 움직여 내 옆으로 이동하더니 벽에 등을 기대고 앉았다.

"나도 한 개비 줘."

젊은 경관이 말했다. 담배 갑째 건넸다. 그는 한 개비를 뽑아 입에 물었다. 나는 라이터를 담배에 가까이 대고 불을 켰다. 젊은 경관이 머리를 슬쩍 움직여 불에 댔다. 연기를 깊이 들이쉬고 토해낸 뒤에 그가 말했다.

"내가 아무래도 소질이 없다니까, 이 직업."

말없이 젊은 경관의 얼굴을 보았다. 그가 말을 이어갔다.

"내가 체육대학을 나왔는데, 경찰에 들어온 건 달리 취직할 데를 못 찾았기 때문이야. 어쩔 수 없이, 라는 느낌으로 들어왔어. 그러니 아무래도 업무에 힘이 실리지를 않아. 아까처럼 맥없이 당하기나 하고. 원래 핸드볼만 했던 사람이라서 격투기 쪽으로는 영 맥을 못 추는데……."

"아까 그건 피할 방법이 없어요." 나는 말했다. "지금까지 그걸 피한 사람, 한 명도 없었습니다. 그게 미국 군대에서 접근전 용으로 가르치는 기술이거든요."

"정말?"

나는 고개를 끄덕이며 말했다.

"그러니까 신경 쓰실 거 없어요."

젊은 경관은 그렇구나, 라고 말하고 안도한 듯이 피식 웃었다.

그러고는 한참동안 젊은 경관의 하소연을 들었다. 선배에게 갑질을 당하고 있다, 출세할 길이 묘연하다, 여자친구가 생기지 않는다, 라는 등의 얘기였다. 그리고 나는 어느 샌가 사쿠라이와 호텔에서 있었던 일을 처음부터 끝까지 젊은 경관에게 털어놓고 있었다. 그는 진지한 표정으로 귀를 기울여주었다. 얘기가 끝나자, 나라면 아무 말 않고 해버렸을 텐데, 일단 해버린 뒤에 생각했을 텐데, 너는 참 훌륭하다, 잘도 참았구나, 라고 말해주었다. 그리고 뒤를 이어 물었다.

"그 여학생, 연예인 중에 누구 닮았어?"

내가 잠깐 생각해본 뒤, 글쎄요, 딱히 맞는 사람이 없는데요, 라고 대답하자 젊은 경관은, 하긴 그런 거 콕 짚어내기 힘들지, 상상력에 제동이 걸려버리거든, 이라는 뭔지 모를 소리를 했다.

"무섭다고 하더라고요." 나는 말했다. "솔직히 엄청 충격 받았어요."

"응, 이해할 것도 같다." 젊은 경관은 네 번째 담배에 불을 붙이고 저 먼 곳을 응시하며 말했다. "나는 재수 없다는 말을 들은 적이 있어."

"그건 좀 심했네요."

"지금도 그 일만 떠오르면 울고 싶어질 때가 있어……."

"빨리 잊어버리는 게 좋죠, 그딴 거."

"그럼 넌 오늘밤 일, 금세 잊을 수 있어?"

나는 고개를 가로저었다.

"그렇지?"라고 젊은 경관이 말했다.

"진짜 좋아했는데……."

"나도야." 젊은 경관은 연기를 입과 코로 토해냈다. "하긴 뭐, 내 경우에는 사귀기도 전에 걷어차였지."

나는 새 담배에 불을 붙이고 깊이 들이쉬고 토해낸 뒤에 말했다.

"지금까지 어떤 차별을 받아도 전혀 아무렇지도 않았어요. 차별하는 놈 따위, 대개는 무슨 말을 해도 알아먹지 못하는 놈이니까 실컷 두들겨 패주면 되고, 싸움이라면 지지 않을 자신이 있었으니까 아무 문제도 없었죠. 아마 앞으로도 그런 놈들에게 차별을 받는다면 아무렇지도 않을 거예요."

나는 다시 담배 연기를 들이쉬고 토해냈다.

"근데 여자친구를 만난 뒤로 부쩍 차별이 무서워졌습니다. 그런 거, 처음이었어요. 내가 여태까지 진짜로 소중한 일본인을 만난 적이 없었던 거예요. 그것도 엄청나게 내 취향의 여자를. 그러니 애초에 어떻게 사귀어야 할지도 모르고, 게다가 내 정체를 털어놓았는데 나를 싫어하면 어떻게 해야 좋을지 몰라서 내내 털어놓을 수가 없었어요. 그녀는 사람을 차별하는 여자가 아니라고 생각하면서도. 하지만 결국 그녀를 믿지 않았던 거예요……. 이따금 내 피부색이 초록색이나 뭔가 다른 색이면 좋겠다는 생각이 들어요. 그랬다면 다가올 놈은 다가올 것이고 다가오지 않을 놈은 다가오지 않고, 단박에 판명이 되잖아요."

둘 다 입을 꾹 다물고 담배를 재로 만들었다. 새 담배를 손에 들면서 젊은 경관이 말했다.

"우리 대학 3년 선배 중에 김상이라는 재일조선인이 있었는데 다들 '공포의 김상'이라고 했어. 축구부 소속이었는데 거기서 달리기도 가장 빠르고 주먹도 세서 한 번은 차별한 가라테부 놈들을 인정사정 볼 것 없이 때려눕혔어. 그 뒤로 '공포의 김상'이라는 별명이 붙은 거야. 내가 우연히 그 싸움을 목격했는데, 야아, 진짜 굉장했다. 동작에 그야말로 한 치의 낭비도 없어. 예술적이라는 거, 그런 걸 두고 하는 말일 거야. 아무튼 저자는 인간이 아니다, 라는 생각이 들더라니까. 어퍼컷을 맞은 놈은 아예 공중에 붕 떠버렸어. 지금도 내 뇌리에 찍혀 있어. 그 모습을 본 뒤로 내가 진짜 김상을 동경했어. 말로 표현은 못하겠는데, 아무튼 김상이 재일이든 뭐든 상관없이 말이지, 너무 존경스럽더라."

젊은 경관은 "응, 그건 진짜 굉장했어"라고 자신의 말에 몇 번이나 고개를 끄덕이며 담배에 불을 붙였다. 나는 '공포의 김상'으로 짐작되는 이름을 젊은 경관에게 말했다. 그는 깜짝 놀라서 "어떻게 알아?"라고 물었다. 나는 '공포의 김상'이 내가 중2 때 우리 학교에 새로 부임한 체육교사라는 것, 여전히 학생들에게 '공포의 김상'으로 불리며 아이들을 두려움에 떨게 한다는 것을 얘기했다.

"내 친구 중에 수학이라면 질색을 하는 놈이 있었어요. 구구단도 아슬아슬할 정도로. 그러니 중학교 수학 수업은 전혀 따라갈 수가 없었죠. 그 친구가 한겨울에 오래달리기 수업을 땡땡이치고 교실 난로 앞에서 꾸벅꾸벅 졸고 있는데 거기에 '공포의 김상'이 나타났습니다."

젊은 경관은 흥미로운 듯 귀를 기울였다.

"'공포의 김상'은 성큼성큼 녀석에게 다가가 아직 졸고 있는 놈의 멱살을 흔들어 깨운 뒤에 목이 날아가나 싶을 만큼 왕복 귀싸대기를 먹였어요. 그 뒤로 그 친구, 수학이 특기 과목이 됐습니다."

젊은 경관은 놀란 듯 입으로 연기를 토해내면서 "뭔 소리야, 그게?"라고 물었다. 나는 말을 이어갔다.

"왕복 귀싸대기를 맞은 뒤로 심한 두통이 와서 그 친구가 병원에 갔습니다. 그랬더니 뇌파가 흔들렸다는 결과가 나왔어요."

"그래, 김상의 귀싸대기라면 그럴 만도 하지."

젊은 경관이 실감을 담아 중얼거렸다.

"두통은 일주일 만에 다 나았는데 그 대신 여태까지 풀지 못했던 연립방정식이며 도형 문제가 술술 풀린다는 거예요. 사구는 이십팔, 이라고 했던 수준의 친구가."

"헉, 진짜?"

"진짜죠." 나는 딱 잘라 말했다. "그때부터 중학 수학은 물론이고 고교 수준의 문제까지 척척 풀어서 '개교 이래 천재'로 불리게 됐습니다. 지금은 고교에서 '페르마의 정리'에 도전하고 있다던데요."

"그 '페르마의 정리'는 이차함수보다 더 대단한 건가?"

젊은 경관이 물었다.

"청소년야구와 프로야구 정도의 차이죠."

젊은 경관은 커허, 하고 감탄한 듯 고개를 끄덕였다.

"그렇다면 그 녀석에게 김상은 큰 은인이네."

그런가……?

"이제 슬슬 가봐야지, 안 그러면 혼나겠다."

젊은 경관이 담배를 끄고 경찰모를 집어들고 일어섰다. 나도 따라서 자리를 털고 일어섰다. 젊은 경관은 내 어깨를 두드리고 수줍은 웃음을 지으며 말했다.

"너도 '공포의 김상'처럼 되어야지. 그러면 여자 따위, 얼마든지 몰려와."

나는 머리를 숙이며 "아까는 죄송했습니다"라고 사과했다. 젊은 경관은 입을 내 귀에 바짝 대고 "그건 우리 둘만의 비밀이야, 알지?"라고 말했다. 나는 웃으면서 고개를 끄덕였다. 젊은 경관도 겸연쩍은 듯 미소를 지었다.

집에 들어가보니 아버지가 잠도 안 자고 내가 돌아오기를 기다리고 있었다.

"뭐하고 다니는 거야?"

아버지가 물었다. 나는 사쿠라이 얘기는 생략하고, 경관을 때려눕혔고 그걸 계기로 친해졌다고 대답했다. 아버지는 깊은 한숨을 내쉬며 "뭐, 됐다, 됐어"라고 중얼거렸다. 그러고는 물었다.

"괜찮냐?"

나는 고개를 끄덕였다.

가볍게 샤워를 하고 내 방으로 돌아왔다. 정일이에게서 빌려
놓고 읽지 못한 소설이며 시집이며 화집이며 사진집이며 CD
를 책상에 쌓아올렸다. 책은 도합 34권, CD는 16장이었다. 정
일이가 좋아했던 슈베르트의 〈겨울 여행〉을 낮은 볼륨으로 걸
어놓고 모든 책을 대략 읽어나갔다.

랭스턴 휴스의 시집을 읽다가 책장 사이에 메모지가 붙어 있
는 것을 발견했다. 그 페이지에는 '조언'이라는 짧은 시가 실려
있었다. 그 시를 여기에는 적지 않겠다. 아무도 알지 못하는 동
안에는 그 시는 나만의 것이다. 아니, 다들 알게 되어도 나만의
것이다.

책을 모조리 훑어보고 나자 날이 완전히 밝아서 학교에 갈 준
비를 하지 않으면 안 될 시간이었다. 잠시 망설인 끝에 학교를
땡땡이치기로 했다. 그렇게 마음을 정하고 곧장 나는 울었다.
책상 위에 이마를 얹고 한 시간 가까이 울었다. 울어본 것은 정
말 오랜만이었다.

침대에 들어가 잠속으로 떨어지기 전에 가슴속으로 정일이
에게 잘 자라, 라고 인사를 건넸다.

잘 자라……

6

정일이의 장례식날 밤 이후로 사쿠라이에게서는 아무 연락도 없었다. 나도 연락하지 않았다.

정일이의 장례식 일주일 뒤의 어느 날 밤, 가토에게서 전화가 왔다.

"오랜만이다." 가토의 목소리는 힘이 없었다. "잘 지냈냐?"

"응, 그보다 너, 왜 학교에 안 나와?"

가토는 한 달 가까이 등교하지 않았다.

"아직 소문이 퍼지지 않은 모양이네."

"무슨 일 있었어?"

"경찰에 잡혀갔었어."

"뭘 했는데?"

"L 매매."

"이런 바보."

"맞아, 바보."

"그래서?"

"가정재판소까지 넘어갔는데 가까스로 보호관찰로 끝났어. 요즘 주말 데이트 상대는 보호관찰관 아저씨야. 근데 또 이 아저씨가 무척이나 사랑스럽네? 머지않아 약혼할지도."

"이런 바보."

"맞아, 바보."

"앞으로 어떻게 할 거냐고."

"학교 쪽은 퇴학 처리됐고, 아버지는 펄펄 뛰고. 내가 아주 착한 아이인 줄 알았던 모양이야. 뭐, 그렇게 돼서 한동안 절의 스님처럼 살면서 여기저기 비위나 맞춰야 해."

"그래, 착실히 정진 수행해라."

"그나저나 설녀 쪽은 어떻게 됐어?"

"녹아서 사라져버렸다."

"틀어진 거야?"

"글쎄 그렇다니까."

"흠……. 너, 앞으로의 계획은 정했냐?"

"대학 시험 치려고."

"웬일이냐, 갑자기?"

"친우의 유언이야."

"그건 또 뭔 소리야?"

"언젠가 얘기할게. 뭐, 요즘 입시공부인지 뭔지를 필사적으로 하고 있다."

"너라면 합격하지."

"그런가?"

"틀림없어. 근데 기왕 시험 치는 거, 엄청 좋은 대학으로 해라. 나 대신 높은 곳의 공기를 마셔다오."

"어차피 거기도 희박하고 더러운 공기일걸."

"딱 좋네. 너, 그런 거 익숙하잖아."

우리는 동시에 짧은 웃음소리를 올렸다.

"조만간 한번 보러 갈게."

"아니, 사양한다."

가토가 딱 잘라 말했다.

"왜?"

잠시 침묵한 뒤, 가토는 말했다.

"당분간 너 안 만날 생각이야. 지난번 클럽에서의 사건 이후로 나도 나름대로 모자란 머리로 이래저래 고민한 끝에 그렇게 결심했어. 지금까지 주위에 빌붙어서 나란 인간, 진짜 어중간하고 폼이 안 나는 놈이었더라고. 네가 고바야시를 때려눕히러 플로어로 내려가는 뒷모습을 봤을 때, 그걸 깨달았네. 아, 이대로는 평생 저놈 뒤꿈치도 못 따라가겠다, 라고 말이지. 너처럼 제 발로 단단히 일어서서 맞장을 뜰 정도가 될 때까지 너하고는 만나지 않기로 정했다."

"내가 무슨 대단한 사람도 아니고……."

"너는 그게 일상인지도 모르지. 근데 나한테는 다르게 보였어. 나도 이제 야쿠자 아들이라는 것만으로는 안 돼. 그것만으로는 부족해. 그것만으로는 너를 따라잡을 수 없어. 뭔가 찾아내려고 나도 필사적이야. 여간 힘든 게 아니다, 일본인으로 사는 것도."

가토는 말을 마치고는 에헤헤 웃었다. 나는 말했다.

"엄청 좋은 대학, 합격하면 연락할게. 몇 년이 걸릴지는 모르지만."

"좋지, 그때는 내가 엄청 큰 파티 열어줄게."

"아버님께도 인사 전해줘."

"알았다."

내가 "자, 그럼"이라고 말하자 가토는 "또 보자"라고 말하고 전화를 끊었다.

11월 들어 새로운 도전자가 내 앞에 나타났다. 내가 가토라는 백그라운드를 잃고 기가 꺾였을 거라고 착각한 2학년생이었다. 1분 만에 처리했다. 최단기록이었다. 그리하여 나는 '25전 무패의 사나이'가 되었다. 나는 언제까지 이렇게 계속 싸우지 않으면 안 되는 걸까.

가토가 사라지자 얘기할 사람마저 없어져서 오로지 입시공부에 몰두했다. 쉬는 시간이나 점심시간도 공부하는 데 썼다. 학교가 끝나면 곧장 집으로 돌아와 평소대로 트레이닝과 기타 연습을 하고 새벽까지 공부했다. 아참, 그렇지. 잠시 숨도 돌릴 겸 스페인어 공부도 시작했다. 우노, 도스, 트레스, 콰트로. 부에노스 디아스. 무챠스 그라시아스. 아디오스. 아스타 라 비스타……

부부싸움 끝에 어머니가 또 가출을 했다. 이번 싸움의 원인은 어머니가 운전면허를 따겠다고 나섰기 때문이었다. 뭐, 잘들 해보시죠.

비가 자주 내렸다. 때때로 우울하게 울리는 빗소리를 들으며 입시공부에 매진했다.

11월 하순, 비가 내리는 어느 날 점심시간에 한 번도 본 적이 없는 놈이 내 책상 앞으로 다가왔다. 갤러리들의 얘기소리가 뚝 끊기고 내 책상 주위에 있던 자들은 모두 교실 구석 쪽으로 피신했다. 나는 읽고 있던 고전 참고서를 덮고 일단 전투태세를 갖췄다. 그자는 적의가 없다는 것을 보여주듯이 희미한 웃음을 입가에 내보였다.

"잠깐 얘기 좀 해도 될까?"

부드러운 목소리였다. 은테안경을 끼고 있었다. 안경을 쓴 채로 싸움을 걸어오는 놈은 상당한 달인이다. 그는 아무리 봐도 달인으로는 보이지 않았다.

내가 고개를 끄덕이자 그는 비어있는 내 앞자리의 의자를 이쪽으로 돌려놓고 앉았다. 갤러리들의 말소리가 되돌아왔다.

"나는 미야모토라고 하는데, 모르지?"

나는 솔직히 고개를 끄덕였다. 미야모토는 역시, 라면서 상쾌하게 웃고는 말을 이어갔다.

"일단 너하고 3년 동안 같은 학년이었어."

"무슨 일이냐?"

나는 물었다. 미야모토의 얼굴에서 웃음기가 사라졌다. 티나지 않게 눈을 굴려 주위를 살펴본 뒤에 억양 없는 목소리로 말했다.

"실은 나, 너하고 같은 '재일'이야."

미야마토는 내게서 뭔가 반응이 나오기를 기다렸다. 아마도 호의적인 것을. 나는 아무 반응도 내보이지 않았다. 미야모토는 어렴풋이 낙담의 기색을 드러냈다.

"너와는 달리 내내 일본의 의무교육을 받았기 때문에 한국어도 모르고 한국 역사나 문화에 대해서도 잘 몰라. 하지만 나는 '한국인'이야. 신기하지? 그렇게 생각하지 않아?"

말없이 미야모토의 얼굴을 쳐다보았다. 그는 아랑곳하지 않고 말을 이어갔다.

"만일 내가 미국에서 태어났다면 나는 '한국계 미국인'의 지위가 주어지고 동시에 미국 국민으로서의 모든 권리도 주어졌을 거야. 제대로 인간 대접을 받았을 거라고. 하지만 이 나라는 달라. 내가 다른 어떤 일본인보다 모범적인 사람이 되어도 국적을 한국으로 유지하면 결코 제대로 인간 대접을 해주지 않아. 외국 국적으로는 스모의 오야카타도 못 되는 것처럼 말이지. 동화하느냐 배척하느냐. 이 나라에서는 그 두 가지 선택밖에 없어."

"그럼 국적을 일본으로 바꾸면 되잖아."

나는 말했다. 미야모토는 노골적으로 낙담한 기색을 얼굴에 떠올렸다.

"이 나라에 패배를 인정하라는 거야?"

"패배라니, 그게 뭐지? 구체적으로 무엇과 싸우고 있는데? 게다가 너의 민족에 대한 마음인지 뭔지는 국적을 바꾸면 없어져버리냐?"

미야모토는 한숨을 내쉬며 말했다.

"시간이 없어서 오늘은 찾아온 용건만 말할게. 내가 요즘 젊은 '재일' 친구들을 규합해 어떤 그룹을 만들려 하고 있어. 그 그룹에는 북조선이니 한국이니 조총련이니 민단이니, 그런 구별은 일절 없어. '재일'의 권리를 위해 공부도 하고 활동도 해보자, 라는 그룹이야. 벌써 백 명 가까이 모였고 앞으로 점점 불어날 거야. 너도 그 그룹에 참가하는 건 어때? 너 같은 인물이 참가해주면 엄청 든든할 텐데."

미야모토는 대답을 청하듯이 내 눈을 지그시 들여다보았다. 내가 아무 말이 없자 미야모토는 한 가지만 물어봐도 되겠느냐고 말했다. 나는 고개를 끄덕였다.

"너는 한국 국적이지?"

나는 고개를 끄덕였다. 미야모토가 말했다.

"국적을 바꾸는 것에 별다른 거부감이 없다면서 왜 한국 국적은 그대로 유지하고 있어?"

나는 대답할 수 없었다. 미야모토는 옅은 웃음을 입가에 내보이며 말했다.

"살아가는 데 딱히 지장이 없기 때문이라는 둥의 말은 하지 말아줘. 이를테면 몇 년에 한 번이라도 외국인등록증 교체라는 명목으로 관청에 '출두'시키는 건 어떻지? 이를테면 해외여행을 가기 위해 '재입국 허가' 수속을 해야 하는 건 어떻고? 우리는 이 나라에서 태어나고 자랐는데도 '이 나라에 돌아와도 괜찮습니까?'라는 식으로 여쭤보지 않으면 안 돼. 그런 모든 게 너

같은 사람에게는 살아가는 데 큰 지장이 되잖아?"

잠시 침묵한 끝에 나는 입을 열었다.

"다 아는 것처럼 얘기하지 마라. 네가 나에 대해서 뭘 안다고?"

점심시간의 끝을 알리는 차임벨이 울렸다. 미야모토는 가볍게 혀를 차고 자리에서 일어섰다.

"마침 얘기가 무르익었는데 아쉽다. 조만간 다시 올게. 그때 대답을 들려주면 좋겠다."

미야모토가 했던 얘기들을 이래저래 생각하면서 집으로 돌아왔다.

집 안에는 인기척이 없었다. 어머니의 가출은 3주일째로 접어들었다. 거실을 들여다보니 퍼터가 바닥에 넘어졌고 골프공도 여기저기 어질러진 채였다. 나는 퍼터를 집어 소파에 기대세웠다.

밤이 되어도 아버지는 돌아오지 않았다. 저녁밥 배달을 어떻게 할까 망설이는 참에 아버지에게서 전화가 왔다. 아버지는 몹시 취해 있었다.

"어, 아들, 공부 잘하고 있냐?"

"술 마셨어?"

"응, 마셨지."

"웬일로?"

"네가 태어난 날에 끊었으니까 십팔 년 만이네."

"왜 그래? 무슨 좋은 일 있었어?"

"그 반대야."

"무슨 일인데?"

"자세한 건 나중에 얘기하자. 우선 돈 좀 가져올래?"

"뭐?"

"돈이 없어서 술값을 못 내고 있어."

"한심하긴."

"미안하다."

아버지가 있는 장소를 묻고 전화를 끊었다. 옷을 갈아입고 책상 서랍에서 남은 조의금을 꺼내 바지주머니에 넣었다. 문단속을 점검하고 집을 나섰다. 아침부터 줄곧 내리던 비는 걷혀 있었다.

아버지는 우에노역 히로고지 출구의 개표구 옆 벽에 축 늘어진 몸을 기대고 있었다. 벽을 타고 금세라도 무너져 내릴 것 같았다. 옆에는 부루퉁한 얼굴의 젊은 남자가 서있었다.

개표구를 건너가 아버지 옆에 서서 어깨를 툭 쳤다. 아버지가 움찔하면서 눈을 떴다.

"오, 우리 효자 아들."

얼굴에 온통 웃음이 번지면서 아버지는 그렇게 말했다. 술 냄새 풍풍 풍기는 입김이 내 얼굴에 훅 끼쳤다.

"저 사람한테 돈 좀 내드려."

아버지가 젊은 남자를 가리켰다. 나는 남자가 얘기하는 술값을 그대로 지불했다.

"아버님께 신용카드 갖고 다니시라고 말씀드려라."

젊은 남자가 빈정거리듯이 말했다.

꽤 오래 전 얘기지만, 아버지는 신용카드를 신청했다가 사전 심사에서 떨어진 적이 있었다. 당시 아버지는 썩어날 만큼 돈이 많았다. 심사에서 떨어진 이유는 더 얘기할 것도 없다. 아버지는 그 이후, 신용카드를 눈엣가시처럼 여겼다.

화가 나서 한 방 날려줄까 했지만, 내 심사를 감지했는지 아버지가 젊은 남자를 쫓아내듯이 "어, 미안해, 미안해"라면서 등을 밀었다. 젊은 남자는 가볍게 혀를 차더니 우리 곁에서 멀어져갔다.

"걸을 수 있어?"

내가 물었다. 아버지는 "괜찮아, 괜찮아"라면서 지하철 매표소를 향해 발을 옮겼다. 개그맨이 술주정뱅이를 연기하는 걸음새였다. 찬찬히 보니 바지 허리춤이 흙으로 더러워져 있었다. 아버지 옆에 서서 그 허리를 껴안았다.

"택시 타고 가자."

내가 말했다. 아버지는 내 어깨에 팔을 두르며 "택시비, 되겠어?"라고 물었다. 나는 고개를 끄덕였다. 허리를 잡고 부축하며 택시 승차장으로 천천히 걸어갈 때, 아버지가 불쑥 입을 열었다.

"오늘 연달아 두 통의 전화가 왔어……. 한 통은 또다시 경품교환소가 없어진다는 얘기. 또 한 통은 북조선에서 온 국제전화인데 동길이가 죽었다는 연락……."

나는 발을 멈췄다. '동길이'란 북조선에 건너간 나의 작은아버지였다.

"왜 죽었는데?"

"병이 났던 모양이야. 전화는 동길이의 아내가 해줬는데, 고혈압이 이러니저러니 영양실조가 이러니저러니, 도무지 알아먹을 수 없는 얘기여서 결국 직접적인 원인이 뭔지는 알지도 못했어……. 그러고는 30분쯤 얘기했는데 25분쯤은 제수씨한테 혼이 났어. 자기들만 잘 살고 동생에게는 아무것도 안 보내줬다고……."

"보내줬잖아."

나는 거친 어조로 말했다.

"모자랐던 모양이지."

아버지는 그렇게 말하고 "가자"라고 나를 재촉했다. 나는 다시 걸음을 옮겼다.

택시를 타고 나이 지긋한 운전기사에게 행선지를 알렸다. 월말인데다 주말 밤이었기 때문인지 택시는 정체에 발목이 잡혀 느릿느릿 나아갔다. 나와 아버지는 한참동안 말없이 좌석에 몸을 묻고 있었다. 아버지는 멍한 시선을 앞 유리로 향하고 있었다. 나는 한 번도 만나지 못한 채 죽어버린 작은아버지에 대해 생각했다. 일본에서 북조선까지 비행기라면 몇 시간에 갈 수 있을까. 두 시간? 세 시간? 한국이라면 그 비슷한 정도의 시간에 얼마든지 갈 수 있다. 하지만 북조선에는 갈 수가 없다. 무엇이 그렇게 만든 것인가. 따지고 보면 한국이든 북조선이든 육지로 연결된 거 아닌가. 대체 무엇이 못 가게 막고 있는가. 깊은 바다인가? 높은 산인가? 넓은 하늘인가? 인간이다. 개똥 같은 자들이 땅 위에 버티고 앉아 제 영역을 주장하며 나를 튕겨내고 작은아버지를 만날 수 없게 한 것이다. 믿을 수 있는가. 테크놀로지의 발전으로 이만큼 세계가 좁아진 시대에 단 몇 시간 거리의 장소에 갈 수 없다는 것을? 북조선 땅에 버티고 앉아 거들먹거리는 자들을 나는 용서하지 않을 것이다. 절대로.

택시는 이윽고 정체구간을 빠져나와 쾌조로 달리기 시작했다.

"동길이는 그림을 잘 그렸어……." 아버지가 불쑥 혼자 웅얼거리는 느낌으로 얘기를 시작했다. "전쟁 끝난 직후에 우리 가족은 오사카에서 오카야마의 항구 근처로 옮겨갔어. 잠깐 동안이라서 그 항구가 어디였는지는 확실하게 기억나지 않네……. 학교에도 못 가고 날마다 선창에 나가 어선에서 생선 바구니도 내리고 선박 내부도 청소하고, 그런 간단한 일거리를 구해서 저녁 찬거리를 마련해왔어. 아버지 어머니는 야마구치 쪽에 괜찮은 일거리가 있다고 돈 벌러 가고 없었으니까 내가 어떻게든 동길이를 먹여 살려야 했어. 동길이는 내가 일 끝날 때까지 항상 혼자서 선창가 제방 위에서 숯으로 그림을 그리면서 놀았어. 녀석이 저러다 제방에서 바다로 떨어질까봐 얼마나 속을 태웠는지. 그 녀석이 그림 그리는 데 정신이 팔리면 다른 건 돌아보지도 않았다니까.

하루는 어업조합장이 동길이 그림을 보고는 마음에 들었는지 자기 어선 뱃머리에 페인트로 그림을 그려달라고 했어. 수평선에서 해가 떠오르는 그림이야. 진짜 잘 그려서 조합장도 흡족해하는 눈치였어. 그러고는 사흘 뒤에 조합장의 배가 먼바다에서 태풍을 만났어. 한밤중이 되어도 배가 돌아오지 않으니까 다들 이제는 틀렸다고 생각했는데 다음날 아침 그 배가 멀쩡하게 돌아온 거야. 그 일이 있은 뒤부터 조합장의 배가 무사했던 게 동길이 그림 덕분이라고 소문이 나서 자기 배에도 그려달라는 사람이 줄줄이 찾아왔어. 어부 일하는 이들은 운을 엄청 따지잖아. 동길이는 순식간에 인기 화가로 등극해서 오히려 내가 동길이 덕분에 먹고살았지 뭐야. 그 녀석이 나는 한 번도 받아본 적이 없는 꽃게도 받아왔다니까. 나, 그녀석이 진짜 자랑스러웠다. 꽃게를 먹어본 건 그때가 처음이었어. 동길이도 마찬가지고. 창피한 얘기지만, 우리 둘이 그 꽃게를 먹으면서 엉엉 울었다. 맛있네, 맛있네, 해가면서……. 그 녀석, 북에서 꽃게는 먹어봤을까……. 꽃게나 잔뜩 보내줄 것을……."

훈훈한 얘기였다. 아버지의 눈에 눈물이 글썽했다. 원래라면 여기서 내가 아버지의 어깨를 부둥켜안고 "아버지, 힘내세요"라느니 뭐니 부르짖고 아버지는 북받치는 감정에 나를 끌어안는다는 게 최상의 전개였겠지만, 그럴 리가 있나. 내가 여태까지 이 꼰대 아버지에게 죽을 만큼 당한 게 한두 번이 아니다.

중2 때 봄, 오토바이를 훔쳐서 당연히 무면허인데다 결정적으로 셋이 함께 타다가 경찰에 붙잡혔다. 그전부터 이런저런 못된 짓으로 경찰서에 들락날락했기 때문에 그때는 미죄처분(微罪處分)의 훈계만으로 끝나지 않고 가정재판소에 송부될 가능성이 높았다. 호출을 받고 경찰서에 달려온 아버지는 "우리 아들이 큰 잘못을 저질렀습니다"라고 사죄하고 경찰에 미죄처분을 간원……했을 리가 있나. 나와 얼굴을 마주하자마자 느닷없이 체중을 실어 라이트훅을 내 관자놀이(권투 용어로 템플)에 날렸다. 반쯤 의식을 잃어가는 내 간에 레프트 바디훅을 날리고, 다음 순간에는 방향을 바꿔 안면에 레프트훅을 날렸다. 권투 용어로 말하면 '레프트 더블'이라는 것이다. 바디훅에 구토가 시작됐고 레프트훅에는 어금니가 부러졌다. 토해낸 위액 속에 어금니 조각이 섞여 있었다. 아버지는 바닥에 무너져 꾸엑꾸엑 토하고 있는 내 멱살을 잡아 일으킨 뒤, 이번에는 지근거리에서 라이트 스트레이트를 내 턱(권투 용어로 친)에 날렸다. 그리고 그 뒤부터는 기억이 나지 않는다. 단지 나를 취조하던 형사가 "이제 그만 용서해주시죠! 애 죽겠어요!"라고 애원하는 목소리를 머릿속 깊은 어딘가에서 들었던 것만 기억한다. 의식을 되찾았을 때는 아버지가 운전하는 차의 뒷좌석에 누워 있었다. 가까스로 윗몸을 일으키자 백미러에 비치는 아버지의 만면의 웃음이 보였다.

"에헤헤헤, 덕분에 전과 없이 끝났잖냐. 고맙게 생각해라."

나는 그때 맹세했다.

언젠가 내 손으로 꼭 죽인다…….

그런 연유로, 나와 아버지에게는 '최상의 전개' 따위, 어울리지도 않고 필요도 없다. 게다가 아버지는 내가 때려눕히기 전까지는 무슨 일이 있어도 어느 누구에게도 무릎을 꿇어서는 안 된다. 설령 국가권력에 사업체를 빼앗기더라도, 가장 사랑하는 동생이 죽었더라도, 약한 소리를 토해내서는 안 된다. 한 번도 다운당한 적이 없는 남자를 처음으로 다운시키는 것은 바로 나여야 한다. 그래서 나는 말했다.

"꽃게는 뭔 꽃게? 구질구질한 소리 좀 하지 마. 이제 그런 걸로 질질 짜는 시대는 끝났어. 아버지 같은 1세대 2세대가 온갖 궁상을 떠니까 우리 세대까지 추레한 티를 못 벗는 거야."

아버지는 눈에 눈물이 글썽한 채 놀란 얼굴로 나를 보았다. 나는 계속했다.

"북조선 놈들도 그래, 꽃게가 먹고 싶으면 혁명을 일으키면 되잖아. 대체 뭐하고 있는 거냐고, 그놈들은."

아버지의 눈에서 눈물이 걷혀갔다. 나는 다시금 계속했다.

"작은아버지가 분명 원망했을 걸? 자기는 힘들어 죽겠는데 아버지는 하와이에 골프나 치러 다니고 말이지. 오늘밤쯤에 베갯머리에 귀신이 되어 나타날걸? 알로하, 하고."

아버지의 온몸에서 손에 잡힐 듯이 술 냄새가 풍겼다. 단숨에 온몸의 털구멍이 열린 것이리라. 얼굴이 아까와는 다른 붉은 색으로 물들었다. 나는 마지막 쐐기를 박았다.

"아무튼 이제 아버지 세대는 끝났어. 가난이 줄줄 흐르는 시대는 끝났다고."

아버지는 술기운과 살기가 뒤섞인 공기를 온몸으로 내뿜었다. 아버지가 뭔가 말하려고 입을 열었을 때, 쾌조로 달리던 택시가 급브레이크를 밟으며 차도 옆에 섰다. 완전히 차를 세운 뒤, 나이 지긋한 운전기사가 우리를 돌아보았다. 얼굴이 벌게져 있었다. 운전기사가 나를 향해 고함을 쳤다.

"아버지한테 뭔 싸가지 없는 소리를 하는 게야!"

아무래도 나는 택시 운전기사님과 만국 공통으로 궁합이 안 맞는 모양이다.

아버지가 입을 열었다.

"얘가 공부를 너무 많이 하더니 머리가 돌아버린 모양이네."

나는 대꾸했다.

"시끄러워, 초등학교밖에 못 나온 펀치드렁커 주제에!"

아버지는 한 차례 크게 숨을 들이쉬고 운전기사에게 말했다.

"기사님, 잠깐만 기다려주십쇼. 밖에서 처리하고 올 테니까요."

나와 아버지는 택시에서 내려 주위를 둘러보았다. 인도 저 끝에 공원 입구가 보였다. 둘이서 말없이 그곳을 향해 걸었다. 택시 운전기사가 뒤를 따라왔다.

공원은 상당히 넓고 입구 바로 앞에 원형광장이 있었다. 벤치 여러 개가 그 원 주위를 빙 둘러쌌다. 군데군데 벤치에서 젊은 커플들이 시시덕거리는 게 보였다. 나와 아버지는 원의 거의 한가운데로 가서 2미터쯤 거리를 두고 마주섰다. 할로겐 조명이 스포트라이트처럼 나와 아버지를 비췄다. 운전기사가 심판을 보듯이 나와 아버지를 연결하는 직선상에서 조금 떨어진 자리에 섰다. 한순간 어머니 얼굴이 머릿속에 떠올랐다. 어머니는 항상 내게 말했다.

"네 아버지한테 손을 댔다가는 너 죽고 나 죽는다."

어머니 안에 살아있는 유일한 유교 스피릿이었다. 하지만 여기서 물러설 수는 없다. 도저히.

나는 각오를 다졌다. 아버지에게 들키지 않게 한껏 숨을 들이쉬어 뱃속에 채웠다. 아버지가 입을 헤벌리고 깔보는 투로 말했다.

"어이, 덤벼라, 루크."

닥쳐, 망할 꼰대.

나는 무릎을 살짝 굽혀 몸을 가라앉힌 뒤, 발끝을 이용해 두 다리를 힘껏 걷어차면서 아버지 품으로 파고들었다. 인간의 동체시력은 옆쪽의 움직임에는 반응하기 쉽지만 상하의 움직임에는 얼른 반응하지 못한다. 보통사람이라면 아래쪽에서 습격해오는 내 움직임에 공황에 빠져 가드도 못하고 한 방에 KO 되었겠지만, 역시나 전 일본 랭커의 아버지는 달랐다. 순간적으로 얼굴 앞을 양팔로 가리며 방패 같은 가드를 만들었다.

순식간에 안면 공격을 포기한 나는 파고든 그 기세대로 레프트 바디훅을 아버지의 간에 먹였다. 손맛이 느껴졌다. 보통사람이라면 올리고 있던 가드를 조건반사처럼 내려 바디를 감싸다가 연타의 레프트훅을 안면에 얻어맞는다. 하지만 아버지는 결코 가드를 얼굴 앞에서 내리려 하지 않았다. 이번에는 라이트훅을 왼쪽 옆구리에 넣어 시험해보았다. 크윽 하는 신음소리는 터졌지만 가드는 얼굴 앞에서 꿈쩍도 하지 않았다. 복싱을 배우기 시작한 무렵, 아버지는 수없이 말했었다.

"바디에 펀치를 맞고 쓰러지는 놈은 틀려먹었어. 그런 놈은 일류가 될 수 없어. 그러니까 바디를 죽도록 연마해. 바디로 펀치를 받아내면서 상대의 힘을 빼는 거야. 그 대신 머리는 단단히 지켜. 몸이 너덜너덜해져도 머리만 멀쩡하면 반드시 기회가 있어."

아버지에게 반격의 틈을 주지 않으려고 연거푸 바디에 펀치를 날렸다. 그나저나 단단했다. 엄청 단단했다. 앞으로 몇 년이면 환갑을 맞이할 남자의 몸이라고는 생각되지 않았다. 이 사람은 대체 어떻게 된 건가. 뭘 먹으면 이런 몸을 만들 수 있는가.

기다리다 못한 나는 가드 옆을 뚫고 얼굴 측면에 펀치를 날리기 시작했다. 귀 바로 뒷부분, 권투 용어로 '언더 디 이어'를 노려 레프트 라이트 훅을 거듭 먹였다. 여기를 제대로 맞히면 세반고리관이 마비되어 균형감각을 잃고 다운시키기 쉬워진다. 몇 방을 정통으로 맞고 아버지의 무릎이 조금씩 흔들렸다. 얼굴 앞을 바짝 막고 있던 두 팔이 맞는 부분을 감싸려고 서서히 옆으로 벌어질 기미를 보였다. 조금만 더 '언더 디 이어'를 공격하면 완전히 팔이 벌어져 얼굴 앞이 빠끔 열리고 코에 정통으로 펀치를 먹일 수 있다. 그러면 내가 이긴다. 처음으로 바닥에 무릎을 꿇게 해주리라.

나는 열려라, 열려라, 하고 주문을 걸면서 연거푸 훅을 날렸다. 가드가 10센티미터쯤 열리고 그 틈새로 아버지의 코와 입이 보였다. 코는 평소 그대로의 코였다. 문제는 입이었다. 아버지는 아랫입술을 입 안에 말아 넣고 어금니로 꽉 깨물고 있었다. 아픔을 견디기 위해 악물고 있는 느낌은 아니었다. 문득 쓰읍쓰읍 뭔가를 빨아들이는 소리가 들렸다. 아랫입술을 악물면서 동시에 뭔가를 빨아들이고 있었다. 아버지의 꿍꿍이를 깨달았을 때는 이미 늦었다.

아버지의 가드가 단숨에 활짝 열렸다. 그때까지 보이지 않던 두 눈이 할로겐 조명의 광선을 반사하며 번쩍 빛난 순간, 아버지의 입에서 피가 분출되었다. 순간적으로 그 눈빛에 정신이

쏠린 탓에 눈을 감는 게 늦었다. 승부는 항상 한순간에 결정된
다. 피가 눈에 튀어들면서 나는 시야를 잃었다.

　안면 펀치를 연달아 세 방 먹었다. 콘크리트 덩어리에 얻어맞
은 듯한 충격으로 등뼈가 삐걱거리는 소리가 어렴풋이 들렸다.
두 번째 펀치에 앞니 하나가 부러진 것을 알았다. 황급히 얼굴
앞에 가드를 세웠다. 좌우 옆구리에 묵중한 펀치가 들어왔다.
가드를 내리고 말았다. 왼쪽 '언더 디 이어'에 훅을 먹었다. 감
겨버린 내 눈앞에 한순간 시퍼런 불꽃같은 것이 떠올랐다가 사
라졌다. 그리고 다음 순간, 바닥에 나가떨어졌다. 등짝을 바닥
에 대고 뻗었다. 지구가 비잉비잉 돌아갔다. 취해버릴 것 같다.
누군가 지구를 좀 멈춰줘. 아버지의 목소리가 위에서 떨어져
내려왔다. 지구가 멈췄다.

　"가드를 내리는 바보가 어딨냐?"

　나는 입속에 고인 피를 내뱉은 뒤, 가까스로 말을 쥐어짜냈다.

　"치사해……."

　아버지의 가차 없는 목소리가 내 몸을 때렸다.

　"미안하네. 우리는 이런 식으로 악착같이 승리를 거머쥐면서
살아왔어. 이제 새삼스럽게 다른 식으로는 못 살아."

　목소리가 나는 쪽을 쳐다보려고 손등으로 눈을 비볐다. 피
는, 아버지의 피는, 좀체 눈 가운데서 사라지지 않았다. 그래도

망막에 들러붙은 빨간색을 통해 목소리가 난 쪽을 보았다. 올려다본 탓도 있겠지만 아버지가 엄청나게 크게 보였다. 운전기사가 다가와 아버지의 오른팔을 번쩍 들어올렸다. 주위에서 일제히 박수가 터져나왔다. 휘이익, 하는 휘파람 소리까지 들렸다. 아버지는 운전기사와 공원 커플들의 축하를 받으며 수줍은 듯 웃고 있었다. 눈이 아파서 질끈 감았다. 저절로 눈물이 나왔다. 몇 번이고 눈을 깜작거려 피가 섞인 눈물을 짜냈다. 박수와 환성이 멈추지 않았다.

제기랄, 제기랄, 제기랄……

공원 수돗가에서 피를 씻어내고 다시 택시에 탔다.

나는 손바닥 위에 얹힌 앞니조각을 멍하니 바라보았다. 공원에서 한창 얼굴을 씻는 참에 운전기사가 "자, 이거"라면서 주워준 것이었다. 혀끝으로 부러진 왼쪽 앞니를 더듬어보았다. 신경이 노출되었는지 숨을 쉴 때마다 시큰거려서 신경질이 났다. 차창을 반쯤 내리고 앞니를 밖으로 내던졌을 때, 아버지가 불쑥 말했다.

"아닌 게 아니라 네 말이 맞는지도 모르겠다."

"뭐가?"

"이제는 우리들의 시대가 아니라는 거 말이야."

나는 아버지의 옆얼굴을 보았다. 아래턱의 멍이 조금 전의 붉은색에서 푸른색으로 바뀌어갔다. 아랫입술에는 선명한 이빨 자국이 남았고 자잘한 딱지가 군데군데 올록볼록 불거졌다.

"이 나라도 점점 변화하고 있어. 앞으로는 좀 더 변하겠지. 재일이니 일본인이니, 그런 건 상관없게 될 거야, 틀림없이. 그러니까 너희 세대는 한사코 밖으로 시선을 던지면서 살아가야 해."

"그럴까?" 나는 진지하게 물었다. "정말로 변할까?"

아버지는 무슨 근거가 있는지, 분명하게 고개를 끄덕였다. 얼굴에는 자신만만한 웃음이 번졌다. 근거? 그런 거 필요 없다. 생각이 중요한 것이다, 분명.

"일, 괜찮아?"

내가 물었다.

"그럼." 아버지는 기운차게 말했다. "아직 한 군데가 남았잖아. 애초에 길게 할 생각으로 시작한 장사도 아니고, 너한테 물려줄 생각도 없으니까 마지막에는 제로가 되는 게 딱 좋아. 나하고 네 엄마가 행복한 노후를 보낼 만큼 지금도 두둑하게 해뒀거든. 그런 고로 너는 못 돌봐주니까 그리 알아라."

아버지는 컬컬컬 하고 좋아죽는 웃음소리를 올렸다. 이 꼰대 아버지는 초등학교밖에 못 나온 주제에 독학으로 마르크스도

니체도 공부했다. 철근 콘크리트 같은 몸뚱이와 얼음처럼 차가운 두뇌로 싸우고 싸워서 이 터프한 나라에서 어떻게든 버티며 살아왔다. 이 꼰대 아버지가 어째서 갑자기 국적을 한국으로 바꿨는지, 나는 알고 있었다. 하와이 때문이 아니었다. 나를 위해서였다. 내 발에 채워진 족쇄를 하나라도 풀어주자고 마음먹은 것이었다. 이 꼰대 아버지가 어째서 현관 앞에 볼 키스를 받으며 양손으로 V자를 그리는 창피한 사진을 걸어뒀는지, 나는 알고 있었다. 조총련에도 민단에도 등을 돌리면서 거의 모든 친구를 한꺼번에 잃고, 집에 찾아오는 사람도 없어지리라는 것을 알았기 때문이다. 고립무원으로 계속 투쟁하는 이 꼰대 아버지에게 위로의 말을 건네줄 인간은 이 나라에는 거의 존재하지 않는다. 그래서 내가 말해주기로 했다.

"언젠가 내가 국경선을 싹 지워줄게."

아버지는 내 말에 눈이 둥그레지더니 입가에 대담무쌍한 웃음을 지으며 말했다.

"내가 여태껏 말은 안 했는데, 우리 집안은 조선시대부터 대대로 유서 깊은 허풍쟁이 가문이야."

나와 아버지가 얼굴을 마주하고 실실 웃었을 때, 택시가 우리 집 근처 주택가에 들어서고 한 사거리의 신호등에 걸려 멈춰섰다. 내려둔 차창으로 철지난 풍령 소리가 어딘가 멀리서 희미하게 들려왔다.

따랑따랑, 따랑따랑…….

아버지는 어린애처럼 환하게 미소를 지으며 말했다.

"아아, 그리운 소리다."

한국에도 풍령을 매다는 풍습이 있는지 어떤지, 나는 알지 못한다. 그리고 아마 아버지도.

집에 도착했다. 택시 운전기사는 한사코 요금을 받으려 하지 않았다.

"정말로 멋진 장면을 구경하게 해줬잖습니까. 그 돈으로 돌아가신 동생 분에게 꽃이라도 보내주세요."

집에는 불이 켜져 있었다. 최악의 전개였다. 각오를 단단히 하고 안에 들어가자 현관 앞에서 우리를 맞이한 어머니의 얼굴이 순식간에 변했다. 어머니는 나와 아버지 곁을 다다다 스치듯이 문 앞으로 나갔다. 10초쯤 뒤에 돌아온 어머니는 손에 대빗자루를 들고 있었다. 나는 대빗자루로 온몸을 서른여덟 번 두들겨 맞았다. 곁에서 구경하던 아버지는 "이게 사랑의 힘이라는 거야, 알겠냐!"라면서 호쾌하게 웃었다. 그러다가 아버지도 세 번 두들겨 맞았다.

타박상으로 열이 오른 나는 학교를 사흘 동안 쉬었다.

점심시간이었다. 교실에 불온한 공기가 감돌았다.

3교시 국어시간에 선생님의 질문을 받고 대답하다가 앞니가 부러진 것을 들켜버린 것이다. 오늘은 도전자가 떼로 밀려들지도 모른다.

교실 앞문이 열렸다. 갤러리의 시선이 일제히 그쪽으로 쏠렸다. 그러고는 실망한 듯 일제히 한숨을 내쉬며 자기들끼리의 대화로 되돌아갔다.

미야모토는 지난번과 마찬가지로 내 앞자리에 와서 앉았다.

"생각 좀 해봤어?"

미야모토가 물었다.

"나는 참가하지 않을 생각이다"라고 대답했다.

미야모토는 짧은 한숨을 내쉬며 말했다.

"혹시 이유를 말해줄 수 있어? 앞으로 참고할 테니까."

나는 잠시 망설인 뒤, 입을 열었다.

"네가 하는 일이 이렇다 저렇다 하는 문제가 아니야. 옳은 일이고 의미 있는 일이라고 생각해. 하지만 나는 어디에도 끼지 않고 너희와 똑같은 일을 할 생각이야."

미야모토는 비웃는 듯한 웃음을 내보였다.

"너, 현실주의자인 줄 알았는데, 아니었어?"

나는 코웃음을 쳤다.

"나는 박박 기는 현실주의자야. 너하고는 바라보는 게 다를 뿐이지."

미야모토는 여전히 비웃는 듯한 웃음을 지으면서 말했다.

"혼자서도 가능하다면 해봐도 좋겠지. 하지만 문득 돌아보니 이 나라에 납작 짓밟혀 살고 있더라, 하는 일은 없기를 바란다."

짧은 순간, 지그시 미야모토의 얼굴을 응시한 뒤에 말했다.

"너와 싸우고 싶지 않다. 아까도 말했듯이 너는 옳은 일을 하고 있어. 내가 거기에 참가하지 않는다는 것뿐이야. 내가 이래저래 바빠."

미야모토의 얼굴에서 비웃음의 기색이 사라졌다.

"바쁘다니, 뭘 하는데?"

"반드시 쓰러뜨려야 할 엄청난 자가 있어. 그자를 쓰러뜨리려면 공부도 해야 하고 몸도 단련해야 돼. 우선 그자를 쓰러뜨리지 않고서는 앞으로 나아갈 수가 없어. 하지만 그자를 쓰러뜨리면 나는 거의 무적이야. 세계도 바꿀 수 있어."

고등학교에 올라온 뒤의 내 전적은 '25승 1패'가 되었다. 더 이상 무패의 사나이가 아니었다. 그리고 그 1패는 엄청나게 큰 1패였다.

미야모토가 뭔 소린지 모르겠다는 듯이 고개를 가로저었다.

"그리고 말이지." 나는 말을 이어갔다. "내가 국적을 바꾸지 않는 것은 이제 새삼 국가라는 것에 편입되고 구성원이 되고 얽매이는 게 지겹기 때문이야. 더 이상 커다란 뭔가에 소속되었다는 느낌 따위를 안고 살아가는 건 사양한다. 설령 그게 동네 모임이라도."

미야모토가 뭔가 말하려고 입을 열었다. 나는 그 말을 가로막았다.

"근데 만일 킴 베이싱어가 나한테 제발 부탁이다, 국적을 바꿔줘, 라고 부탁한다면 나는 지금 당장이라도 변경신청을 할 거야. 나한테 국적은 겨우 그런 정도의 것이야. 이거, 모순된 거냐?"

미야모토는 벌린 입 그대로, 진지한 시선으로 나를 응시했지만 이윽고 입가를 풀며 부드러운 웃음을 지었다. 그리고 말했다.

"나는……, 카트린 드뇌브?"

"너무 옛날 사람 아니냐?"

"됐거든?"

나와 미야모토가 얼굴을 마주보며 킬킬킬 웃은 것과 교실 앞문이 열린 것은 거의 동시였다. 나는 미야모토에게 말했다.

"거기, 비켜주는 게 좋겠다."

미야모토는 순순히 자리에서 일어나 손을 내밀었다. 우리는 진한 악수를 나눴다.

　나는 교실 구석 쪽으로 피난하는 미야모토의 등짝에서 나를 향해 다가오는 도전자에게로 시선을 옮겼다. 그리고 오늘은 어떤 명대사를 날려줄지 생각했다. 어쩌면 아버지가 가르쳐준 그 말이 좋을지도 모른다.

　'노 소이 코레아노, 니 소이 하포네스, 죠 소이 데사라이가드 (나는 조선인도 아니고 일본인도 아니고, 뿌리 박지 않는 부평초다).'

　좋아. 그걸로 정했다.

7

잦은 비가 내리던 우울한 11월이 끝나고 12월로 접어들었다.

나는 착실히 입시공부를 하고 어머니는 착실히 자동차운전 학원에 다니고 아버지는 착실히 골프장에 다녔다.

12월 초순의 어느 일요일, 그동안에 빌려온 물건들을 돌려주러 정일이 집에 갔다.

"정일이를 위해 네가 간직해줘." 어머님은 그렇게 말하고는 빙긋이 웃으며 물었다. "그 앞니는 어쩌다가?"

이래저래 고민한 끝에 정일이의 뼈는 여러 나라에 뿌려주기로 했다고 어머님은 말했다.

"처음으로 한국에 가볼까 하고 있어."

내가 통역으로 동행하겠다고 말씀드리자 어머님은 지금 한국어 공부를 열심히 하고 있다면서 기대된다는 듯이 웃었다.

"알지 못하는 말을 배우는 거, 참 재미있어. 좀 더 빨리, 그 아이가 살아있는 동안에 가르쳐달라고 했으면 좋았을 텐데……."

돌아올 때, 집 앞까지 배웅을 나온 어머님이 내게 말했다.

"우리 정일이, 잊지 말고 기억해줘."

나는 네, 라고 대답했다. 절대로.

12월 중순에 어머니에게서 나오미 씨가 결혼한다는 얘기를 들었다. 상대는 가게에 자주 찾아오던 외국계 종합상사에서 근무하는 미국인이라고 했다. 나는 입시공부의 틈을 노려 축하 인사를 하러 가게에 나갔다. 축하드립니다, 라고 말하자 나오미 씨는 정말로 기쁜 듯한 미소를 지으며 말했다.

"까마득한 옛날에 중근동쯤에서 갈라진 그룹의 자손들이 여기 일본에서 다시 만난 거잖아. 이거, 정말 엄청난 일 아니니?"

나는 힘주어 고개를 끄덕였다.

"앞니 빠진 거, 너무 큐트하다, 애!" 나오미 씨는 내 뺨을 보드랍게 쓰다듬으며 말했다. "훨씬 더 큐트해져서 좋은 아가씨를 겟하고 누구보다 해피해져야지."

나는 고개를 끄덕이며 말했다.

"얘기 속에 영어가 많아졌는데요?"

나오미 씨는 왜 그런지 뺨을 붉혔고, 그러고는 매우 섹시하게 미소를 지었다.

12월 23일 저녁, 이케부쿠로역 플랫폼에서 우연히 원수를 만났다.

나는 입시학원 겨울 특강을 들으러 가려고 야마노테선 플랫폼에 서있었고, 원수는 그 맞은편 사이쿄선 플랫폼에 서있었다. 서로의 존재를 알아본 것은 거의 동시였다. 원수는 세 명의 친구들과 함께 있었다. 다른 친구들도 나를 알아보았다. 원수 일행과 나는 네 개의 레일을 사이에 두고 잠시 동안 대치했다. 먼저 원수 일행 쪽의 플랫폼에 지하철이 들어와 그 모습을 지웠다. 그러고는 잠시 뒤에 내 쪽의 플랫폼에도 지하철이 들어왔다. 나는 그 차에 타지 않았다. 지하철이 떠나고 시야가 열렸다. 맞은편 플랫폼에 원수 일행의 모습은 없었다. 나는 공간이 널찍한 플랫폼 한가운데쯤으로 자리를 옮기고 기다렸다. 원수와의 지금까지의 대전 성적은 3승2패, 내가 딱 더 한 번 이겼다.

1분쯤 기다리자 원수는 내가 서있는 플랫폼에 모습을 드러냈다. 다른 친구들의 모습은 없었다. 나는 지그시 선 채로 기다렸다. 원수가 내 맞은편에 와서 섰다. 미간에 깊은 세로주름이 새겨지고 꿰뚫을 듯한 시선으로 나를 노려보았다. 예전부터 지겨울 만큼 눈에 익은 표정이다. 눈곱만큼도 두렵지 않았다. 나도 모르게 씨익 웃어버렸다. 내 웃는 얼굴을 본 원수의 얼굴에 한순간 곤혹스러운 기색이 스쳤지만, 곧바로 다시 험악한 표정이 되돌아왔다.

"야, 누구한테 얻어터진 거야?"

이 녀석은 항상 이렇다. 친구가 얻어맞거나 무시를 당하면 자신의 일 따위 돌아볼 것도 없이 가장 먼저 앙갚음을 해주려 달려가려고 하는 것이다.

"우리 아버지."

내가 알려주자 원수의 얼굴에서 험악한 기운이 옅어졌다. 다시 한 번 씨익 웃는 얼굴을 원수에게 향하자 그는 약간 수줍은 듯한 웃음을 지었다.

원수가 걸음을 옮겨 어깨를 나란히 하듯이 내 옆에 와서 섰다. 우리는 조금 전까지 원수가 있었던 플랫폼을 바라보며 서 있었다. 우리 플랫폼에 지하철이 들어왔다가 떠난 뒤, 원수가 앞을 향한 채 말했다.

"오토바이 훔쳐서 셋이 타다가 잡혔을 때, 생각나냐?"

나도 앞을 본 채로 고개를 끄덕였다. 원수는 계속했다.

"그때 너희 아버지가 경찰서에 뛰어와 너를 너덜너덜하게 패던 모습, 나는 평생 잊지 못해. 나도 잡아먹힐까봐 죽은 척할 생각까지 했었어."

"우리 아버지가 곰이냐?"

"그냥 곰이 아니지. 큰곰이야."

변함없이 앞을 향한 채, 우리는 짧은 웃음소리를 올렸다. 원수가 불쑥 중얼거렸다.

"너희 아버지, 진짜 멋있어……."

원수네 아버지가 입버릇처럼 하는 말이 있었다.

"내가 일본인으로 태어났으면 벌써 총리나 사장이 됐어."

근무하는 공장에서 안 좋은 일이 있으면 술에 취해 원수를 때렸다. 원수의 왼쪽 견갑골, 배꼽 오른편 옆, 오른쪽 엉덩이, 왼쪽 허벅지, 그리고 오른쪽 발등에는 아버지가 불붙은 모기향으로 지진 화상의 흔적이 있었다. 그런 연유로, 원수는 다섯 번을 가출했고 나는 그 모든 가출에 함께했다. 첫 가출은 초등학교 3학년 때였다. 도쿄역에서 도카이도선 기차를 타고 치가사키까지 갔었다. 그다음은 오다와라, 그다음은 아타미, 그다음은 시즈오카. 가출할 때마다 거리를 늘려 마지막에는 나고야로 떠났고 '파친코 부자'가 되었다. 가출은 즐거웠다. 그만큼 도쿄로 돌아와서는 헤어지기가 힘들어 우리는 어쩔 수 없이 네 놈 눈썹이 마음에 안 든다, 네 놈 젓가락질이 마음에 안 든다, 시비를 걸어서 서로 치고받는 싸움을 했다. 그 전적이 3승2패였다. 우리는 "너 같은 놈하고는 두 번 다시 안 논다"라고 소리치고 헤어졌고 그 다음날에는 아무 일도 없었다는 듯이 한편이 되어 놀았다. 나는 원수가 정말 좋았다.

지하철 두 대가 들어왔다가 떠났다. 원수가 말했다.

"너, 장례식 때 내가 정일이하고 거의 얘기해본 적도 없다고 했지? 그거, 잘못 안 거야. 나도 정일이와 자주 얘기했어. 나는 너희와는 달리 멍텅구리라서 별로 어려운 얘기는 못했다만. ……나, 정일이한테서 네 얘기 많이 들었어."

원수의 옆얼굴에 시선을 던졌다. 원수는 변함없이 앞을 응시한 채였다. 나는 시선을 앞으로 되돌렸다. 다시 지하철 두 대가 들어왔다가 떠났다. 우리 주위를 무수한 승객들이 스쳐갔다. 우리는 미동조차 하지 않고 플랫폼에 우두커니 서있었다. 원수가 말했다.

"나도 다 알지. 북조선이고 조총련이고 우리를 이용해먹을 생각만 하고, 전혀 기댈 수 없다는 것쯤은. 하지만 그래도 나는 이쪽 편에서 노력해볼 거야. 이쪽 편에는 나한테 의지하고 기대주는 사람들이 많잖냐. 그 사람들을 위해 노력하는 동안만은 나도 어중간한 놈이 아니야."

"……응, 알아."

지하철이 두 대. 원수가 말했다.

"너, 고등학교 친구 놈들하고 평소에 무슨 얘기를 하냐?"

"……별로 얘기해본 적도 없다."

"친구는 있고?"

"……없어."

"……그래?"

지하철이 두 대. 원수가 말했다.

"나중에 너나 나나 힘 빠진 할아버지 될 때까지 살아있으면 그때는 온천에라도 같이 가자."

"아니, 좀 더 멀리 가자. 하와이에."

"하와이……. 좋네."

지하철이 두 대. 원수가 말했다.

"담력 테스트할 때, 너 진짜 멋있었어."

"……응."

지하철이 한 대. 원수가 말했다.

"그만 가봐라."

"……응."

지하철이 한 대. 원수가 말했다.

"가보라고. 장례식 때 일은 외상으로 쳐줄 테니까."

"잔소리 많네, 가든 말든 내 맘이야."

지하철이 한 대. 원수가 말했다.

"가라니까? 한 대 얻어맞고 갈래? 나는 네가 그렇게 사는 거, 마음에 안 든다고!"

한참만에야 드디어 얼굴에 시선이 느껴졌다. 나는 원수에게 시선을 향했다. 원수는 울면서 웃는 듯한 표정으로 나를 보고 있었다.

원수야, 좀 알려줘라. 나는 지금 어떤 얼굴을 하고 있냐. 나는 내 표정이 안 보인다……

다시 지하철이 들어왔다. 한 걸음 발을 뗀 뒤에 나는 가까스로 말을 짜냈다.

"마구잡이로 날뛰다가 괜히 죽고 그러지 마라."

원수는 울고 웃는 듯한 표정을 지은 채, 내 펀치를 수없이 받아낸 튼튼한 턱을 쳐들고 위세를 부리듯이 말했다.

"내가 그리 쉽게 죽을 거 같으냐?"

지하철이 플랫폼에 미끄러져 들어와 이윽고 멈췄다. 나는 가볍게 팔을 들고 "자, 그럼"이라고 말하고 걸음을 옮겼다. 등짝에 몹시도 익숙한 시선이 달라붙었다. 지하철에 올랐다. 등 뒤에서 문이 닫혀도 아직 그 시선이 내 등짝에 쏟아지는 것을 알았다. 전차가 완전히 플랫폼을 빠져나갈 때까지 나는 한 번도 뒤돌아보지 않았다.

크리스마스이브.

아침부터 방에 틀어박혀 공부하고 있는데 아버지가 방에 얼굴을 들이밀고 에헤헤헤 하고 얄밉게 웃었다.

"시끄러!"

아버지는 문을 닫더니 들으란 듯이 노래를 불러 젖혔다.

　　분명 그대는 오지 않아~

　　나 혼자만의 크리스마스이브

　　사일런 나잇~ 워어어~ 홀리 나잇~ •

　아무래도 아들의 신경을 박박 긁으려고 일부러 외운 모양이다. 망할 꼰대.

　밤, 전화벨이 울렸다. 야야, 라는 소리가 아래층에서 들려왔다. 아버지 어머니는 체스를 할 때는 어떤 전화든 절대로 받지 않는다. 별수 없이 공부하던 손을 멈추고 무선전화기를 집어들었다. 사쿠라이였다.

　"오랜만이야."

　사쿠라이가 말했다. 나는 대답을 망설였다.

　"잘 지내?"

　사쿠라이가 물었다. 나는 침묵했다. 사쿠라이는 아랑곳하지 않고 계속했다.

　"난 잘 지내."

• 야마시타 다쓰로의 〈크리스마스이브〉

짧은 침묵 뒤, 마음을 굳게 먹은 듯한 사쿠라이의 목소리가 귀에 와닿았다.

"그 초등학교, 기억하지? 지금 거기로 나와. 올 때까지 계속 기다릴 테니까."

전화가 끊겼다. 나는 무선전화기를 끄고 침대에 벌렁 누웠다. 5분쯤 이래저래 생각해봤지만 결론은 처음부터 정해져 있었다. 침대에서 내려와 옷을 갈아입었다. 흰색 긴소매 티셔츠에 청바지를 입고 검은 다운재킷을 걸쳤다. 책상 서랍에서 얼마 남지 않은 조의금을 꺼내 바지 뒷주머니에 쑤셔 넣었다.

"잠깐 나갔다 올게."

체스판의 말을 들여다보던 두 사람이 동시에 얼굴을 들고 나를 보았다. 어머니가 말했다.

"그러니까 내가 미리미리 의치 해넣으랬지?"

됐네요, 라고 쏘아붙이고 거실을 지나 현관으로 향했다. 구두를 신는 내 귀에 아버지의 빙 크로스비를 흉내내는 노래 소리가 들려왔다.

사일런 나잇 홀리 나잇

올 이즈 컴, 올 이즈 브라잇

저 꼰대, 마르크스주의자라더니?

집을 나왔다.

한 시간 반쯤 걸려 초등학교의 레일식 철문 앞에 도착했다.

철문을 뛰어넘어 안으로 들어갔다. 교정을 둘러보았다. 사쿠
라이는 위인의 동상 옆 벤치에 어둠속에서 부옇게 떠오른 듯이
앉아 있었다. 나는 천천히 다가갔다. 청색 터틀넥 스웨터에 하
얀 더플코트를 입고 있었다. 정말 잘 어울렸다. 귀 밑까지 자란
머리를 왼쪽 가르마를 타서 귀 뒤로 넘겼다. 이지적인 이마가
또렷이 드러났다. 나는 사쿠라이의 이마가 좋았다.

사쿠라이의 눈앞에 서서 걸음을 멈췄다. 얼굴에 긴장한 빛이
드리워져 있었다. 나는 말없이 그 얼굴을 내려다보았다. 사쿠
라이는 어색하게 미소를 지으며 말했다.

"고마워, 나와줘서."

나는 계속 침묵했다.

"기다리는 동안 내내 하늘을 올려다봤어. 달이 구름에 가릴
때마다 눈이 내리면 어떡하나 걱정했어. 오늘 일기예보에서 비
나 눈이 내릴지도 모른다고 했으니까. 최악이잖아, 눈 내리는
크리스마스이브라니. 눈 내리는 크리스마스이브에 남자친구
를 만나다니. 손발이 오그라들어서 죽을 거 같잖아. 그 전에 추

워서 죽을 거 같았지만…….”

사쿠라이가 큰 한숨을 내쉬었다. 하얀 입김이 피어났다가 사라졌다. 사쿠라이는 얼굴에서 웃음을 지우고, 말했다.

“스기하라를 만나지 않는 동안, 내 나름대로 이래저래 고민하고 책도 읽어보고, 어려운 책도 찾아보고…….”

나는 사쿠라이 앞에 쪼그려 앉았다. 갑작스러운 움직임에 사쿠라이의 입에서 말 대신 얕은 숨이 흘러나왔다. 얼굴이 몹시 긴장하고 있었다. 나는 그 얼굴을 노려보듯이 올려다보며 말했다.

“나는 누구지?”

“응?”

“나는 누구야?”

사쿠라이는 잠시 망설인 끝에 대답했다.

“……재일한국인.”

나는 일어나서 동상의 받침대 부분을 세 번 힘껏 찬 뒤에 사쿠라이에게로 다시 몸을 돌리고 말했다.

“나는 너희 일본인들을 이따금 이놈이고 저놈이고 다 때려죽이고 싶어져. 너희들, 어째서 아무런 의문도 없이 나를 ‘재일’이라고 해? 나는 이 나라에서 태어나 이 나라에서 자랐어. 재일미군이라든가 재일 이란인처럼 외국에서 온 사람들과 똑같은 식으로 부르지 말라고. '재일'이라는 건 너희들, 내가 언젠가 이 나라에서 떠나야 할 인간이라고 말하는 것이나 마찬가지잖아. 알고 있어? 그런 거 한 번이라도 생각해본 적 있느냐고."

　사쿠라이는 숨을 헉 삼킨 채 나를 빤히 바라보았다. 나는 사쿠라이의 눈앞에 무릎을 꿇었다. 그리고 말했다.

　"뭐, 좋아. 너희가 나를 '재일'이라고 부르고 싶다면 그렇게 해. 너희들, 내가 무섭지? 뭔가로 분류해 이름을 붙여놓지 않으면 안심이 안 되지? 하지만 나는 인정할 수 없어. 나는 말이지, '라이온' 같은 거야. '라이온'은 자신을 '라이온'이라고는 생각하지 않아. 너희가 마음대로 이름을 붙여놓고 '라이온'에 대해 다 아는 것처럼 생각할 뿐이야. 그러고는 신이 나서 라이온, 라이온, 불러대면서 가까이 접근해봐. 덥석 달려들어 너희의 경동맥을 물어뜯을 걸? 그거 알아? 나를 '재일'이라고 부르는 한, 너희는 언제까지고 물어뜯기는 쪽이야. 어때, 억울하지? 잘 들어. 나는 '재일'도 한국인도 조선인도 몽골로이드도 아니야. 나를 좁은 곳에 몰아넣는 거, 관둬. 나는 나야. 아니, 나는 나인 것도 싫어. 나는 나인 것에서도 해방되고 싶다고. 나는 나라는 것을 잊게 해주는 것을 찾아서 어디든 가버릴 거야. 이 나라에 그게 없으면 너희가 원하는 대로 이 나라에서 나가줄게. 너희는 그런 거 못하지? 너희는 국가라느니 국토라느니 직함이라느니 인습이라느니 전통이라느니 문화 같은 것에 얽매인 채 죽어갈 거야. 두고 봐. 나는 그런 거, 처음부터 없었으니까 어디든지 갈 수 있어. 언제든지 갈 수 있어. 약 오르지? 약 오르지 않냐고……. 제기랄, 내가 왜 이런 얘기를 하고 있냐? 제기랄, 제기랄……."

사쿠라이의 두 손이 다가와 내 뺨을 감쌌다. 사쿠라이의 손은 무척 따스했다.

"그 눈……."

사쿠라이는 미소를 지으며 떨리는 목소리로 말했다.

"……눈?"

나는 되물었다. 사쿠라이는 고개를 끄덕인 뒤, 웃음이 깊어지면서 말을 이어갔다.

"작년 9월이었어. 내가 모의시험 성적이 형편없이 나와서 항상 하던 대로 왜 이런 일로 우울해할까, 바보 같다, 라고 생각하면서도 우울해졌어. 그게 비 오는 날 방과 후였고 어쩐지 집에 들어가기도 싫었어. 체육관 옆을 지나가는데 마침 농구 전국대회 예선리그가 우리 학교 체육관에서 열려서 한창 경기를 하는 중이었어. 농구에 대해서는 잘 알지도 못하고 관심도 없었지만 왜 그런지 그때는 농구공이 탁탁탁 바닥을 치는 소리에 이끌려 체육관 안으로 들어갔어. 그러고는 관객석에 앉아 처음에는 그저 멍하니 경기를 봤는데 점점 시선이 한 남학생의 움직임만 따라다니고 있었어. 그 남학생의 움직임은 엄청 유연해서 마치 정식 안무가의 댄스 같았어. 아, 대단하다, 나도 저런 식으로 움직일 수 있으면 좋겠다, 라고 생각하면서 그 남학생을 보고 있었어.

근데 그 남학생이 갑자기 들고 있던 공을 자신을 마크하던 상대 선수의 얼굴에 힘껏 던져버리는 거야. 아마 상대 선수가 고의로 파울을 했거나 뭔가 나쁜 말을 했던 모양이야. 너무 갑작스러운 일이라서 깜짝 놀랐어. 코트 안이 한순간 조용히 가라앉았지만 금세 공으로 얻어맞은 선수의 한 팀 선수가 그 남학생에게 이 새끼, 라고 소리치면서 주먹을 쥐고 덤벼들었어. 그랬더니 그 남학생이 엄청나게 타점이 높은 드롭킥을 날리는 거야. 나, 드롭킥이라고는 텔레비전에서 프로레슬러가 하는 것밖에 본 적이 없었는데 내 눈으로 직접 목격하고 엄청 감동했어. 그 한 방만으로도 감동했는데 그 남학생, 줄줄이 덤벼드는 상대에게 연속으로 드롭킥을 날렸어. 그 동안은 착지한 시간보다 허공에 떠있는 시간이 더 길었을 거야. 그때는 더 이상 감동 같은 건 느낄 새도 없이 오로지 그 남학생의 움직임에 흠뻑 빠져 있었어. 아니, 그럴 만도 한 게 그 남학생의 움직임이 진짜 엄청났거든. 그 수위에만 중력이 없는 거야, 완전히 자연의 법칙을 뛰어넘은 것처럼.

문득 깨닫고 보니 코트 안의 상대 팀 선수들은 코피를 흘리며 모두 바닥에 쓰러졌어. 그제야 심판들이 붙잡으려고 달려 나왔는데 그 남학생, 정말 흥분했는지 심판에게까지 드롭킥을 날리는 거야. 거기쯤부터는 뭐, 너무 우스워서 킥킥킥 웃고 있었어. 결국 그 남학생의 팀 코치가 벤치에 앉아 있던 선수들에게 빨리 나가서 스기하라를 잡아오라고 지시했어. 나는 안 돼, 잡아가지 마, 라고 마음속으로 소리쳤는데 소용없었어. 스기하라는 두 번째 심판에게 드롭킥을 날리고 착지한 순간, 팀 동료들에게 붙잡혔어. 그래도 한참을 필사적으로 저항했어. 놔, 놔, 라고 부르짖으면서. 팀 동료들은 어쩔 수 없다는 듯이 스기라하를 바닥에 겨우겨우 쓰러뜨리고 그 위에 올라탔어. 분명 네 명이 올라탔으니까 작은 동산 같았었지. 나는 아, 잡혀버렸다, 너무 안타까워서 바보 같이 눈물이 나려고 했어. 근데 금세 눈물이 쏙 들어갔어. 아니, 작은 동산이 꿈틀꿈틀하는 거야. 네 명이나 올라탔는데도 꿈틀꿈틀, 꿈틀꿈틀.

더 이상 견딜 수 없어서 관객석에 벌렁 누워 배를 부여잡고 웃어버렸어. 너무 웃겨서 쏙 들어갔던 눈물이 다시 흘렀을 정도야. 겨우 웃음이 가라앉고 코트를 봤더니 스기하라는 선배들 몇 명에게 뺨을 맞고 그다음에는 코치에게 유니폼 등짝을 붙잡혀 코트에서 대기실로 끌려가고 있었어. 그 모습이 또 너무 우스웠어. 아니, 장난치던 새끼고양이가 주인에게 등을 잡혀 밖으로 내던져지는 거 같더라니까. 코치와 스기하라는 내가 앉아 있는 관객석 아래쪽으로 왔어. 나는 킥킥킥 웃으면서 몸을 내밀어 스기하라를 지켜봤어. 그랬더니 스기하라가 나를 알아보고 엄청 험악한 눈빛으로 노려봤어. 내가 착각했었어. 스기하라는 새끼고양이가 아니라 라이언이었는데. 그래서 스기하라가 나를 노려봤을 때, 등줄기가 오싹하면서 몸의 중심이 근질근질하는 느낌이 들고 문득 깨닫고 보니 젖어 있었어⋯⋯. 그런 거, 처음이었어⋯⋯. 그때까지 남학생이 키스를 하거나 몸을 만져도 젖어본 적이 없었는데 흘끗 노려보는 시선만으로 그렇게 되다니⋯⋯.

그날 내내 정문 앞에서 스기하라가 나오기를 기다렸는데 뒷문으로 돌아갔는지 결국 만나지 못했어. 그날부터 내 머릿속에는 '스기하라'와 그 고등학교 이름이 있었어. 몇 번인가 학교까지 찾아가볼까도 생각했는데 그런 일 여태까지 한 번도 해본 적이 없어서 용기가 나지 않았어. 친구에게 상의했더니 그런 양아치 학교에 다니는 남학생은 안 된다고만 하고, 그뿐만이 아니야, 그 학교 근처에 갔다가는 돌림방을 놓는다느니, 무서운 소리들을 해서 결국 못 갔어. 하지만 나는 스기하라를 언젠가는 틀림없이 만날 수 있다고 믿었어. 그건 뭐, 확신에 가까웠어. 그러다가 올해 4월에 내 옆자리 남학생이 누군가 댄스파티 티켓을 강매하는 통에 별수 없이 샀다면서 내게 보여줬어. 그게 스기하라네 학교 남학생이 주최한 파티고 그 학교 학생들이 잔뜩 모일 거라는 얘기를 듣고는 무슨 일이 있어도 꼭 가야겠다고 마음먹고 그 남학생에게서 티켓을 얻어뒀어. 그렇게 파티 장소에 찾아갔는데 진짜로 스기하라를 만났어⋯⋯. 금세 알아봤어. 왜냐면 그날도 나를 무섭게 노려봤잖아. 나, 그때도 젖어버렸어⋯⋯."

빰을 감싸고 있던 사쿠라이의 두 손에 힘이 담겼다.

"지금도 엄청 젖었어. 만져볼래?"

"여기서?" 나는 흠칫 놀라서 말했다. "여기서는 좀 저거하지 않나?"

얼굴이 갑작스레 품속에 처박혔다. 내 뒷머리와 목덜미를 사쿠라이의 팔이 꽉 끌어당겼다. 사쿠라이의 콩닥콩닥 하는 심장 박동이 들려왔다. 콩닥콩닥, 콩닥콩닥⋯⋯. 이토록 그리운 소리가 또 있을까. 이토록 기분 좋은 소리가 또 있을까.

사쿠라이의 목소리가 머리 위에 쏟아졌다.

"이제 스기하라가 어떤 사람이든 상관없어. 이따금 달려와 힘껏 노려보기만 해주면 아예 일본어를 못해도 상관없어. 아니, 스기하라처럼 붕붕 날고 쓰윽 노려볼 줄 아는 사람, 세상 어디에도 없잖아."

"진짜?"

나는 사쿠라이의 가슴에 얼굴을 묻은 채 물었다.

"진짜야. 나, 드디어 그걸 깨달았어. 어쩌면 스기하라를 처음 봤을 때부터 이미 알았는지도 모르겠다."

사쿠라이는 그렇게 말하고 내 머리꼭지에 세 번 키스해주었다. 사쿠라의 손아귀 힘이 풀렸기 때문에 천천히 얼굴을 가슴에서 떼어냈다. 사쿠라이가 내 얼굴을 빤히 보며 물었다.

"왜 울어?"

"거짓말 마." 나는 말했다. "나는 남 앞에서 눈물 따위 흘리지 않는 남자야."

사쿠라이는 눈부신 것이라도 보듯이 실눈이 되어 미소를 짓더니 다시 내 뺨을 두 손으로 감싸고 엄지를 살금살금 움직여 눈물을 닦아주었다.

"아까부터 말하려고 했는데……." 사쿠라이가 진지한 얼굴로 말했다. "앞니 빠진 게 얼간이 같아서 엄청 귀여워."

우리는 마주보며 벌쭉 웃었다. 사쿠라이가 내 얼굴에서 손을 떼고 벤치에서 일어섰다.

"달이 또 구름 뒤에 숨었네. 눈이 펑펑 내리는 최악의 상황이 되기 전에 어딘가로 가볼까?"

"어디?"

"어디든 좋아. 우선은 따뜻한 곳에. 그리고 오늘밤 어디서 묵을지 생각해보자."

"……괜찮겠어?"

"그런 찌질한 질문을 하는 버릇, 좀 고치자, 응?"

사쿠라이는 내 옆을 지나 폴짝폴짝 뛰는 걸음으로 정문 쪽으로 갔다. 나는 무릎을 꿇은 채 그 뒷모습을 눈으로 따라갔다. 사쿠라이가 발을 멈추고 뒤를 돌아보았다. 내가 지금까지 본 적이 없는 미소가 떠올랐다. 그리고 눈처럼 하얀 입김과 함께 따스한 목소리가 내 귀에 날아왔다.

"헤이, 가자고!"

승리하는 분노

일본 랭킹에 빛나는 권투선수 출신의 아버지가 하와이 '알로하!'에 홀려 평생 열렬히 신봉해온 마르크스와 조총련을 내던진다. 잽싸게 민단에 연줄을 넣어 아마도 최단 기록으로 한국 국적을 손에 넣는다. 아들인 나는? 험악한 분위기를 조성하며 바닷가까지 데려가, 좀 더 넓은 세계를 보라고 하는 아버지의 충고를 듣고 나는 '삐딱하지만 로맨티스트'라서 그때까지 다니던 민족학교를 때려치우기로 한다. 때려치우기가 결코 쉬운 일은 아니었지만 굳게 마음먹고 어렵사리 일본 고교에 입학했는데 '도장 깨기'로 폼 좀 잡아보려는 도전자가 끊이지 않는다…….

일본에서 태어나고 자랐는데도 여전히 '재일(在日)'로 차별받는 불합리한 현실에 스기하라는 책과 주먹으로 무장하고 격렬

하고도 효과적인 방식으로, '구질구질한' 아버지 세대와는 다른 방식으로 맞서 싸운다. 어쨌든 천신만고 끝에 파친코 경품교환소 사업으로 남부럽지 않게 가정을 꾸려온 '꼰대' 아버지와 유교 스피릿에서 슬슬 벗어나려는 어머니, 그들의 살벌하지만 찐한 가족애의 묘사가 참으로 재미있다. 정일이와 가토와 원수와의 우정과 갈등은 한 편 한 편이 통쾌하게, 때로는 가슴 아픈 에피소드로 백 미터를 11초로 질주하듯이 속도감 있게 이어진다.

영화 〈400번의 구타〉의 주인공을 닮은 스기하라, 〈네 멋대로 해라〉의 진 세버그를 닮은 사쿠라이, 둘이서 연애하며 단지 '멋있다'는 기준만으로 차례차례 발굴해낸 각 분야의 명품들이 그야말로 멋있다. 시대를 뛰어넘어 오래도록 우리에게 영감을 주는 옛 영화, 저항의 역사에서 전설로 통하는 음악과 시와 명언과 그림 등은 목록을 만들어두면 '박박 기는 현실주의자'가 아니더라도 사회문화생활에 매우 유용한 참고서가 될 것 같다. 요즘 뉴스에 따르면 1959년에 제작한 프랑수아 트뤼포 감독의 〈400번의 구타〉는 '봉준호 감독이 극찬한' 영화로, 최근에(2023년 1월) 한국에서 재개봉되었다고 한다.

'묵묵히 소설을 읽는 사람은 집회에 모인 백 명의 인간에 필적하는 힘을 갖고 있다.'

너무도 안타깝게(작가가 원망스러워질 만큼) 스러진 '정일이'가

남긴 말이다. 그의 죽음의 모든 과정은 분노를 지그시 억누른 것처럼 매우 객관적으로 서술되었다. 우리는 불길한 예감을 품으며 책장을 넘기다가 지하철 역 플랫폼에서 치마저고리 교복을 입은 후배 여학생의 무릎에 눕혀진 그, 이번 생에서의 마지막 시선을 '슈퍼 그레이트 치킨레이스' 선로 쪽으로 향하는 그가 '정일이'라는 것을 알게 된 순간, 홍수처럼 밀려드는 어떤 감정을 느끼지 않을 수 없다. 스기하라가 느꼈을 상실감은 그 깊이를 가늠하기도 힘들다. 그 조용한 분노가 분명 반드시 이겨야 하는 싸움의 원동력이라는 것도 깊이 공감할 수 있었다. 부당한 차별과 혐오를 거침없이 때려눕히는 '혁명'을 위해 잘 만들어진 소설이 얼마나 큰 영향력을 발휘할 수 있는지, 정일이의 말처럼 이 책 『GO』가 실체적으로 보여주고 있다.

　가즈키 가네시로는 (야쿠자 아들 가토에게 약속한 대로) 게이오 대학 법학부를 졸업했다. 하지만 법학 대신 대학 1학년 때부터 엄청난 양의 소설을 읽은 끝에 1998년에 처음 쓴 『레벌루션 NO3』로 소설현대 신인상을 수상했다. 단 이건 비교적 짧은 분량의 작품이었고, 2000년에 자신의 실제 경험을 바탕으로 첫 장편 『GO』를 집필했다. 단행본으로는 처음 출간된 이 책이 그에게 일본 문단의 대표 문학상인 나오키상을 안겨주었다. 31세

때, 당시로서는 최연소 수상자였다. 발표와 함께 수상작은 베스트셀러의 반열에 올랐다. 이야기꾼으로서의 재능을 타고 났다고 할 수밖에 없다. '처음부터 100명이 읽으면 99명이 재미있다고 할 만한 작품'을 목표로 삼았다고 한다. 이제는 뭔가 애매모호한 개념이 되었지만 문학을 '순수소설과 대중소설'로 구분하던 시절의 얘기다. 머릿속에 생생한 영상이 떠오르는 뛰어난 문장력, 속도감 넘치는 스토리가 주목을 받아 그 다음 해에 영화 〈GO〉로 제작되었다. 이 영화도 감독상, 남우주연상, 각본상 등 일본 국내의 모든 영화상을 휩쓸다시피 했다.

가즈키 가네시로는 큰 상을 받은 뒤에 쇄도한 인터뷰에서 '재일문학'의 틀을 뛰어넘는 소설을 지향한다는 점을 밝힌 바 있다. '기존의 재일문학은 무겁고 어두운 작품이 대부분이어서 읽어도 즐겁지 않았고 나 자신을 해방시켜주는 것도 없었다. 우리 세대를 위한 엔터테인먼트 소설을 쓰고 싶었다. 요즘 젊은 세대에게 어떤 의미에서는 국적이나 민족보다 더 소중한 것이 연애다. 사랑스러운 그녀를 얻기 위해, 가까운 친구를 위해, 전력을 다한다는 우직한 동기가 현대에서의 혁명이 될 수 있다'고 말한다. 나아가 일본 문학에 '다민족적 가치관'을 불어넣어 그 지평을 넓히고 싶다는 포부를 밝혔다.

실제로 『GO』는 이미 '재일'이니 국적이니 하는 것에서 풀려나 한층 높은 차원으로 비상했다. 대중적인 인기도에서나 문학적 완성도에서나 대성공을 거둔 기념비적인 청춘소설로 일본 문학사에 기록되었다. 우리가 부당한 억압에 맞서 진정한 의미에서 반드시 이길 수 있는 가장 바람직한 방법, 분노를 승리로 이끌어가는 혁명의 방식이 아닌가 하고 생각했다.

패기 넘치는 질풍노도의 청춘을 구가하고 싶은 젊은이들에게 이 책을 '강추'한다. 바람직한 연애의 지침서로서도 손색이 없다.

나오키 상의 심사위원은 원래 여덟 명이었는데 『GO』가 수상한 제123회 때부터 세 명을 더해 총 열한 명이 심사에 나섰다. 그중 1인을 제외한 10인의 심사위원이 수상에 동의했다. 그리 길지 않으면서도 중요한 점을 짚어주는 심사평이 도움이 될 것 같아 발췌 정리해 덧붙인다.

모두가 인정한 대로 신선하고 생기가 넘친다. 읽고 난 뒤에 분명한 뭔가가 남는 작품이다.

―기타카타 겐조

첫 장편인데도 이미 유니크한 문체를 체득한 것에 눈이 둥그레졌다,

기분 좋은 쓴맛의 술인가 했더니 마지막에 느닷없이 단맛이 나오는, 상당히 목 넘김이 좋은 술 같은 소설이다.

—다나베 세이코

소설을 쓴다는 작업에 새로운 과제를 부여하고 뭔가를 뛰어넘으려는 시도가 강하게 느껴진다. 뛰어난 작가라면 반드시 갖고 있는 증오가 눈에 띄지 않게 밑바탕에 깔려 있고, 그 증오가 빈틈없이 관리되었기 때문에 인간의 사랑이며 선함이 소설 구석구석에 속속 스며들어 있었다.

—미야기다니 마사미쓰

애초에 무겁고 어두운 주제를 다루면서도 상쾌하고 환한, 능숙한 솜씨의 유머가 있었다. 작자의 필력과 젊음 덕분이리라. 하나하나의 에피소드가 안타깝고 슬픈 감성을 불러일으켰다.

—히라이와 유미에

저자에게 절실한 주제를 똑같은 눈높이의 시점에서 공연히 심각한 척하지 않고, 하지만 강한 박력으로 그려냈다.

—와타나베 준이치

뒤돌아보는 일 없이 앞으로 앞으로 돌진하는 스토리의 질주감이 그야말로 엔터테인먼트의 신세계를 개척했다는 느낌이었다. 주인공이 지나치게 신나게 내달리는 게 아닌가 하면서도 그것을 용서하지 않을 수 없게 하는 상쾌함이 있었다.

—이쓰키 히로유키

재미있고 능수능란하다. 자신이 가진 것을 모조리 쏟아부어 전력 질주하는데 그 쏟아붓는 방식이 심상치 않다. 너무도 진해서 읽는 내 쪽이 뭉클해지는 대목이 많았다. 첫 장편이지만 작가가 이 한 작품만으로 끝나버린다 해도 괜찮다는 생각이 들 만큼 훌륭했다.

—하야시 마리코

작가의 재능의 깊이가 유연성을 띄고 있고, 다양한 인간상을 손안에서 즐기면서 빚어낸 듯했다.

—구로이와 쥬고

단숨에 읽었다. 흘러넘치는 듯한 필력의 유연한 문장이다. 부자연스럽게 생각될 만큼 한 치의 흠도 없이, 묵직한 저음이 느껴지면서도 그것을 적절히 억누르는 솜씨는 타고난 재능일 것이다.

—쓰모토 요

장점이 아주 많지만 무엇보다 이 작가는 소설이라는 표현형식을 발견한 것을 기뻐하고 있다. 소설과 사랑을 하고 있다. 그 기쁨이 곳곳에서 춤추고 있다. 어떤 장면을 들어봐도 신선하고 생생하게 살아있고, 특히 '꼰대 아버지'의 조형의 선열함은 특필할 만하다.

—이노우에 히사시

GO 고

2023년 2월 13일 1판 1쇄 인쇄 | 2023년 2월 20일 1판 1쇄 발행
지은이 가네시로 가즈키 | 옮긴이 양윤옥 | 발행인 황민호
콘텐츠4사업본부장 박정훈 | 편집기획 김순란 강경양 김사라 | 디자인 엔드디자인
마케팅 조안나 이유진 이나경 | 국제판권 이주은 김준혜 | 제작 심상운 최택순 성시원
발행처 대원씨아이(주) | 주소 서울특별시 용산구 한강로 3가 40-456
전화 (02)2071-2018 | 팩스 (02)749-2105 | 등록 제3-563호 | 등록일자 1992년 5월 11일
www.dwci.co.kr
979-11-6979-407-7 03830